MANUAL PARA DAMAS EM BUSCA DE UM MARIDO (RICO)

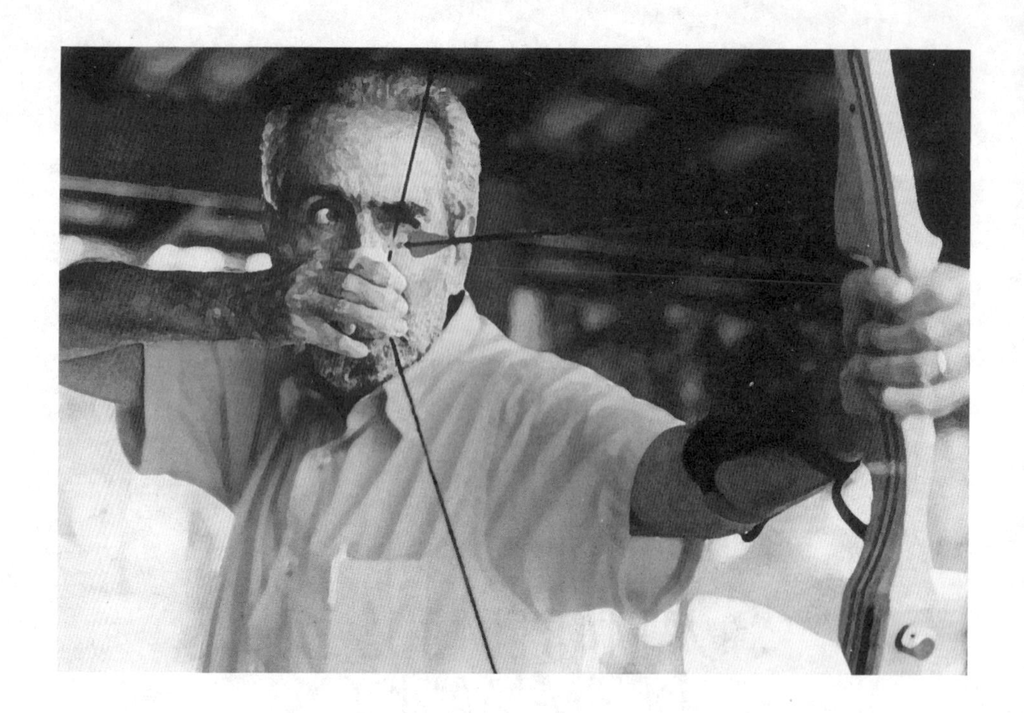

O Arqueiro

Geraldo Jordão Pereira (1938-2008) começou sua carreira aos 17 anos, quando foi trabalhar com seu pai, o célebre editor José Olympio, publicando obras marcantes como *O menino do dedo verde*, de Maurice Druon, e *Minha vida*, de Charles Chaplin.

Em 1976, fundou a Editora Salamandra com o propósito de formar uma nova geração de leitores e acabou criando um dos catálogos infantis mais premiados do Brasil. Em 1992, fugindo de sua linha editorial, lançou *Muitas vidas, muitos mestres*, de Brian Weiss, livro que deu origem à Editora Sextante.

Fã de histórias de suspense, Geraldo descobriu *O Código Da Vinci* antes mesmo de ele ser lançado nos Estados Unidos. A aposta em ficção, que não era o foco da Sextante, foi certeira: o título se transformou em um dos maiores fenômenos editoriais de todos os tempos.

Mas não foi só aos livros que se dedicou. Com seu desejo de ajudar o próximo, Geraldo desenvolveu diversos projetos sociais que se tornaram sua grande paixão.

Com a missão de publicar histórias empolgantes, tornar os livros cada vez mais acessíveis e despertar o amor pela leitura, a Editora Arqueiro é uma homenagem a esta figura extraordinária, capaz de enxergar mais além, mirar nas coisas verdadeiramente importantes e não perder o idealismo e a esperança diante dos desafios e contratempos da vida.

SOPHIE IRWIN
MANUAL PARA DAMAS EM BUSCA DE UM MARIDO (RICO)
ARQUEIRO

Título original: *A Lady's Guide to Fortune-Hunting*

tradução: Livia de Almeida

preparo de originais: Sara Orofino

revisão: Rachel Rimas e Tereza da Rocha

diagramação: Ana Paula Daudt Brandão

capa: lookatcia.com

adaptação de capa: Natali Nabekura

impressão e acabamento: Cromosete Gráfica e Editora Ltda.

CIP-BRASIL. CATALOGAÇÃO NA PUBLICAÇÃO
SINDICATO NACIONAL DOS EDITORES DE LIVROS, RJ

I72m
Irwin, Sophie
Manual para damas em busca de um marido (rico) / Sophie Irwin ; tradução Livia de Almeida. - 1. ed. - São Paulo : Arqueiro, 2023.
272 p. ; 23 cm.

Tradução de: A lady's guide to fortune-hunting
ISBN 978-65-5565-454-7

1. Romance inglês. I. Almeida, Livia de. II. Título.

CDD: 823
22-81588 CDU: 82-31(410.1)

Meri Gleice Rodrigues de Souza - Bibliotecária - CRB-7/6439

Editora Arqueiro Ltda.
Rua Funchal, 538 – conjuntos 52 e 54 – Vila Olímpia
04551-060 – São Paulo – SP
Tel.: (11) 3868-4492 – Fax: (11) 3862-5818
E-mail: atendimento@editoraarqueiro.com.br
www.editoraarqueiro.com.br

Para Fran, que me fez começar este livro.
E para minha família, que me incentivou a continuar.

“Mesmo sem ter os homens ou o matrimônio em alta conta, o casamento sempre fora seu objetivo. Era a única opção decente para moças bem-educadas e de pouca fortuna, e, por mais incertas que fossem as perspectivas de felicidade, era a forma mais agradável de se proteger da miséria.”

Jane Austen, *Orgulho e preconceito*

Capítulo 1

Chalé Netley, Biddington, Dorsetshire, 1818

– Você *não vai* se casar comigo? – repetiu, incrédula, a Srta. Talbot.

– Receio que não – respondeu o Sr. Charles Linfield, com uma expressão de leve desconsolo, dessas que alguém faria ao confessar que não poderá comparecer à festa de aniversário de um amigo, mas nunca ao terminar um noivado de dois anos.

Kitty o encarou, sem compreender. Katherine Talbot – Kitty para a família e amigos próximos – não estava muito acostumada a ficar na ignorância. Na verdade, ela era conhecida por sua mente ágil e pelo talento para resolver problemas, tanto em sua família quanto em Biddington. No entanto, naquele momento, Kitty se sentia completamente perdida. Ela e Charles iam se casar. Sabia disso havia anos – e, de repente, o casamento não ia mais acontecer? O que dizer, o que sentir diante de tal notícia? Tudo havia mudado. Mas Charles ainda *parecia* o mesmo. Estava vestido com as mesmas roupas que ela vira milhares de vezes, com aquele estilo desgrenhado que só os ricos podiam usar: um colete mal abotoado com um bordado intrincado e uma gravata de cores extravagantes que parecia ter sido destroçada em vez de amarrada. Ele podia ao menos ter se vestido de acordo com a ocasião, pensou Kitty, cada vez mais indignada.

Um pouco dessa ira devia ter transparecido em seu rosto, porque Charles substituiu o irritante ar condescendente de pena por uma careta de menino emburrado.

– Ah, não precisa me olhar assim – disse ele. – Não estávamos comprometidos *oficialmente* nem nada.

– Comprometidos oficialmente? – As energias de Kitty voltaram com força total, e ela percebeu que, de fato, estava furiosa. Que canalha incorrigível. – Estamos falando de casamento há dois anos. Só adiamos tanto tempo por causa da morte da minha mãe e da doença do meu pai! Você me *prometeu*... Você me prometeu tantas coisas!

– Era só conversa de criança – protestou ele, antes de acrescentar com teimosia –, e eu não podia terminar tudo enquanto seu pai estava à beira da morte. Não teria sido uma boa ideia.

– Ah. Então suponho que, agora que ele está morto e enterrado há menos de um mês, você finalmente esteja em condições de me abandonar – retrucou ela, com raiva. – É mesmo "uma ideia" bem melhor, não é?

Ele passou a mão pelo cabelo e olhou de relance para a porta.

– Escute, não vai adiantar discutirmos isso enquanto você estiver nesse estado. – Ele assumiu o tom de um homem cuja paciência passava por severas provações. – É melhor eu ir embora.

– Ir embora?! Não pode me dar uma notícia dessas e sair sem dar explicações. Eu o vi na semana passada, falávamos sobre realizar o casamento em maio... Daqui a menos de três meses.

– Talvez eu devesse ter simplesmente escrito uma carta – disse ele para si mesmo, ainda com um olhar ansioso para a porta. – Mary disse que essa era a melhor maneira de resolver tudo, mas acho que uma carta teria sido mais simples. Não consigo pensar direito quando você fica gritando na minha frente.

Kitty deixou de lado a irritação e, com o instinto de uma verdadeira caçadora, fixou-se apenas nas informações relevantes.

– Mary? – perguntou ela, de forma brusca. – Mary Spencer? O que, exatamente, a Srta. Spencer tem a ver com isso? Eu não sabia que ela havia voltado para Biddington.

– Ah, sim, sim, bem, ela voltou, quer dizer... – O Sr. Linfield gaguejou e gotículas de suor despontaram em sua testa. – Minha mãe a convidou para passar algum tempo conosco. É tão bom, para minhas irmãs, conviver com outras moças...

– E você falou com a Srta. Spencer sobre terminar o nosso noivado?

– Ah, sim. Bem, ela foi muito solidária com a situação... com a *nossa* situação... E devo dizer que foi bom ser capaz de... falar com alguém sobre o assunto.

Fez-se silêncio por um momento. E então Kitty falou, num tom quase casual:

– Sr. Linfield, pretende pedir a Srta. Spencer em casamento?

– Não! Bem, quer dizer, nós já... Então achei melhor vir aqui...

– Entendo – disse Kitty, e ela realmente entendia. – Bem, suponho que devo parabenizá-lo por ser tão confiante, Sr. Linfield. É mesmo uma bela façanha pedir uma mulher em casamento enquanto está noivo de outra. Bravo!

– Você sempre faz isso! – reclamou o Sr. Linfield, finalmente reunindo um pouco de coragem. – Distorce tudo até virar as coisas de cabeça para baixo. Já parou para pensar que talvez eu não quisesse ferir os seus sentimentos? Que eu não queria ter que lhe dizer... A verdade é que seria quase impossível fazer uma carreira na política se eu me casasse com alguém como *você*.

O desprezo na voz dele a chocou.

– E o que isso quer dizer, exatamente? – perguntou a jovem.

O Sr. Linfield abriu os braços como se a convidasse a olhar em volta. Kitty não se mexeu. Sabia o que veria, pois estivera naquele aposento todos os dias da sua vida: as poltronas surradas se amontoavam em volta da lareira buscando o calor; o tapete, outrora elegante, fora devorado por traças; e as estantes, que antes eram ocupadas por livros, agora estavam vazias e em mau estado.

– Podemos morar na mesma cidade, mas vivemos em *mundos diferentes*. – Ele voltou a gesticular. – Sou filho de um cavalheiro! Mamãe e a Srta. Spencer me ajudaram a ver que não posso fazer um casamento inadequado se pretendo construir uma reputação.

Kitty nunca tinha ouvido o pulsar de seu coração tão alto, batendo como um tambor. Casar-se com ela seria inadequado?

– Sr. Linfield – disse ela em voz baixa, mas com agressividade –, espero que não haja mentiras entre nós. O senhor não tinha qualquer problema com o nosso noivado até rever a bela Srta. Spencer. Filho de um cavalheiro, pois sim! Imagino que esse tipo de conduta pouco cavalheiresca não seria aprovado por sua família. Talvez eu deva ficar feliz por ter descoberto agora, antes que fosse tarde demais, que o senhor é tão indigno.

Ela desferiu cada golpe com a precisão e a força de um campeão de pugilismo, e Charles – que agora seria sempre o Sr. Linfield – cambaleou ao afastar-se dela.

– Como pode dizer algo assim? – perguntou ele, indignado. – Não é um gesto *pouco cavalheiresco*. Você está ficando histérica. – O Sr. Linfield suava em bicas e contorcia-se com desconforto. – Quero que continuemos a ser grandes amigos. Precisa compreender, Kit...

– *Srta. Talbot* – corrigiu ela com uma polidez gélida. A raiva em seu corpo queria se materializar num uivo, mas ela se conteve, gesticulando com a mão em direção à saída. – Perdoe-me, mas vou lhe pedir que encontre a porta sozinho, Sr. Linfield.

Depois de uma rápida saudação, ele fugiu correndo, sem olhar para trás.

Kitty permaneceu imóvel por um momento, prendendo a respiração, como se pudesse evitar que tal desastre continuasse a se desenrolar. Em seguida, foi até a janela, por onde entrava o sol da manhã, apoiou a testa no vidro e soltou o ar devagar. Dali, tinha uma visão livre do jardim: os narcisos tinham acabado de florescer, a horta ainda estava coberta de ervas daninhas e as galinhas perambulavam à solta, procurando alimento. A vida lá fora seguia. No entanto, do seu lado do vidro tudo estava arruinado.

Estavam sozinhas. Absolutamente sozinhas, sem ninguém a quem recorrer. Mamãe e papai tinham morrido, e ela não poderia contar com seus conselhos justo quando mais necessitava. Não havia ninguém a quem pudesse recorrer. O pânico crescia dentro dela. O que deveria fazer agora?

Kitty poderia ter permanecido naquela posição durante muitas horas se não tivesse sido interrompida pela irmã caçula, Jane, de 10 anos, que entrou no aposento alguns minutos depois com o ar de importância de um mensageiro real.

– Kitty, *onde está* o livro de Cecily?

– Estava na cozinha ontem – respondeu Kitty, sem tirar os olhos do jardim.

Elas deveriam limpar o canteiro de alcachofras naquela tarde, porque a época do plantio não ia demorar a chegar. Ao longe, ouviu Jane transmitir suas palavras a Cecily.

– Ela já procurou na cozinha – foi a resposta de Jane.

– Pois então procure de novo. – Kitty dispensou-a com impaciência, gesticulando com a mão.

A porta se abriu e se fechou com uma pancada.

– Ela disse que não está na cozinha, e que se você o vendeu ela vai ficar muito aborrecida, porque foi um presente do pastor.

– Ah, pelo amor de Deus! – retrucou Kitty. – Diga a Cecily que não posso procurar o livro idiota do pastor, porque acabei de ser rejeitada e preciso de alguns minutos de paz, se não for pedir muito!

Assim que Jane transmitiu a Cecily aquela mensagem incomum, a casa inteira – ou seja, as quatro irmãs de Kitty e Bramble, o cão – apareceu na sala de estar, que de um instante para o outro foi tomada pelo barulho.

– Kitty, que história é essa? O Sr. Linfield a rejeitou? Ele fez isso mesmo?

– Nunca gostei dele. Ele tinha a mania de dar tapinhas na minha cabeça como se eu fosse uma criança.

– Meu livro *não está* na cozinha.

Kitty contou o que se passara da forma mais resumida possível, com a cabeça ainda encostada no vidro. Houve um silêncio em seguida, e as irmãs se entreolharam sem saber muito bem o que fazer. Depois de um momento, Jane – que estava entediada – foi até o velho piano e rompeu o silêncio tocando uma canção animada. Jane nunca tivera aulas de música, mas o que lhe faltava em talento ela compensava com entusiasmo e volume.

– Que horror! – exclamou Beatrice por fim, consternada. Com 19 anos, ela era a irmã com idade mais próxima à de Kitty, e as duas tinham um temperamento parecido. – Ah, querida, sinto muito. Você deve estar com o coração partido.

Kitty virou a cabeça bruscamente.

– Coração partido? Beatrice, isso não vem ao caso. Sem o casamento com o Sr. Linfield, estamos arruinadas. Papai e mamãe podem ter nos deixado a casa, mas também deixaram dívidas impressionantes. Eu contava com o dinheiro de Linfield para nos salvar.

– Você ia se casar com o Sr. Linfield por causa da *fortuna* dele? – perguntou Cecily, com uma nota de recriminação na voz.

Aos 18 anos, a intelectual da família tinha um senso de moralidade excessivamente desenvolvido, pelo que as irmãs podiam perceber.

– Bem, com certeza não foi pela sua integridade nem pela sua honra de cavalheiro – disse Kitty, com amargura. – Eu só queria ter tido o bom senso de ter resolvido tudo antes. Não devíamos ter adiado o casamento quando mamãe morreu. Eu sabia que um noivado longo seria uma dor de cabeça. E pensar que papai achou inadequado!

– Como está a situação, Kitty? – perguntou Beatrice.

Kitty fitou-a em silêncio por algum tempo. Como poderia contar a elas? Como explicaria tudo o que estava prestes a acontecer?

– A situação está... séria – respondeu Kitty, com cuidado. – Papai hipotecou a casa para algumas pessoas de má reputação. As coisas que vendi... nossos livros, os talheres, algumas joias da mamãe... bastaram para mantê-las afastadas por um tempo, mas no primeiro dia de junho elas estarão de volta. Faltam menos de quatro meses. E se não tivermos dinheiro suficiente, ou uma prova de que podemos começar a pagá-las, então...

– Teremos que sair? Mas esta é a nossa casa. – Os lábios de Harriet estremeceram.

Como a segunda mais nova, ela demonstrava mais sensibilidade do que Jane, que pelo menos tinha parado de tocar e permanecia sentada na banqueta, observando.

Kitty não tinha coragem de contar a elas que seria pior do que simplesmente sair de casa. A venda do Chalé Netley mal cobriria as dívidas, e não sobraria nada para sustentá-las. Sem ter para onde ir e sem nenhuma fonte de renda, o futuro seria sombrio. Não teriam outra escolha a não ser se separarem, é claro. Ela e Beatrice poderiam encontrar algum trabalho em Salisbury ou numa das cidades vizinhas maiores, talvez como empregadas – ou aias, se tivessem muita sorte. Cecily... Bom, Kitty não conseguia imaginar Cecily trabalhando para alguém ou sequer disposta a fazer isso. Com sua educação, talvez pudesse tentar uma escola. Harriet – ah, Harriet era tão jovem – precisaria fazer o mesmo. Encontrar algum lugar que lhe desse casa e comida. E Jane... A Sra. Palmer, na cidade, embora tivesse um péssimo temperamento, sempre demonstrara um carinho especial por Jane. Talvez pudesse ser persuadida a acolhê-la até que a menina tivesse idade suficiente para trabalhar.

Kitty imaginou todas elas separadas e abandonadas à própria sorte. Será que voltariam a se encontrar algum dia, a ficar juntas como naquele momento? E se as coisas ficassem ainda piores do que ela havia imaginado? Vislumbrou as irmãs sozinhas, famintas e desesperadas. Kitty ainda não havia derramado uma única lágrima pelo Sr. Linfield – ele não era digno de suas lágrimas –, mas começou a sentir um nó na garganta. Já tinham perdido tanto... Coubera a Kitty explicar às irmãs que a mãe não melhoraria. Coubera a Kitty informá-las da morte do pai. Como poderia explicar que o pior ainda estava por vir? Ela não conseguia encontrar as palavras. Não era como a mãe, capaz de reconfortá-las num passe de mágica. Também não era como o pai, que sempre conseguia dizer que tudo ficaria bem, com uma convicção que convencia a todos. Não, Kitty era a única que resolvia os problemas da família, mas aquele era um obstáculo grande demais para ser superado apenas pela força de vontade. Desejava desesperadamente ter com quem dividir aquele fardo – um fardo pesado para alguém de apenas 20 anos –, mas não havia ninguém. As irmãs a fitavam, seguras de que ela seria capaz de encontrar uma solução, mesmo sob tais circunstâncias. Como Kitty sempre fizera.

Como ela sempre *faria*.

O tempo para se desesperar havia passado. Kitty não seria derrotada com tanta facilidade. Não *podia* ser derrotada. Ela engoliu as lágrimas e estufou o peito.

– Temos quase quatro meses até o primeiro dia de junho – disse ela com firmeza, afastando-se da janela. – É tempo suficiente, acredito eu, para conseguirmos realizar algo extraordinário. Numa cidade como Biddington, eu fui capaz de arranjar um noivo rico. Embora ele tenha acabado se comportando como um rato, não há motivos para crer que essa tarefa não possa ser repetida.

– Acho que não há outros homens ricos na região – declarou Beatrice.

– É verdade! – respondeu Kitty, animada, com os olhos mais brilhantes do que o normal. – E é por isso que preciso viajar para um terreno mais fértil. Beatrice, você ficará no comando. Estou partindo para Londres!

Capítulo 2

Não é incomum algumas pessoas terem o hábito de prometer feitos extravagantes. Mas é raro encontrar pessoas que também tenham o hábito de realizá-los, e a Srta. Kitty Talbot pertencia ao segundo grupo.

Menos de três semanas depois daquela manhã sombria na sala do Chalé Netley, ela e Cecily chacoalhavam a bordo de uma diligência a caminho de Londres. Foi uma viagem desconfortável, com as duas sacolejando em seus assentos durante três dias e acompanhadas por uma variedade de pessoas e galinhas, enquanto a paisagem rural de Dorsetshire desaparecia lentamente ao passarem por condado após condado. Kitty passou grande parte do tempo olhando pela janela – no final do primeiro dia, ela estava mais longe de casa do que já estivera na vida.

A jovem sempre soubera que teria que se casar com alguém rico, mas ela tinha contado com o casamento com Linfield – planejado e arranjado por sua mãe – para permanecer perto de Biddington e de sua família. Nas semanas e nos meses após a morte da mãe, Kitty sentira-se mais do que grata por já ter resolvido seu futuro ao lado do Sr. Linfield, que morava nos arredores. Nos momentos mais tenebrosos, saber que estaria perto de casa parecia uma enorme bênção. Porém, naquele momento, tinha deixado para trás quase todas as irmãs. A cada quilômetro que a afastava de Biddington, o aperto em seu peito aumentava. Tinha tomado a decisão certa, a única decisão possível. Mesmo assim, parecia muito errado estar longe delas.

Como tinha sido tola em confiar na honra do Sr. Linfield. Ainda não conseguia entender, porém, como ele deixara de amá-la num piscar de olhos. A Srta. Spencer era realmente bonita, mas burra como uma porta. Não fazia sentido que tudo tivesse acontecido tão depressa. Além do mais, Kitty tinha a impressão de que o restante dos Linfields não morria de amores pela Srta. Spencer. O que havia deixado escapar?

– Que *tola* – repetiu ela, dessa vez em voz alta.

Cecily, sentada ao lado, lançou-lhe um olhar ofendido.

– Não estou falando de você, mas de mim – explicou Kitty. – Do Sr. Linfield, na verdade.

Cecily bufou e voltou para seu livro. Depois que o pesado volume dado pelo pastor foi encontrado, ela insistiu em levá-lo para Londres, embora Kitty tivesse argumentado que um livro daquele tamanho talvez não fosse a melhor companhia numa viagem de 150 quilômetros.

– Você quer que eu fique totalmente infeliz, Kitty? – perguntara Cecily, com um ar dramático.

A resposta sincera naquele momento – encarando com impaciência a bagagem volumosa da irmã – teria sido *sim*, mas Kitty cedera e se resignara a arrastar aquele peso absurdo até Londres. Mais uma vez amaldiçoou a decisão cara e ridícula do pai de enviar Cecily para ser educada no Seminário de Bath para Jovens Moças durante dois anos. Tinha sido uma decisão totalmente motivada pelo desejo de impressionar a sociedade local – em especial os Linfields –, mas a única coisa que Cecily pareceu ter conquistado naquela temporada fora um senso inflado de sua superioridade intelectual. Apesar de sua defesa apaixonada do livro, Cecily não vinha prestando muita atenção nele. Em vez disso, perturbava Kitty com as mesmas perguntas que a obcecaram durante toda a viagem.

– Tem certeza de que compreendeu a carta de tia Dorothy corretamente? – sussurrou, enfim levando em conta as repreensões anteriores de Kitty, que não desejava compartilhar assuntos particulares com toda a carruagem.

– De que outra forma isso poderia ser compreendido? – retrucou Kitty, com uma boa dose de irritação. Ela suspirou, acalmou a voz e explicou outra vez, com uma imitação sofrível de paciência. – Tia Dorothy conheceu mamãe quando as duas trabalhavam no teatro Lyceum. Eram muito próximas. Mamãe costumava ler as cartas dela em voz alta para nós, lembra? Escrevi a ela pedindo ajuda, e tia Dorothy se ofereceu para nos apresentar à sociedade londrina.

Cecily pigarreou.

– E como você pode ter certeza de que tia Dorothy é uma mulher respeitável, com uma boa moral cristã? Podemos estar entrando em um covil de perversidade.

– Sabe, acho que o tempo que você tem passado com o pastor não está lhe fazendo muito bem – disse Kitty, severa. Contudo, intimamente, ela também nutria alguns temores em relação à tia Dorothy, embora a mãe sempre afirmasse que ela era muito respeitável. Mas não adiantaria confiar suas inseguranças a Cecily, já que a mulher era a única opção que tinham. – Não conhecemos mais ninguém em Londres. A família de papai está toda no Continente… e eles não nos ajudariam. Tia Dorothy foi bondosa e pagou pela nossa viagem. Não podemos torcer o nariz para sua ajuda.

Cecily ainda não parecia convencida, e Kitty se recostou no assento com um suspiro. As duas teriam preferido que Beatrice fosse a acompanhante de Kitty naquela missão, mas no final da carta tia Dorothy dera instruções muito claras: *Venha acompanhada de sua irmã mais bonita*. E Beatrice – como ela própria se descrevia – parecia metade menina, metade testa. Cecily era dona de uma beleza doce, o completo oposto de sua natureza emburrada. Era a escolha óbvia. Kitty esperava que não fizesse diferença o fato de a irmã ser uma chata. Ela se reconfortava ao pensar que Beatrice era a melhor pessoa para cuidar da casa e das irmãs mais jovens. Se Cecily estivesse em seu lugar, não haveria uma casa para salvar quando voltassem.

– Ainda acho que seria melhor dirigir nossos esforços para a busca de um emprego honesto e proveitoso – disse Cecily. – Com minha educação, eu poderia ser uma ótima preceptora.

Houve uma pausa enquanto Kitty considerava como seria terrível deixar a responsabilidade das finanças familiares nas mãos de Cecily.

– Seja como for – disse Kitty, em voz baixa e cautelosa –, um salário de governanta não passa de 35 libras por ano. Não seria suficiente. Me casar com um homem rico é a forma mais rápida de sairmos dessa confusão.

Cecily abriu a boca – talvez para fazer outro pronunciamento crítico e inútil –, mas, antes que pudesse dizer qualquer coisa, as duas foram interrompidas por um menininho no assento da frente, que gritou para a mãe:

– Chegamos, mamãe!

Ao olharem pela janela, as duas contemplaram a vastidão de Londres, com longas colunas de fumaça parecendo faróis subindo até o céu. Kitty tinha ouvido muitas histórias sobre a cidade. Seus pais as contavam com tristeza, como se o lugar fosse um velho amigo que haviam perdido. Falavam sobre Sua Majestade e a vastidão, sobre sua beleza e sua nobreza, sobre a agitação e as oportunidades. A rainha das cidades – era como a chamavam. Havia muito tempo que Kitty desejava conhecer esse território estranho e que parecia ter sido o primeiro amor – e verdadeiro lar – de seus pais.

Assim que começaram a rodar pela cidade, sua primeira impressão foi de que ela era... suja. Havia fuligem por toda parte, fumaça saindo de chaminés e excrementos de cavalo no meio da rua. Era suja e... *confusa*, com ruas que se cruzavam de forma rude e depois partiam num zigue-zague em outra direção. Construções pendiam em ângulos bizarros, e nem sempre eram quadradas ou retangulares, mas desenhadas com descaso, como se feitas por uma criança. E de fato havia agitação, mas era tanto barulho! O som incessante de rodas e cascos batendo no calçamento, gritos de vendedores ambulantes e uma sensação de pressa, pressa, pressa. Londres era barulhenta, confusa e suja, exigia atenção e respeito, e era tão...

– Magnífica! – Kitty suspirou. – Finalmente chegamos, Cecily.

Na Piccadilly, elas trocaram a diligência por uma carruagem alugada, que as levou à residência de tia Dorothy na Wimpole Street. Kitty ainda não sabia a diferença entre os bairros elegantes e os vulgares, mas ficou satisfeita ao ver que, embora a rua de tia Dorothy não fosse tão imponente quanto algumas mansões pelas quais passaram, parecia ser próspera o bastante para poupá-la de qualquer embaraço. A carruagem parou em frente a uma casa estreita, espremida entre duas outras. Depois que Kitty se despediu de uma preciosa moeda, as duas subiram os degraus íngremes e bateram na porta. Foram atendidas por uma criada com um reluzente cabelo ruivo – como era empolgante ver que tia Dorothy tinha serviçais de verdade – e conduzidas para uma saleta onde encontraram sua tia honorária.

Apesar de Kitty ter feito pouco-caso das dúvidas de Cecily durante a viagem, ela secretamente temia serem recebidas por uma mulher com uma peruca cômica e roupas sensuais, com maquiagem pesada e uma risada devassa, o que não serviria para a finalidade de Kitty. A jovem ficou aliviada ao encontrar uma mulher elegante usando um vestido casual cinza-claro que abrigava sua generosa silhueta. Os cachos castanhos estavam expostos, mas aquele estilo informal lhe caía bem – havia um brilho tão astucioso em seu olhar que um chapéu bem-comportado ou uma touca de viúva pareceriam impróprios. Tia Dorothy levantou-se da cadeira. Ficou parada, examinando-as por um momento, com os olhos emoldurados por sobrancelhas muito escuras. Kitty e Cecily prenderam a respiração. Sentiam um nervosismo fora do comum. E então veio um sorriso, e a mulher estendeu as duas mãos enfeitadas com joias.

– Minhas queridas, como se parecem com sua mãe – disse ela.

E as duas caíram em seus braços.

Tia Dorothy vivera muitas vidas e interpretara muitos papéis em seus 51 anos. Como atriz, desfrutara de uma carreira brilhante e variada no palco. Fora dele, passara suas horas entretendo alguns dos cavalheiros mais generosos de Londres. Assim, depois de acumular uma soma considerável de dinheiro, ao completar 41 anos ela tingiu os cabelos ruivos de castanho-escuro, adotou um novo nome e uma nova conduta e se transformou numa rica viúva, a Sra. Kendall. Como Sra. Kendall, começou a desfrutar de um estilo de vida diferente, às margens da alta sociedade, passando os dias em casas onde antes, quando jovem, passava apenas as noites. Embora Kitty tivesse temido que o histórico da tia pudesse atrapalhar mais do que ajudar – afinal, as atrizes não eram consideradas muito respeitáveis –, estava claro pela sua maneira de agir que sua transformação em dama da sociedade fora impecável. Ao vê-la, Kitty se sentiu mais segura de que a mulher poderia guiar seus próximos passos em Londres e compartilhar seus conhecimentos na busca de uma fortuna. Kitty tinha mil perguntas para fazer, mas nas primeiras horas daquele encontro a conversa girou apenas em torno da mãe delas.

– Eu gostaria de ter ido ao velório – disse a Sra. Kendall com fervor. – Quero que saibam que eu gostaria de ter comparecido, mas seu pai achou... que não seria inteligente.

Kitty entendeu perfeitamente aquela vaga explicação. Num mundo perfeito, a presença de tia Dorothy teria tido um grande significado – alguém que compartilharia histórias antigas da mãe, com quem poderiam descobrir coisas novas sobre ela, mesmo depois de sua partida. Mas o Sr. Talbot agira pensando no melhor para sua família ao manter tia Dorothy à distância.

A presença dela poderia ter suscitado perguntas... e era melhor que certas coisas permanecessem no passado.

– Fez um dia lindo! – disse Kitty, pigarreando. – Límpido e fresco. Ela teria adorado.

– Era impossível mantê-la dentro de casa quando o céu estava claro – afirmou tia Dorothy, com um sorriso pesaroso, mas sincero. – Não importava o dia.

– Eu fiz uma leitura – contou Cecily. – De um livro de Chaucer... o favorito dela.

Ninguém havia entendido uma palavra, é claro, refletiu Kitty, mas Cecily tinha lido com clareza e muito bem.

As três passaram muitas horas trocando lembranças, com as cadeiras cada vez mais próximas. Seguravam as mãos umas das outras em determinados momentos, aproximando-se daquele jeito inevitável e seguro de quando se compartilha tamanha perda. Quando a conversa se dirigiu finalmente para o noivado rompido de Kitty, o céu já estava escuro.

– Fizeram bem em vir para cá. – Tia Dorothy tranquilizou Kitty, e serviu três generosos cálices de licor. – Londres é o lugar certo. Seria desastroso se fossem para Bath ou Lyme Regis numa hora dessas. Considerem-me sua fada madrinha, minhas queridas. Tenho certeza de que encontraremos um ótimo partido para cada uma de vocês em pouquíssimas semanas.

Cecily – que andava um pouco dispersa – voltou sua atenção imediatamente para a conversa e arregalou os olhos acusadores para Kitty.

– Tia Dorothy, eu sou a única que vai procurar um marido – declarou Kitty com firmeza. – Cecily é jovem demais.

Tia Dorothy pareceu surpresa.

– Tem certeza? Não seria mais sábio que as duas se casassem?

– Tenho certeza – afirmou Kitty.

Cecily soltou um suspiro de alívio.

Tia Dorothy não pareceu convencida, mas se recuperou quase imediatamente.

– Então suponho que ela ainda possa nos ajudar a chamar atenção! – declarou ela. – Saibam que temos muito que fazer. Primeiro precisamos cuidar das suas roupas, dos seus cabelos, dos seus... – Ela fez um gesto com a mão que parecia incluir tudo o que havia nelas. – E não temos um dia a perder. A temporada está prestes a começar.

Capítulo 3

Na manhã seguinte, despertaram antes de sua anfitriã – devia ser o horário da cidade, supôs Kitty –, mas qualquer sugestão de preguiça foi rapidamente descartada pela maneira enérgica com que tia Dorothy conduziu o dia.

– Não temos tempo a perder – disse ela, acompanhando-as até o lugar onde guardaram suas capas, e levando-as porta afora, na direção de uma carruagem.

A primeira parada, a pedido de Kitty, foi num prédio discreto da Bond Street, onde ela vendeu o que sobrara das joias da mãe pela soma de dez libras, para cobrir suas despesas em Londres. Seriam os últimos trocados que receberiam, e Kitty estremeceu ao pensar que aquela quantia – que desapareceria bem depressa – era a única coisa que as separava de serem presas por causa das dívidas. Afastou esse pensamento com algum esforço. Parecia tolice despender suas preciosas moedas em enfeites, mas o dia de compras que estava por vir era tão necessário quanto fora consertar as goteiras do telhado de Netley, no ano anterior.

– Vestidos casuais, vestidos de noite, chapéus, luvas, sapatos, anáguas... precisamos de tudo – explicou tia Dorothy enquanto elas se agitavam pelas calçadas. – Para a aristocracia, é a Sra. Triaud que faz os vestidos. As botas são da loja de Hoby, e os chapéus, da loja Lock. Mas, para nós, as pechinchas do Cheapside funcionarão muito bem.

Apesar das palavras da tia, o Cheapside resplandecia aos olhos de Kitty. Havia um mar de casas de tecido, ourives, confeitarias, livrarias e vendedores de meias, de chapéus, de sapatos. Eram lojas e mais lojas, ruas e mais ruas, quilômetros e mais quilômetros. Guiadas pela imperturbável tia, elas se encarregaram de todos os detalhes: foram medidas para vestidos de casa, de caminhada, de noite e de baile, experimentaram chapéus e acariciaram meias de seda de uma suavidade inacreditável. Investiram xelins e mais xelins. Já era tarde quando voltaram, exaustas, para a Wimpole Street. Mas tia Dorothy estava longe de terminar.

– Os vestidos são a parte fácil – declarou ela com severidade. – É bem mais difícil agir como uma dama respeitável. Já tiveram a oportunidade de passar algum tempo junto à alta sociedade?

– Jantamos muitas vezes na Mansão Linfield – declarou Kitty, sem saber se isso contava.

O Sr. Talbot e o pai de Charles eram grandes amigos, mesmo antes do compromisso entre seus filhos, pois compartilhavam o interesse por conhaque caro e jogos de azar. Por isso os Talbots costumavam ser convidados para jantares na casa dos Linfields.

– Muito bom – disse tia Dorothy. – Para começar, quero que se imaginem num jantar festivo na Mansão Linfield toda vez que saírem dessa casa. Mantenham-se eretas e impassíveis, andem devagar e sem nenhuma agitação. Cada movimento deve ser lânguido e gracioso. Vocês devem falar suavemente, com uma pronúncia clara, sem gírias ou vulgaridades. Em caso de dúvida, não digam nada.

Durante três dias, tia Dorothy as instruiu sobre a forma apropriada de caminhar e de pentear os cabelos de acordo com a última moda, e as ensinou a segurar um leque, um garfo e uma bolsa. Kitty logo começou a perceber que se tornar uma dama era se conter com tanta força que ficava impossível respirar. Todo o seu corpo tinha que se tornar um espartilho, que guardava estritamente todas as suas indelicadezas, deselegâncias e personalidade. Kitty ouvia cada detalhe com atenção e convencia Cecily a fazer o mesmo. A irmã tinha o hábito de deixar a mente vagar assim que percebia que uma conversa não a interessava. Quando os primeiros vestidos chegaram, as duas já estavam zonzas de tantas instruções.

– Graças a Deus – declarou tia Dorothy –, pelo menos agora vocês podem sair de casa sem passar vergonha.

Kitty e Cecily levaram tudo para o andar de cima, onde abriram as caixas com assombro. A moda, como elas descobriram, mudava muito mais rápido em Londres do que em Biddington, por isso aqueles belos itens tinham apenas uma ligeira semelhança com os vestidos aos quais estavam acostumadas. Vestidos casuais em lindos tons de azul e amarelo, vestidos de musselina, capas grossas, casaquinhos de cetim. E o mais deslumbrante de tudo: dois vestidos de noite, mais belos do que qualquer coisa que Kitty já havia visto. As irmãs se ajudaram a vesti-los, com mãos cuidadosas. Arrumaram o cabelo como tia Dorothy havia mostrado, enfeitando-os com flores frescas, e, ao final, as duas pareciam bem diferentes.

Em pé diante do espelho no quarto de tia Dorothy, Kitty se surpreendeu diante da imagem. A irmã, que parecia sempre ter acabado de acordar de um sono pleno e profundo, agora lembrava um anjo, com a saia esvoaçante de um branco reluzente como se estivesse prestes a desaparecer e os cabelos claros arrumados em cachinhos nos dois lados da cabeça, suavizando ainda mais seu rosto. Kitty também estava vestida de branco, como era o costume para uma jovem em sua primeira temporada. A palidez da roupa criava um forte contraste com seus olhos e cabelos escuros – naturalmente lisos, mas agora com cachos parecidos com os da irmã –, e acentuava o desenho das sobrancelhas sobre seus olhos luminosos. As garotas no espelho estavam impressionantes, pensou Kitty. Faziam parte de Londres.

– Muito bonitas, de fato! – Tia Dorothy bateu palmas, encantada. – Acho que estão prontas. Vamos começar hoje à noite.

Elas chegaram ao teatro Royale, em Covent Garden, quando a noite caía. À luz de velas, o teatro parecia muito belo, com o teto alto e abobadado e o interior cheio de ornamentos. Embora ainda não estivesse tão movimentado como estaria na alta temporada, havia uma vibração empolgante por toda parte.

– Olhem para todas essas pessoas – disse a tia, satisfeita. – Conseguem sentir o cheiro da oportunidade, minhas queridas?

– "Sinais de doença, sinais de dor" – declarou Cecily em um tom sombrio, citando William Blake naquela voz que costumava usar quando fazia citações que Kitty logo reconheceu.

Tia Dorothy olhou para a jovem com desconfiança. Enquanto se movimentavam pelo saguão principal, ela cochichou baixinho no ouvido de Kitty, para que Cecily não pudesse escutar:

– Ela tem algum problema?

– É uma intelectual – explicou Kitty, baixinho.

Tia Dorothy suspirou.

– Era o que eu temia.

Foram lentamente para seus assentos enquanto tia Dorothy olhava ao redor com perspicácia e acenava para conhecidos na multidão.

– Temos muita sorte – disse tia Dorothy em voz baixa quando as três entraram na fileira correta. – Não pensei que veríamos tantos homens elegíveis logo no início da temporada.

Kitty assentiu, acomodando-se na cadeira, mas estava distraída. Vislumbrara a família mais majestosa que já havia visto, e toda a sua atenção tinha sido imediatamente capturada. Sentados bem acima deles num camarote particular, os três desconhecidos pareciam se destacar da multidão, até para os olhos inexperientes de Kitty. Lindos e bem-vestidos, o rapaz, a jovem e a mulher elegantíssima deviam fazer parte da mesma família – uma família sem qualquer preocupação no mundo além de seu prazer, pelo que ela concluíra ao observar como riam e se divertiam. Tia Dorothy seguiu a direção do olhar de Kitty e estalou a língua em desaprovação.

– Não adianta erguer os olhos até lá, minha querida. Admiro sua ambição, é claro, mas precisamos nos lembrar de nossa posição.

– Ícaro – foi o vago comentário de Cecily.

Se foi para manifestar concordância ou simplesmente para dar um tom sofisticado à conversa, ninguém saberia dizer.

– Quem são eles? – perguntou Kitty, ainda olhando para cima.

A vontade de fofocar logo superou a desaprovação de Dorothy.

– Os De Lacys – respondeu ela, aproximando-se. – A condessa viúva, lady Radcliffe, e seus dois filhos mais novos, o Sr. Archibald de Lacy e lady Amelia de Lacy. A família inteira é tão rica quanto a realeza. O filho mais velho, o conde de Radcliffe, obviamente ficou com a maior parte da fortuna, mas os dois mais jovens também receberão um belo montante. Pelo menos oito mil por ano, na minha estimativa. Espera-se que todos eles arranjem casamentos fabulosos.

Ela se recostou na cadeira quando a apresentação teve início, mas, mesmo depois que o público começou a arquejar e rir, Kitty não conseguia tirar os olhos dos De Lacys. Como seria saber, desde o seu nascimento, que um futuro feliz e seguro estava garantido? Como seria pairar acima do resto da sociedade naquele camarote exclusivo? Kitty admitia que eles pareciam pertencer àquele lugar, sempre no topo. Será que algum dia teria sido possível uma vida em que ela ocuparia o mesmo lugar que eles? Seu pai nascera um cavalheiro, afinal de contas, e antes do casamento devia ter convivido com lordes e damas como eles. Se os acontecimentos tivessem se desenrolado de forma diferente... Kitty sentiu uma pontada de inveja daquela versão alternativa de si mesma, que poderia ter sido próxima da família De Lacy. Foi só quando tia Dorothy lhe deu uma cotovelada que ela finalmente desviou o olhar.

No intervalo, Kitty e Cecily acompanharam a tia, que as apresentou a todo tipo de gente: comerciantes ricos com filhos, filhas e esposas, advogados e militares com uniformes elegantes e mulheres bem-vestidas em seus braços. Era mais gente do que Kitty havia conhecido em sua vida inteira, e ela não conseguia deixar de se sentir um pouco intimidada, como se fosse de novo aquela menina de 15 anos se aproximando da Mansão Linfield para seu primeiro evento noturno e sentindo um medo terrível de fazer alguma coisa errada. Lembrou-se da mãe, tranquilizando-a baixinho naquela noite, e do seu perfume de água de rosas. *Olhos abertos e ouvidos atentos, minha querida*, dissera a mãe. *Observe, escute e faça o que eles fazem. Não é tão difícil.*

Kitty respirou tão fundo que imaginou sentir aquele perfume de água de rosas no ar. Reuniu coragem e decidiu impressionar. Da mesma forma que alguém moldaria um chapéu para se adequar à moda, ela moldou sua personalidade para se adequar a cada parceiro de conversa. Aos homens que se imaginavam donos de grande inteligência, deu um riso fácil. Aos vaidosos, demonstrou admiração. E aos tímidos, deu muitos sorrisos e atenção. Na volta para casa, Dorothy deu mais informações.

– O Sr. Melbury recebe mil por ano – disse ela dentro da carruagem. – E o Sr. Wilcox parecia bastante impressionado com Cecily, e...

– E nós concordamos que Cecily não está aqui para encontrar um marido – interrompeu Kitty.

Sentiu que os ombros de Cecily, sentada ao lado dela, voltaram a relaxar.

– Certo, certo. – Tia Dorothy fez um gesto de desdém com a mão. – O Sr. Pears foi um pouco mais difícil de ler, mas ele vai receber uma adorável fortuna de dois mil por ano depois da morte do pai, graças ao ramo da navegação. E o Sr. Cleaver...

– Algum de seus conhecidos tem uma fortuna de mais de dois mil por ano? – Kitty voltou a interrompê-la.

– Mais de dois mil por ano? – perguntou a tia. – O que é que você está esperando, minha querida?

– O Sr. Linfield tinha uma fortuna de quatro mil por ano – disse Kitty, franzindo a testa.

– Quatro? – repetiu a tia, incrédula. – Minha nossa, o pai dele deve ter sido um homem muito bem-sucedido. Mas não pode esperar que tal milagre se repita, querida. Seria bem difícil ter tamanha fortuna sem terras, e você não vai encontrar muitos proprietários de terras frequentando meus círculos sociais.

Kitty digeriu essa notícia desagradável. Sabia que o Sr. Linfield era rico o suficiente para não ter problemas em quitar as dívidas da família. Mas ela também havia presumido que encontrariam muitos outros iguais a ele em Londres.

– Então não devo ter expectativas de encontrar homens com fortuna semelhante? – Kitty tentou esclarecer, sentindo um nó no estômago.

– Não nos meus círculos. – Tia Dorothy riu.

Kitty sentiu-se uma tola. Desejou estar de volta à Wimpole Street, onde poderia encontrar papel e tinta, sentar-se e fazer as contas com calma. Será que duas mil libras por ano seriam o bastante?

– Qual é o tamanho da dívida? – perguntou Dorothy, com astúcia.

Kitty respondeu. Cecily – que Kitty pensara não estar ouvindo a conversa – soltou uma exclamação e tia Dorothy se permitiu assoviar.

– Nossa – disse ela, com os olhos arregalados. – Então precisa ser mesmo o Sr. Pears.

– Sim – concordou Kitty, com algumas dúvidas.

Uma fortuna de dois mil por ano com certeza era melhor do que nada, mas simplesmente pagar a dívida não resolveria todos os problemas. Será que essa quantia seria suficiente para liquidar aquela soma nada desprezível, manter a casa da família e garantir o futuro das irmãs? E se uma delas precisasse de um dote para se casar com o cavalheiro de sua preferência? E se todas precisassem? E se, em vez disso, uma das meninas precisasse de dinheiro para se casar com um homem pobre? Havia ainda o caso de Cecily, que certamente seria mais feliz sem um marido, mas pediria inúmeros livros caros. Ela esperava que o Sr. Linfield fizesse tudo isso, mas nem o homem mais gentil do mundo teria condições de prometer o mesmo com apenas duas mil libras por ano para se manter.

– E um lugar como o... Almack's? Seria frequentado por cavalheiros de mais posses? – perguntou ela, pensativa.

– Os salões de festa do Almack's? Kitty, isso é tentar alcançar as estrelas – disse Dorothy, exasperada. – Há uma grande diferença entre a alta sociedade e a aristocracia. A aristocracia, o mundo dos lordes e ladies, das terras e fortunas, não é um lugar ao qual eu possa lhe dar acesso. É preciso nascer nesse mundo, e não há outro jeito de garantir um convite. Tire essas ideias perigosas da cabeça e se concentre em homens parecidos com o Sr. Pears. Você teria muita sorte se encontrasse um marido como ele.

Quando chegaram à Wimpole Street, Kitty foi para o quarto sem mais conversa. Num estado um tanto melancólico, ruminou as palavras de Dorothy enquanto se lavava, e ainda não tinha terminado de ruminá-las quando Cecily apagou a vela e se deitou a seu lado. A irmã adormeceu na mesma hora. No escuro, Kitty ouviu o ritmo de sua respiração, com inveja da facilidade com que Cecily conseguia deixar de lado as preocupações do dia.

Uma quantia de duas mil libras não significaria o fim das preocupações e do sofrimento, mas já ajudaria. Afinal de contas, sua mãe se satisfizera com muito menos do que esse valor. Na verdade, era uma quantia bem maior do que a que o Sr. e a Sra. Talbot haviam recebido para deixarem Londres tantos anos atrás. Não tinha sido suficiente para os dois, é claro, especialmente porque o pai nunca conseguira abandonar o estilo de vida de cavalheiro solitário e afluente e assumir suas responsabilidades como chefe de família com cinco filhas e uma renda de quinhentas libras por ano, que desaparecia rapidamente. Kitty podia não gostar de jogos de azar nem apreciar vinhos do porto centenários, mas ainda tinha quatro irmãs para sustentar e, ao contrário dos pais, não teria o luxo de um casamento por amor para consolá-la quando as moedas começassem a faltar.

Kitty desejou, talvez pela centésima vez – não, pela milésima, ou milionésima vez –, poder falar com a mãe. Sentia-se grata por ter a habilidosa tia Dorothy como guia em Londres, mas não era a mesma coisa. Estava desesperada para conversar com alguém que a conhecesse intimamente, alguém que amasse suas irmãs tanto quanto ela. Que se sentisse tão horrorizado quanto ela ao imaginar Jane, Beatrice, Harriet e Cecily sozinhas, perdidas em cantos escuros e cruéis do país. Alguém que entendesse que nenhum esforço seria grande demais para garantir a felicidade delas, como mamãe faria. Ela saberia quais seriam os próximos passos, Kitty tinha certeza, e não se conformaria com tolices limitantes como hierarquias ou vínculos sociais. Afinal de contas, fora a mãe dela, não tia Dorothy, que tivera a coragem de se apaixonar por um cavalheiro de posição muito superior à sua.

Kitty rolou para o lado, tentando colocar seus pensamentos rebeldes em ordem. Era inútil perder tempo com questões que ela não tinha condições de mudar. A mãe tinha partido e a tarefa cabia somente a ela. Tia Dorothy era a única conselheira disponível, e rira quando Kitty perguntou sobre homens mais ricos do que o Sr. Pears. Não houvera malícia em sua risada, pois ela de fato considerara aquela pergunta absurda, e talvez Kitty devesse prestar atenção nisso.

O sono chegou aos trancos e barrancos naquela noite enquanto a exaustão lutava contra a angústia para ver quem ganhava. E quando a exaustão finalmente venceu, Kitty ainda fazia a si mesma a pergunta: já que teria que se vender para o bem de sua família, seria tão errado assim desejar que fosse para alguém que oferecesse um lance maior do que o Sr. Pears?

Capítulo 4

Kitty acordou na manhã seguinte desejando uma pausa da confusão das ruas de Londres. Depois do desjejum, convenceu Cecily a acompanhá-la ao Hyde Park. Por insistência de tia Dorothy, Sally, uma das empregadas, se juntou às duas jovens, seguindo-as a uma curta distância. As duas encontraram o caminho com bastante facilidade. Começaram a contornar o lago Serpentine a passos rápidos – apesar das instruções da tia – e bastante incongruentes em relação ao andar lânguido das outras damas. Kitty respirou o ar puro com alívio, cercada pela grama verdejante e pelas árvores. Embora muito mais planejada do que qualquer paisagem em Biddington, aquela vista era o que mais se aproximava do seu lar desde que chegara a Londres.

Kitty perguntou a si mesma se os pais já haviam caminhado juntos pelo local. Com certeza, não teriam passeado por ali num dia tão bonito quanto aquele, claro. Os dois não tiveram um namoro tradicional: diante da forte desaprovação do romance pela família do Sr. Talbot, era necessário que a corte ocorresse longe do olhar público, nas periferias e nos lugares tranquilos da sociedade. Quando o dia estava bom e a aristocracia se aglomerava nas áreas verdes de Londres, eles se escondiam dentro de casa, longe das multidões. Era bem mais provável que tivessem visitado o Hyde Park num dia de chuva ou de ventania, quando teriam privacidade garantida. A mãe não teria se importado, Kitty bem sabia. Apesar de ter nascido e crescido na cidade, não havia nada que ela amasse mais do que estar ao ar livre, fosse com sol ou com chuva. As paixões do Sr. Talbot, por sua vez, se encontravam entre quatro paredes.

Algumas das melhores lembranças que Kitty guardava do pai eram de quando jogavam cartas na sala, toda tarde de domingo. Fizeram isso desde que ela era pequena até o dia anterior à morte dele. O pai lhe ensinou as regras do copas, do faraó e de todo tipo de jogo de cartas, e eles sempre apostavam dinheiro – embora fossem apenas pennies, por insistência de Kitty. O Sr. Talbot acreditava firmemente que se jogava de outra forma quando havia dinheiro na mesa. Kitty ainda recordava a primeira vez que haviam jogado *piquet* juntos. Depois de aprender as regras, Kitty optou por apostar apenas um penny a cada rodada.

– Por que tão pouco, minha querida? – provocara o pai. – Você tem uma boa mão.

– Para o caso de eu perder – dissera ela, como se fosse óbvio.

Ele soltara uma nuvenzinha de fumaça do cachimbo e balançara o dedo para ela, ralhando.

– Nunca se deve começar um jogo pensando na derrota. Jogue sempre para ganhar, minha querida.

– Ah! – A voz de Cecily a tirou de seu devaneio e a trouxe de volta ao presente. – Acho que eu a conheço.

Kitty ergueu os olhos. Lá estavam eles, os De Lacys do teatro, dando um passeio pelo parque. Lady Amelia, de cabelos escuros, vestia uma peliça elegante e ostentava uma carranca. O Sr. De Lacy, de cabelos louros, parecia nitidamente entediado.

– O que você quer dizer com "eu a conheço"? – perguntou Kitty, ríspida.

– Nós estudamos juntas – respondeu Cecily, um tanto vaga, já prestes a perder o interesse. – Ela era um pouco mais nova, e nós compartilhávamos o amor pela literatura. Lady Amelia de... alguma coisa.

– E você não achou que valia a pena mencionar tal fato?! – disparou Kitty, agarrando com força o braço da irmã.

– *Ai!* – reclamou Cecily. – Como eu poderia ter mencionado antes se acabei de vê-los?

Os irmãos passariam por elas dentro de alguns segundos. Kitty podia nutrir alguma esperança de que lady Amelia erguesse os olhos e reconhecesse Cecily, mas a jovem aristocrata mantinha os olhos baixos, e quase dez metros as separavam – um verdadeiro abismo.

Não ia funcionar.

Eles estavam a cerca de dez passos, e Kitty contraiu os dedos dos pés. Quando a distância entre eles diminuiu para um metro e meio, ela sacudiu o tornozelo e fingiu tropeçar. Seu sapato voou, e ela se apoiou na irmã, ofegante.

– Essa não!

Cecily se assustou, mas suportou o peso com bastante facilidade.

– Kitty? Você precisa se sentar?

– Srta. Talbot?

Sally correu na direção delas para ajudar, mas Kitty a afastou com um aceno de mão.

– Torci o tornozelo. – Ela ainda tentava se recompor. – Ah, onde está meu sapato? Ele saiu do meu pé.

Um, dois, três…

– Peço licença, senhorita, mas isso é seu?

Sim. Ela ergueu o olhar e viu o jovem cavalheiro, o Sr. De Lacy, estendendo o sapato perdido e ruborizando, com os olhos cada vez mais prestativos ao encará-la.

– Obrigada. – Ela pegou o sapato.

Como seria muito adequado ruborizar naquele momento, Kitty desejou que suas bochechas lhe obedecessem, mas não teve sucesso, então amaldiçoou o fato de não ser do tipo que corava com facilidade.

– Cecily? Srta. Cecily Talbot?

Lady Amelia se aproximou, e o reconhecimento era visível em seus olhos. Cecily não podia decepcioná-la agora…

– Lady Amelia.

Uma pequena reverência em reconhecimento e uma mão estendida.

– Está morando em Londres agora? Esta é sua irmã?

A jovem dispensou todas as formalidades sociais – os ricos podiam ser indulgentes.

– Sim, minha irmã, a Srta. Talbot. Kitty, esta é lady Amelia e…

Cecily olhou para o Sr. De Lacy com um ar questionador. Realmente, ela estava indo muito bem. A melhor das irmãs.

– Seu irmão, o Sr. De Lacy.

Ele logo se apresentou, com um sorriso nos lábios, olhando com admiração para as duas irmãs.

– A senhorita se machucou muito? – perguntou lady Amelia. – Archie, pelo amor de Deus, que tal oferecer seu braço?

O Sr. De Lacy – Archie, ao que parecia – olhou feio para a irmã.

– Permitam que as acompanhemos até sua casa – disse ele, galante. – Não deve andar muito depois de torcer o tornozelo. Podemos levá-las em nossa carruagem. Aqui, apoie-se em meu braço.

Kitty aceitou graciosamente, apoiando-se no braço dele o suficiente para colocar o sapato de volta, sob a saia. O Sr. De Lacy pigarreou, desviando o olhar. Então a procissão partiu, a passos lentos, em direção a uma fileira de carruagens. Cecily e lady Amelia caminhavam à frente, com as cabeças próximas numa intimidade rapidamente renovada. Kitty e o Sr. De Lacy seguiam atrás. Kitty levou um segundo para perceber que estava mancando com o pé errado, e corrigiu isso tão depressa que tinha certeza de que ninguém havia notado.

Kitty podia estar andando devagar, mas sua mente estava acelerada. Essa era uma oportunidade que não poderia ter sido prevista, e com certeza ela não estragaria tudo. Pelo que imaginava, tinham apenas vinte minutos para causar uma boa impressão nos De Lacys – os seis ou sete minutos que levariam para encontrar a carruagem da família seguidos pelo curto trajeto até a Wimpole Street. Kitty não sabia nada sobre o Sr. De Lacy – não tinha a menor ideia de qual seria a melhor forma de abordá-lo, de acordo com sua personalidade –, mas quão diferente ele poderia ser dos outros homens?

– Com toda a certeza, eu o considero meu herói, Sr. De Lacy – disse Kitty, fitando-o com os olhos arregalados. – Que gentileza a sua nos resgatar. Não sei o que faríamos se não fosse o senhor.

O Sr. De Lacy baixou a cabeça, tímido. Sim, isso mesmo – a linha de pesca esticou-se nas mãos de Kitty.

– É o que qualquer um faria – declarou o Sr. De Lacy. – Agir como um cavalheiro, sabe?

– O senhor dá muito pouco crédito a si mesmo! – insistiu ela, calorosamente, antes de acrescentar, do modo mais afetado possível: – O senhor serviu na Península Ibérica? Tem o porte de um soldado.

O Sr. De Lacy ficou vermelho.

– Não, não. – Ele se apressou em corrigi-la. – Eu era jovem demais. Teria gostado de ir, mas ainda não havia terminado a escola. Meu irmão lutou em Waterloo. Não deveria ter lutado, claro, por ser o primogênito... mas ele nunca deu atenção a esse tipo de coisa. – Ele parou, consciente de que tinha desviado do assunto. – Mas eu fui capitão do time de críquete em Eton, sabe?

– *Que maravilha*. O senhor deve ser um excelente jogador.

O Sr. De Lacy ficou feliz em aceitar o elogio, embora ainda corasse. Na verdade, nos minutos seguintes, ele ficou feliz em descobrir todos os tipos de coisas novas a respeito de si: que ele tinha a postura de um soldado, os instintos de um herói, um braço forte, sim, mas também era terrivelmente divertido e dono de uma inteligência incrível. A opinião foi recebida com atenção, e uma história dos tempos de escola que sua família tinha ouvido com uma indulgência educada foi considerada hilária pela Srta. Talbot – como Archie sempre tinha desconfiado ser o caso. A Srta. Talbot tinha um excelente senso de humor, pensou Archie. Ele não tinha a mínima ideia, é claro, de que, durante a conversa repleta de elogios, a Srta. Talbot também estava habilmente extraindo um fluxo constante de informações sobre ele: que adorava o irmão mais velho, lorde Radcliffe, o chefe da família, que raramente era visto em Londres; e que o Sr. De Lacy logo faria 21 anos, data em que receberia a maior parte de sua fortuna. Não, o Sr. De Lacy só sabia que nunca na vida apreciara tanto um passeio. Na verdade, ele nunca havia conhecido alguém que conversasse tão bem quanto a Srta. Talbot.

Eles alcançaram as carruagens cedo demais, e lady Amelia parou na frente de um elegante veículo de quatro rodas, com o toldo abaixado devido ao ar da primavera. O cocheiro e o lacaio se puseram a postos enquanto eles se aproximavam. Depois de instruírem Sally a voltar a pé para a Wimpole Street, dedicaram um momento a admirar os cavalos – quatro tordilhos perfeitamente combinados –, e então Kitty recebeu ajuda para subir. Lady Amelia e Cecily se acomodaram lado a lado no assento da frente, e o Sr. De Lacy foi obrigado a se sentar ao lado da Srta. Talbot. Ele pigarreou, bastante ciente de como estavam próximos, e fez questão de deixar uma distância respeitável entre os dois. Kitty, por sua vez, olhou de soslaio para o jovem, com a cabeça baixa – uma façanha mais difícil do que ela imaginara –, e foi recompensada com um novo rubor quando seus olhares se encontraram.

Os cavalos se afastaram suavemente, conduzindo o grupo pelas ruas de Londres. Kitty refez os cálculos depressa – o tráfego das ruas movimentadas estava sendo superado mais rápido do que ela imaginara, como se a insígnia

De Lacy fosse suficiente para que cavalos e carruagens abrissem caminho. Levariam apenas alguns minutos para chegar à Wimpole Street. Ela soltou um suspiro dramático e olhou para o Sr. De Lacy.

– O senhor acha… – ela começou a perguntar, antes de se calar e olhar para baixo com um calculado ar de arrependimento.

– Sim? – quis saber o Sr. De Lacy, afoito.

– Não, foi muito errado da minha parte sequer pensar nisso… – respondeu Kitty. – O senhor já foi muito gentil.

– Eu imploro, Srta. Talbot, peça qualquer coisa – disse ele.

Ela se rendeu com delicadeza.

– Minha irmã e eu dependemos de nossas caminhadas diárias para tomar ar fresco. Não suporto a ideia de abrir mão desses passeios, mas temo que Cecily não seja forte o bastante para me dar apoio enquanto eu estiver com o tornozelo dolorido…

Ela deixou a frase no ar, e o Sr. De Lacy assentiu com simpatia, e se pôs a pensar. Então teve uma ideia.

– Ora, podemos nos encontrar de novo, e a senhorita pode se apoiar em mim! – declarou ele, muito galante.

– Tem certeza de que não seria um problema? Ficaríamos muito gratas.

– Não é problema nenhum, de forma alguma… Não precisa agradecer.

Haviam acabado de entrar na Wimpole Street.

– Então nos encontraremos pela manhã, no Portão Oeste? – perguntou Kitty, sorrindo para ele.

– Maravilhoso! – Então, tomado pela dúvida, ele perguntou: – Tem certeza de que seu tornozelo estará melhor até lá?

– Não tenho dúvida de que estará – respondeu Kitty, dizendo a mais pura verdade.

Houve uma troca de despedidas calorosas, e as irmãs observaram enquanto a carruagem reluzente – muito mais alta e mais opulenta do que a rua ao redor – dobrava a esquina. Kitty deu um suspiro de êxtase. Ela acreditava que cada um fazia a própria sorte, e tinha a sensação de que estava prestes a ter, de fato, muita sorte.

Wimpole Street, segunda-feira, 9 de março.

Querida Beatrice,

Chegamos a Londres em segurança, e tia Dorothy é tudo que esperávamos que fosse. Não precisa se preocupar conosco – tia Dorothy e eu estamos confiantes em que estarei comprometida antes do fim da temporada. Mais alguns meses de coragem e tudo ficará bem, eu prometo.

Como estão vocês? Escreva assim que receber esta carta, dando notícias de casa. Você já reabasteceu a despensa? Considera suficientes as moedas que deixei? Se não forem, encontrarei um modo de enviar mais. Por isso escreva imediatamente se sentir qualquer desconforto. Se precisarem de ajuda imediata, procurem a Sra. Swift – tenho certeza de que ela ajudará até que entrem em contato comigo.

Ainda me dói saber que vamos perder o aniversário de Jane. A feira deve chegar a Petherton na semana do aniversário, e separei alguns pennies para que possam visitá-la. Estão na escrivaninha de papai. Esforce-se para tornar esse dia o melhor possível, apesar da nossa ausência.

Não tenho espaço para escrever um relato detalhado do que temos feito, mas tentarei me lembrar de todos os pormenores para contar a você quando retornarmos. Vocês três devem fazer o mesmo para Cecily e para mim. Assim, quando voltarmos a nos reunir, será como se não tivéssemos nos afastado nem por um segundo.

Sentimos sua falta e amamos vocês, e devemos retornar o mais rápido possível.

Sua amada irmã,
Kitty

Capítulo 5

A condessa viúva lady Radcliffe, que perdera o marido muito jovem, aos 46 anos, tinha recebido uma bela fortuna e uma série de liberdades bem maiores do que as que desfrutara enquanto era casada. Claro, ela sentira profundamente a morte do marido – e ainda sentia –, mas, depois de certo tempo, havia começado a apreciar os prazeres da vida ao não estar atada a uma pessoa cuja natureza austera não se prestava a frivolidades. De fato, anos depois da tragédia, a vida de viúva riquíssima combinava muito bem com a mulher. Nesse novo capítulo de sua vida, suas grandes paixões eram os filhos (e a preocupação com eles), a alta sociedade (e a diversão que oferecia) e cuidar da própria saúde (ou, melhor, da falta dela).

Era o bastante para ocupar qualquer um, e lady Radcliffe poderia ser perdoada pelas raras ocasiões em que a dedicação a uma paixão a levava, infelizmente, a ignorar outra. Por isso não foi com pouco alarme que lady Radcliffe ignorou sua mão esquerda trêmula – sem dúvida, um sintoma de seus desmaios recentes – para encontrar o segundo filho aflito por uma nova obsessão feminina.

– Quem é a Srta. Talbot?

Lady Radcliffe não se lembrava de ter ouvido aquele nome antes. Archie revirou os olhos, um pouco irritado.

– Você sabe, mamãe. As irmãs Talbot. Temos caminhado com elas todos os dias no Hyde Park.

– Vocês têm se encontrado com as mesmas jovens todos os dias?

A testa de lady Radcliffe se franziu. Não era incomum para Archie – nem para qualquer jovem de sua idade – fixar-se em novas amizades do sexo feminino, mas aquela tinha se firmado, de fato, com bastante rapidez.

– Tenho – disse Archie, sonhador. – É a criatura mais linda que existe, mamãe. Eu me considero o homem mais sortudo do mundo de tê-la conhecido por tamanho acaso.

Um pouco intrigada, lady Radcliffe exigiu saber como exatamente eles haviam conhecido as tais garotas Talbot. A resposta de Archie foi bastante incoerente – incluía um sapato, uma torção e uma descrição extasiada e precisa da cor dos olhos da mais velha das Talbots –, o que não contribuiu em nada para aliviar os receios de sua mãe. Quando alguém era rico e bem-nascido como um De Lacy, era imprescindível manter a mente desconfiada. Na opinião de lady Radcliffe, o mundo estava cheio de riscos, tanto para um bom nome quanto para a saúde, e era crucial estar vigilante para proteger ambos. Parasitas de berço inferior sempre tentariam se aproximar de pessoas nobres e honradas como eles, como acontecia na natureza. A importância, a riqueza e a posição que ocupavam na sociedade eram tesouros tentadores, afinal haviam sido cultivados e guardados por séculos. E quando alguém tinha três filhos em idade para se casar, como ela, a ameaça era ainda maior. Lady Radcliffe também tinha plena consciência de que seus filhos, todos com belas fortunas, eram uma atração e tanto para qualquer arrivista esperta.

– Eu gostaria de conhecer essas jovens, se elas vão se tornar tão amigas de vocês – disse ela, interrompendo com firmeza a descrição de uma cantiga divertida que Archie havia contado no dia anterior, algo que a Srta. Talbot achara muito espirituoso.

– Gostaria? – perguntou Archie, surpreso. – Achei que a senhora andava se sentindo um pouco... *indisposta* essa semana.

– Se está se referindo a meus desmaios – disse lady Radcliffe, fungando e detectando uma nota de dúvida na voz do filho, que considerou muito indelicada –, então saiba que estou me sentindo bem melhor. Gostaria de conhecer essas Talbots. Convide-as para tomar chá aqui, depois do passeio.

Archie aprovou a ideia, animado e alheio a qualquer motivo oculto por parte da mãe. Mais tarde naquela manhã, andou alegremente até o Hyde Park. Enquanto isso, lady Radcliffe passou o tempo todo num estado de grande nervosismo. Que idiota ela havia sido por se deixar distrair num momento como aquele. Archie estava claramente apaixonado pela tal jovem, que, sem dúvida, seria uma pessoa muito inadequada, se andava por aí perdendo sapatos. Lady Radcliffe perguntou a si mesma se deveria escrever para James e avisá-lo, mas acabou decidindo não fazê-lo. O filho mais velho mantinha-se recolhido em Radcliffe Hall, em Devonshire, como fizera desde que retornara de Waterloo. Embora lady Radcliffe gostasse de mantê-lo informado sobre os assuntos familiares, ela também procurava não incomodá-lo, a menos que fosse realmente necessário. O envolvimento do filho na Guerra dos Cem Dias tinha contrariado em muito os seus desejos – e os desejos do pai dele –, mas lady Radcliffe não poderia negar tal isolamento ao filho. Afinal, o que ela sabia sobre a guerra?

O tempo passava devagar para quem era assolado pela angústia. Séculos pareciam ter transcorrido quando Archie e Amelia retornaram com as irmãs Talbots a reboque. Àquela altura, a preocupação de lady Radcliffe era tanta que ela esperava encontrar duas charlatãs, com as barras das saias grudadas no corpo e lábios vermelhos e sorridentes. Ficou aliviada quando viu que as duas senhoritas pareciam *mesmo* jovens bonitas e de boa família: os vestidos de passeio e as peliças eram da última moda, embora, com certeza, não fossem obras da Sra. Triaud, pensou ela, observando com ar crítico. Os cabelos estavam arrumados de modo atraente, e ambas tinham movimentos graciosos, sem exageros. Talvez ela tivesse se enganado ao achar que aquilo era algo mais alarmante do que outra paixão juvenil de Archie. Levantou-se para cumprimentá-las.

– Como estão, Srta. Talbot e Srta. Cecily? É maravilhoso conhecê-las – disse ela em voz baixa.

Houve uma pausa enquanto ela aguardava a reverência. Como lady Radcliffe era a dama de posição mais elevada no recinto, cabia às Srtas. Talbots o primeiro cumprimento. Depois de um segundo a mais do que o habitual, as duas jovens fizeram profundas reverências. Mais profundas do que o correto – de fato, tão profundas que serviriam para saudar uma duquesa. Lady Radcliffe estremeceu. Minha nossa!

Archie bateu palmas, animado.

– Pattson irá trazer um lanche? – perguntou ele, desabando em uma das poltronas.

Um segundo depois ele se levantou depressa, constrangido.

– Por favor, perdoem-me… Srta. Talbot, Srta. Cecily, gostariam de se sentar? – perguntou ele, indicando os lugares.

Todos se acomodaram, e a viúva voltou a examinar as jovens com o olhar crítico renovado, demorando-se na barra um pouco suja de lama de seus vestidos e vislumbrando seus calçados, com os inconfundíveis botões de madeira do Cheapside. Hum. Pattson entrou rapidamente, acompanhado por três criadas que carregavam bandejas com deliciosas fatias de bolo e as melhores frutas da estação. Lady Radcliffe julgou que a Srta. Talbot mais velha encarava aquela exibição com uma expressão um pouco assombrada, como se nunca tivesse visto nada tão suntuoso em toda a sua vida. Minha *nossa*!

– Srta. Talbot, Archie me disse que vocês duas estão hospedadas com sua tia – declarou lady Radcliffe, esforçando-se para, no mínimo, parecer educada. – Ela mora perto do parque?

– Não muito longe – respondeu Kitty, e tomou um gole no chá. – Na Wimpole Street.

– Que adorável – disse lady Radcliffe, sem qualquer vestígio de sinceridade.

A Wimpole Street, com toda a certeza, não fazia parte do que ela considerava a área elegante da cidade. Voltou-se para a Srta. Talbot mais jovem.

– Amelia me contou que vocês duas frequentaram o Seminário de Bath para Jovens Moças.

– Sim, durante dois anos – respondeu Cecily, em voz alta e clara.

– Apenas dois? Precisou transferir sua educação para outro local?

– Não. Nosso dinheiro acabou e eu tive que voltar para casa – respondeu Cecily e deu uma mordida num pedaço de bolo, feliz da vida.

A taça da Srta. Kitty Talbot congelou no ar. Lady Radcliffe baixou seu prato com uma batidinha decisiva. Meu Deus, era pior do que tinha imaginado. Que coisa mais decadente sofrer de uma falta de fundos tão reveladora, e ainda falar sobre o assunto em público. E com desconhecidos! As duas precisavam ser retiradas da casa imediatamente.

– Acabei de me lembrar de uma coisa – declarou ela, dissimulada. – Somos esperados para o almoço na casa dos Montagus hoje.

– Somos? – perguntou Archie, com uma garfada de bolo a caminho da boca. – Achei que ainda não estivessem de volta a Londres.

– Sim, estão. Que terrível da minha parte esquecer. – Lady Radcliffe se levantou. – Seria considerado uma grosseria se não fôssemos. Minhas desculpas mais sinceras, Srta. Talbot, Srta. Cecily, mas temo que nosso chá deva terminar antes do esperado.

Lady Radcliffe, com a ajuda do indispensável Pattson, acompanhou as irmãs Talbot até a porta, numa polidez forçada, o equivalente da classe alta a agarrá-las pelo pescoço e jogá-las na rua. Pouco tempo depois já estavam na entrada, com Archie correndo atrás delas e se desculpando profusamente.

– Mamãe não costuma se esquecer desse tipo de coisa – lady Radcliffe o ouviu dizer com urgência. – Por favor, nos desculpem. O que aconteceu foi uma infelicidade... Foi muito rude de nossa parte convidá-las para uma visita tão curta.

– Está tudo bem – disse a Srta. Talbot, calorosamente. – Nos vemos no Hyde Park amanhã?

Se dependesse de lady Radcliffe, isso não aconteceria.

– Sim, sim, claro – respondeu Archie, com imprudência.

– Archie!

A voz de lady Radcliffe ecoou até a rua como uma ordem, e Archie voltou correndo para dentro com um último pedido de desculpas à sua amada. Com um gesto incisivo de lady Radcliffe, Pattson fechou a porta com firmeza atrás das irmãs Talbot.

– É claro que ela se livrou de vocês – afirmou tia Dorothy, com a voz densa e exasperada. – É um milagre que vocês tenham sequer *entrado*. Que diabos você esperava? Francamente, Kitty, não consigo entender por que está tão surpresa!

Após a desastrosa visita à casa de lady Radcliffe, Kitty achou melhor confessar à tia o que exatamente andavam fazendo naquelas caminhadas diárias. Até então tinham guardado segredo, com medo de sua desaprovação. Como previsto, a tia não havia hesitado em chamá-la de tola.

– Não estou *surpresa* – disse Kitty, contrariada. – Estou frustrada. Se Cecily não tivesse feito aquele terrível comentário sobre nossa falta de fundos...

– Mesmo que ela não tivesse dito nada, lady Radcliffe teria sentido seu cheiro um segundo depois – disse tia Dorothy, ácida. – Conheço o tipo dela. Passam a maior parte do tempo se preocupando com caçadores de fortuna. Escreva o que eu digo, querida. Você não vai voltar a ver aquele rapaz.

Ao contrário das previsões de tia Dorothy, no dia seguinte as irmãs voltaram a ver os De Lacys no Hyde Park. Archie parecia um pouco encabulado, mas feliz em ver Kitty. Assim que as duas se aproximaram, lady Amelia exclamou, alegremente:

– Mamãe acha que você está atrás de nossa fortuna! Por acaso está?

– Amelia! – exclamou o Sr. De Lacy, escandalizado. – Que coisa para se dizer! – Ele lançou um olhar envergonhado para Kitty. – Queira me desculpar. É claro que sabemos que não é o caso. É só que mamãe... Ela está acostumada a pensar... – Ele gaguejou por um momento antes de concluir, com a voz fraca: – Ela é muito protetora conosco.

Isso deu a Kitty uma ideia bastante precisa do tipo de acusação feita às duas depois de terem saído da casa Radcliffe. Ela reprimiu um gemido de frustração. Estava exausta de todos aqueles homens, totalmente manipulados por outras mulheres. Era hora de partir para o ataque.

– Eu compreendo. É natural que ela queira protegê-lo. Está claro para mim que ela ainda o vê como um menino.

– Mas eu não sou mais um menino – reclamou ele, cerrando a mandíbula com teimosia.

– Não. É claro que não.

Eles começaram a caminhar.

– Espero... espero que sua mãe não tenha se assustado com as palavras de Cecily sobre nossa situação financeira – disse ela, com calma.

Archie gaguejou uma resposta sem sentido.

– Meu pai sempre nos ensinou que – Kitty olhou para o horizonte, como se estivesse nas profundezas de uma lembrança – o que verdadeiramente importa é quem somos por dentro, nosso caráter... Mas eu sei que nem todos pensam da mesma maneira. Se isso vai aborrecer sua mãe, talvez seja melhor não sermos mais amigos.

Isso era pura ficção, é claro, mas o blefe funcionou bem.

– Ah, não diga isso, Srta. Talbot – declarou o Sr. De Lacy, horrorizado. – Não podemos deixar mamãe arruinar nossa amizade... Ela é muito antiquada, sabe, mas eu, por outro lado, concordo totalmente com seu pai. Na verdade... – Ele se empertigou, se preparando para uma declaração romântica – ... na verdade, para mim não faria diferença se a senhorita fosse uma princesa ou uma pobretona!

Kitty ficou bastante satisfeita com a declaração. Convinha muito bem ao Sr. De Lacy considerar-se um herói romântico e encarar lady Radcliffe como o dragão que guardava o castelo.

– Sr. De Lacy, é um grande conforto ouvi-lo dizer isso.

Kitty parou no meio do caminho, forçando-o a parar também.

– Espero que não me considere atrevida demais – disse ela, colocando na voz o máximo de calor que conseguia. – Mas estou começando a achar que o senhor é um amigo muito precioso.

– Srta. Talbot, eu sinto o mesmo. Estou convencido de que devemos continuar a nos ver. Vou falar com minha mãe hoje. Tenho certeza de que posso fazer com que ela veja a situação com outros olhos.

Kitty se parabenizou pela excelente jogada. Perfeita! Quando se separaram, uma hora depois, ela se sentia bastante satisfeita com os acontecimentos do dia. Mas, assim que voltaram para a Wimpole Street, Cecily falou, de repente:

– Você gosta do Sr. De Lacy? – perguntou ela enquanto Kitty soltava as fitas de seu chapéu.

– Por que a pergunta? – indagou Kitty, franzindo a testa, pois o nó na base de seu queixo estava dando bastante trabalho.

– Eu ouvi o que ele disse... que para ele não faria diferença se você fosse uma princesa ou uma pobretona. Mas para você isso importa, não é?

Kitty deu de ombros, esquecendo por um momento as instruções expressas de Dorothy para não fazer nada pouco feminino.

– Eu o admiro, com certeza – declarou Kitty, na defensiva. – Ele tem muitas qualidades admiráveis. Mas se está me perguntando se estou atrás dele por causa de sua fortuna, então é claro que estou, Cecily. Por qual outro motivo estaríamos aqui?

Cecily pareceu um pouco desorientada.

– Suponho... – disse ela, hesitante. – Pensei que você tentaria encontrar alguém rico, mas de quem você também gostasse.

– Seria ótimo – disse Kitty, num tom amargo – se tivéssemos todo o tempo do mundo para fazer isso. Mas agora temos apenas oito semanas antes que os agiotas cheguem a Netley. E, dessa vez, eles não sairão de mãos vazias.

Capítulo 6

O dia seguinte amanheceu claro e ensolarado. Na opinião de Kitty, excelentes condições para uma sessão de caça à fortuna. Esse começo auspicioso, no entanto, teve vida curta, pois quando encontraram os De Lacys, Archie parecia manso como um cordeiro.

– Receio que mamãe não será persuadida – afirmou ele, assim que começaram a caminhar. – Tentei falar com ela, juro que tentei, mas ela quase teve uma crise histérica quando comecei a explicar o que seu pai disse sobre o interior das pessoas.

Kitty teve o pressentimento de que as palavras daquele discurso podem ter ficado um pouco truncadas na tradução.

– Ela escreveu para nosso irmão falando sobre você.

Lady Amelia os interrompeu, de novo com muita alegria. Estava bastante empolgada com todo o drama gerado pelas Talbots num mês que, de outra forma, teria sido muito monótono.

– Por quê? – perguntou Kitty, alarmada.

A última coisa que ela queria era outro De Lacy protetor em seu encalço.

– Suponho que ela queira a opinião dele... para me proibir de vê-la ou algo assim – disse Archie, com tranquilidade. – Não há nada com que se preocupar. James sempre percebe os disparates de mamãe.

De algum modo, Kitty queria que Archie se distanciasse da influência da mãe antes que ela ficasse mais motivada a separá-los. Mas como?

– Sr. De Lacy, posso lhe fazer uma pergunta? – indagou ela enquanto Cecily e lady Amelia se afastavam deles. – Ainda não estou habituada aos costumes de Londres. É comum que um homem como o senhor, da sua idade e da sua posição, ainda more com a mãe?

O Sr. De Lacy pareceu surpreso.

– Todos os meus colegas de escola fazem isso. James, meu irmão, tem a própria residência na cidade, embora a casa da família agora pertença a ele. Mamãe se ofereceu para sair, mas ele não lhe deu ouvidos. Raramente usa qualquer uma das casas, porque quase não vem a Londres.

– Entendo – disse Kitty, pensativa. – Acha que ele lhe daria permissão para usá-la, se o senhor quisesse? Admito que, se estivesse no seu lugar, eu gostaria muito da liberdade que morar sozinho pode oferecer.

– O que quer dizer? – perguntou o Sr. De Lacy, inseguro, pois a ideia de ter a própria residência nunca lhe ocorrera.

– Bem, o senhor pode fazer o que quiser, sempre que quiser. Como ir e vir, por exemplo, e assim por diante.

– Eu não teria que dar satisfação à mamãe ou a Pattson, que sempre parece ter algo a dizer sobre tudo que faço – disse o Sr. De Lacy, começando a entender.

– Poderia tomar café da manhã na hora do jantar – disse Kitty, provocando-o. – E ficar acordado até a hora que quisesse.

– Ah, que maravilha!

Ele riu, achando essa ideia bastante escandalosa.

– É só uma ideia. Poderia ser maravilhoso, sabe?

Kitty esperava que isso bastasse para motivar alguma ação por parte do rapaz, mas, no dia seguinte, percebeu de imediato que a tática havia sido um erro. Lady Amelia saudou-as com a notícia de que os irmãos tinham sido proibidos de voltar a ver as Srtas. Talbot – uma ordem a que ambos pareciam mais do que dispostos a desobedecer, pois a atração pela companhia de outros jovens numa Londres quase deserta era forte demais para ser ignorada.

– Mamãe quase desmaiou quando Archie disse que queria ter a própria casa – contou lady Amelia. – Colocou toda a culpa na Srta. Talbot.

– Bobagem! – O Sr. De Lacy descartou aquilo na mesma hora. – Um bocado de drama. Não pense nisso nem por um segundo, Srta. Talbot. Ela vai mudar de ideia em breve.

– Ela não vai perceber que vocês dois saíram para se encontrar conosco, como sempre? – perguntou Cecily.

– De maneira alguma – respondeu o Sr. De Lacy. – Ela está com uma dessas novas crises de desmaio... Esqueci o nome que ela usa agora. Dois médicos já foram vê-la, e escapulimos no meio da confusão.

– O que foi ótimo – afirmou lady Amelia. – Não suporto conversar sobre a saúde dela nem mais um segundo. Além do mais – ela deu o braço para Cecily –, tudo fica muito mais empolgante assim, tão... clandestino.

Kitty sentiu um peso no coração ao ouvir aquilo. Se esses encontros se transformassem num relacionamento clandestino, não funcionaria. A clandestinidade significava escândalo, e Kitty sabia muito bem como acabavam os escândalos. Não era a vida que queria.

– Sr. De Lacy, estou horrorizada por ter provocado todo esse transtorno. Não quero que sua mãe me deteste dessa forma.

Archie fez um gesto de desdém com a mão, afastando completamente aquele receio.

– Ela vai mudar de ideia. Não se preocupe. Você precisa ouvir sobre a última carta de Gerry, meu amigo de Eton. Ele estará na cidade dentro de uma semana, mais ou menos, sabe? É incrível...

O Sr. De Lacy engrenou num relato longo e desinteressante sobre a última façanha de Gerry, e, apesar de Kitty ter rido o tempo todo, sua atenção estava em outro lugar. Embora o Sr. De Lacy pudesse viver com aquela alegre certeza de que tudo daria certo para ele no final, Kitty não podia se dar ao mesmo luxo. Duvidava muito de que lady Radcliffe mudasse de opinião sem alguma intervenção externa. Por isso era preciso pensar num modo de fazer com que lady Radcliffe gostasse dela. Mas como?

– Lamento muito saber da doença de sua mãe – disse ela suavemente, assim que o Sr. De Lacy terminou o monólogo. – Gostaria que houvesse algo que eu pudesse fazer.

– Não se preocupe com isso. Os médicos dirão que não há nada de errado, e ela não vai acreditar neles. Aí vai aparecer alguma poção mágica da cozinheira, ou de lady Montagu, que vai acabar curando-a. E então começará tudo de novo.

– É mesmo? – indagou Kitty, pensativa. E, depois de um segundo, acrescentou: – Eu já lhe disse que tenho um grande interesse em medicina?

– Não, não que eu me lembre – confessou Archie.

– Pois eu tenho. Em Dorsetshire, nos sentimos mais confortáveis com o uso de remédios à base de ervas. – Kitty estava mentindo. – Os desmaios de sua mãe me parecem extremamente familiares. Tenho certeza de que a Sra. Palmer, da nossa cidade, sofria do mesmo mal. Tenho a receita do xarope que a curou. O senhor me permitiria escrever um bilhete para sua mãe, recomendando-o?

O Sr. De Lacy pareceu um pouco desconcertado, mas assentiu de boa vontade. Quando chegaram à Wimpole Street, Kitty ordenou que a carruagem esperasse enquanto ela entrava para pegar um papel de carta. Em sua melhor caligrafia, escreveu um bilhete para lady Radcliffe e o entregou às pressas ao Sr. De Lacy.

– Sua gentileza é extraordinária, Srta. Talbot! – exclamou o Sr. De Lacy, com um brilho de admiração nos olhos.

Kitty agradeceu com modéstia. É claro que ela não fora nem um pouco motivada pela gentileza, e o remédio que mencionara na mensagem era inteiramente fictício e inofensivo. A experiência de Kitty com pessoas saudáveis que costumavam sofrer de indisposições, como lady Radcliffe, havia lhe ensinado quanto elas valorizavam a compaixão e uma boa conversa sobre suas enfermidades. Ela nutria a esperança de que o menosprezo demonstrado em relação à doença de lady Radcliffe – tanto por seus filhos quanto pelos médicos – pudesse ter criado na senhora a necessidade de encontrar quem lhe desse ouvidos e a compreendesse. Era um tiro no escuro, Kitty sabia, mas era o único gesto que lhe ocorrera fazer.

Na manhã seguinte, o clima na Wimpole Street era de desânimo. Estavam todas cansadas: tia Dorothy tinha jogado copas até tarde com sua velha amiga, a Sra. Ebdon; Kitty ainda sentia a tensão dos últimos dias; e Cecily... Bem, qualquer coisa deixava Cecily cansada. O clima auspicioso da primavera havia enfraquecido com uma brisa fria vinda do Leste. As três mulheres fitavam a janela, um pouco tristes. Como acontecia com todos os britânicos, seus humores eram definidos pelo clima. Em Biddington, pelo menos, uma friagem tão desprezível não as teria mantido dentro de casa o dia todo. As outras irmãs de Kitty, sem dúvida, estavam caminhando pela cidade, sem dar atenção ao tempo – embora Kitty não pudesse saber com certeza o que faziam, pois ainda não havia recebido nenhuma carta delas. Haviam concordado em escrever com moderação, pois o custo do envio de correspondências era uma extravagância que mal podiam pagar, mas Kitty ansiava por notícias.

– Você poderia ajudar Sally a trazer o café da manhã, querida? – pediu tia Dorothy a Kitty.

Mas, antes que pudesse fazer qualquer coisa, a porta se abriu e Sally entrou com um bilhete na mão, em vez da bandeja de sempre.

– É para a senhorita – disse ela, entregando-o a Kitty. – O menino que trouxe disse que é da viúva lady Radcliffe.

Seu tom incrédulo deixava claro que ela pensava ser mentira. Kitty partiu o lacre. A nota, escrita em uma bela letra cursiva num grosso papel cor de creme, era curta.

Cara Srta. Talbot,

Obrigada por sua mensagem tão solícita. A receita enviada demonstrou ser extremamente eficaz. Tomei-a ontem, e meus sintomas desapareceram por completo. Se puder fazer a gentileza de me visitar amanhã, gostaria de expressar meus agradecimentos pessoalmente. Estarei em casa entre as duas e as quatro horas.

Lady Helena Radcliffe

Kitty sorriu.

Capítulo 7

O sétimo conde de Radcliffe estava sentado na sala do desjejum de sua casa de campo, aproveitando seu café da manhã com calma e vistoriando um maço de cartas. Como a temporada social de Londres ainda demoraria duas semanas para começar, ele não era o único a passar o tempo longe da agitação da cidade. Boa parte da aristocracia fazia o mesmo. No entanto, ele era o único que evitara Londres ao máximo ao longo dos últimos dois anos. Desde a morte do pai e de sua ascensão ao título de conde, lorde Radcliffe preferia permanecer na residência da família em Devonshire a enfrentar a horda voraz de seus pares em Londres. Mas a camisa branca impecável, a gravata arrumada com esmero e as lustrosas botas pretas de cano longo ainda lhe davam a aparência sofisticada de um cavalheiro londrino. A única concessão que ele fazia ao campo era o desalinho de seus cachos escuros.

– Algo digno de nota, Jamie? – indagou seu amigo, o capitão Harry Hinsley, ex-integrante da Sétima Brigada, que estava deitado numa espreguiçadeira.

– Nada além de negócios, Hinsley – respondeu Radcliffe –, e uma carta da minha mãe.

Hinsley deu uma risada.

– É a terceira nesta semana. Ela está doente?

– Sempre – murmurou Radcliffe, distraído, descendo os olhos pela página.

Hinsley se apoiou nos cotovelos para ver melhor o amigo.

– Reumatismo? Varíola? – perguntou ele, sorridente. – Ou ela está apenas revoltada com a espertalhona por quem Archie se apaixonou?

– A segunda opção, embora a jovem pareça ter sido promovida de "espertalhona" a "harpia".

– Não me faça ruborizar, James. – Hinsley levou a mão ao peito. – O que a pobre garota fez para merecer toda essa difamação?

Radcliffe começou a ler em voz alta.

– "Meu caro James, imploro que venha para Londres imediatamente. Nosso querido Archie, meu precioso filho, seu irmão mais novo"... Será que ela acha que eu esqueci quem é Archie?... "está à beira da ruína. Ele passa o dia inteiro com a harpia, que o mantém enredado. Temo que, em breve, seja tarde demais para fazer qualquer coisa."

Radcliffe encerrou o monólogo num tom tão pomposo e fatídico que Hinsley soltou uma gargalhada.

– Ela está atrás da virtude do jovem, não é? Garoto de sorte. E você vai montar em seu cavalo e partir para resgatá-lo?

– Ao que parece, sim – disse Radcliffe num tom irônico. – Embora eu imagine que irromper no encontro clandestino do meu irmão mais novo poderia ser um pouquinho constrangedor.

– Seria algo terrível de se fazer com um parente – afirmou Hinsley. Ele fez uma pausa, pensando no assunto. – Você acha que há alguma verdade nisso? Archie vai herdar uma boa quantia quando atingir a maioridade... É lógico que ela pode estar atrás do dinheiro.

Radcliffe tirou os olhos do papel, incrédulo.

– *Et tu*, Harry? Tenha um pouco de fé, meu caro amigo. Archie é apenas um garoto, e isso não passa de uma paixão juvenil. Recebo essas cartas todos os anos. Se houvesse um vínculo sério, com certeza eu receberia a notícia do próprio Archie, não de nossa mãe.

Ele sacudiu a carta para Hinsley, em protesto, mas o amigo apenas deu um sorriso tímido.

– Acha que o garoto ainda o venera? Mesmo com você se escondendo no interior pelos últimos dois anos? Pelo jeito como vem evitando sua família, eu diria que você mal lembra como seu irmão é.

– Não estou evitando ninguém – declarou Radcliffe, com frieza. – Minha mãe é mais do que capaz de tomar conta da família. Ela não precisa de ajuda.

Dito em voz alta, o argumento pareceu fraco, e ele franziu a testa ao ouvi-lo.

– Mas é o que ela está pedindo a você no momento, não é? – Hinsley olhou para ele com uma seriedade atípica. – James, você sabe que vai ter que assumir seu posto de cavalheiro algum dia. Não pode ficar isolado aqui para sempre.

Radcliffe fingiu que não tinha ouvido. Sabia que Hinsley tinha boas intenções. Sabia que, depois de terem lutado juntos no Continente, talvez Harry até compreendesse por que ele estava tão relutante em vestir o manto que o pai ainda deveria estar usando. Tinham visto os mesmos horrores, afinal de contas, porém Hinsley, que servira no exército de Wellington por bem mais tempo que Radcliffe, parecia ter mais facilidade em esquecê-los. E embora Hinsley e o restante do país achassem que as guerras tinham chegado ao fim, não era isso que Radcliffe enxergara. Ali, em Radcliffe Hall, tudo era mais fácil: administrar a propriedade, falar com os arrendatários, aprender seus deveres. Conseguia aceitar aquilo. Mas voltar para a cidade como conde, assumir o lugar do pai na Câmara dos Lordes e acompanhar a família pelos exuberantes salões londrinos, como se *nada* tivesse acontecido... Não. Não conseguiria. E não precisava fazer isso.

– Agradeço sua preocupação, meu caro amigo – disse James depois de uma pausa, mantendo o tom de voz brando e equilibrado. – Mas, como eu disse antes, se Archie estivesse realmente afeiçoado, ele teria escrito.

O mordomo pigarreou.

– Acredito que há uma carta do Sr. Archibald naquela pilha, milorde – disse Beaverton, educadamente.

Hinsley riu, achando graça da situação.

– Essa não. Ele escreveu para confessar que está apaixonado?

Radcliffe franziu a testa, procurando entre as cartas até encontrar a letra do irmão.

– É – disse ele, correndo os olhos depressa pela folha. – Parece que sim. E parece que ele gostaria de se casar com a jovem.

– Minha nossa!

Hinsley se levantou, aproximando-se para ler a carta por cima do ombro de Radcliffe. Irritado, o conde afastou-a do amigo. Enfiou-a de volta no envelope, bebeu todo o seu café e levantou-se da mesa.

– Como é possível que isso tenha acontecido em tão poucas semanas?

Espantado, Hinsley se serviu de mais café.

– Realmente, como é possível? – indagou James, sombrio. – Acho que teremos que interromper sua estadia, Harry. Parece que precisam de mim em Londres, no fim das contas.

Lorde Radcliffe sentiu certo tremor ao entrar na residência De Lacy na Grosvenor Square. Havia um silêncio fúnebre e a escuridão era quase completa, com todas as cortinas de todas as janelas fechadas bloqueando a luz vibrante do sol. Ele foi saudado, como sempre, por Pattson, que comandava a casa desde que Radcliffe se lembrava, uma presença tão constante em sua infância quanto a de seus pais. Radcliffe segurou seu braço com firmeza, saudando-o. Havia uma nítida expressão de alívio no rosto do homem.

– O que é dessa vez, Pattson? – perguntou ele, apreensivo.

– Acredito que chamam de *migraine*, milorde – sussurrou Pattson, praticamente sem mover os lábios.

– Ah, Deus, francês, é? Onde foi que ela ouviu isso? Uma doença internacional é sempre pior.

– Pelo que entendi – prosseguiu Pattson com cuidado –, o diagnóstico veio por intermédio de lady Jersey, que já sofreu do mesmo problema.

– Entendo. E... é algo sério? – indagou lorde Radcliffe.

Experiências anteriores lhe diziam que era melhor prestar atenção nessas indisposições, pois uma visão excessivamente cômica podia causar uma ofensa irreparável.

– Em círculos inferiores, acho que isso é mais conhecido como *dor de cabeça* – foi a resposta delicada de Pattson. – Aconteceu muito rápido... Na verdade, foi logo após a visita de lady Jersey.

O rosto de Pattson estava totalmente desprovido de emoção. Radcliffe reprimiu um sorriso e entrou na sala, em silêncio. Estava ainda mais escuro ali, e ele demorou até distinguir a forma de sua mãe, deitada numa posição dramática na espreguiçadeira.

– Bom dia, mãe – disse ele suavemente para a sala, tentando emular o mesmo tom de voz que usou Pattson.

A condessa viúva sentou-se na mesma hora.

– James?! É você? Ah, que maravilha! – Ela se levantou, cheia de energia. – Não consigo ver nada! Pattson! Pattson! Não consigo ver nada, por favor, abra as cortinas, a sala está parecendo um necrotério.

Naquele estado de indignação, ela não parecia lembrar que haviam seguido suas ordens, mas Pattson não disse nada. Com alguns movimentos rápidos, puxou as cortinas e deixou que a luz inundasse o aposento. Lady Radcliffe estava com o cabelo parcialmente penteado e usava um vestido cinza simples. Ela se precipitou na direção do filho mais velho com os braços estendidos e o envolveu em um abraço caloroso.

– James, meu querido, como é maravilhoso ver você!

A mulher deu um passo para trás, segurando as mãos de Radcliffe e absorvendo sua presença.

– E a senhora? – James sorriu, apertando suas mãos calorosamente. – Como tem passado? Pattson me disse que andou bastante indisposta.

– Ah, que bobagem! – retrucou ela depressa. Pattson, que estava atrás dela, pareceu um pouco magoado. – Você sabe que nunca fico abatida por muito tempo.

Era verdade. Às vezes, quase como por um milagre, as doenças de lady Radcliffe desapareciam bem a tempo dos eventos sociais tão esperados.

– Mas por que está aqui, James? Achei que tivesse decidido ficar em Radcliffe Hall por mais tempo.

Ele ergueu as sobrancelhas.

– Era o que eu tinha decidido... Mas suas cartas têm sido uma leitura muito atraente. A senhora precisa me contar tudo sobre a Srta. Talbot e Archie.

Se ele esperava assistir a uma versão ao vivo daquela carta dramática, ficou desapontado.

– Ah, por favor, James, não precisa dizer nada! – exclamou ela, colocando as mãos nas bochechas, fingindo um constrangimento bem-humorado. – Sei que me portei como uma boba!

– Uma boba – repetiu ele.

James admitia que fora irritante viajar tão depressa por uma distância tão longa, mas pelo menos aquilo, com certeza, tornava os assuntos menos urgentes.

– Sim, confesso que pensei que a Srta. Talbot fosse uma caçadora de fortunas. Além do mais, eu a achava extremamente inadequada para Archie. Mas não temos nada com que nos preocupar.

– Isso é um alívio – disse ele, pensando em quanto tempo poderia se preparar para um rápido retorno a Devonshire.

– Eu sei, eu sei. Não consigo acreditar que me equivoquei tanto. Ela é uma criatura maravilhosa.

– Hum – murmurou ele, com a cabeça em outro lugar.

Os cavalos precisavam descansar, o que talvez atrasasse sua partida... Então sua mente assimilou as palavras da mãe.

– Mamãe... Está querendo me dizer que Archie e essa Srta. Talbot permanecem em contato?

– Claro que sim! Ora, ela e a irmã se tornaram visitantes assíduas dessa casa. A Srta. Cecily e Amelia frequentaram o Seminário de Bath juntas, sabe, e as irmãs têm relações próximas com os Linfields de Dorsetshire. Reconheço que as julguei mal... Sabe como me preocupo com meus filhos... Tenho medo de que sejam vítimas de alguém mau-caráter por causa de nossa fortuna.

Radcliffe sabia bem. Nas cartas, a mãe havia empregado a expressão incisiva "vigarista de uma figa".

– Eu estava errada. A Srta. Talbot é, na verdade, a mais gentil das jovens. Ora, ela foi extremamente atenciosa quando tive crises de desmaio na semana passada e, de fato, me curou com um remédio de Dorsetshire.

– É mesmo? – murmurou ele, pensativo, recostando-se na cadeira.

– Sim. Acredito que a preocupação de alguém em relação à saúde dos outros revela muito sobre seu caráter, não acha?

– Concordo plenamente. É *muito* revelador.

Seu tom fora equilibrado, mas algo na voz do filho fez com que a mãe parasse e pensasse, pois ela prosseguiu, um pouco afoita:

– Eu preferiria que Archie tivesse amigos de posições mais elevadas, é claro. Mas, caso o vínculo entre os dois seja duradouro, acredito que ele seria feliz. E, como mãe, é isso que me importa acima de tudo.

O próprio casamento da mãe tinha sido por conveniência, arranjado por seus pais com um homem muito mais velho. Radcliffe acreditava naquelas palavras e não discordava dos sentimentos da mãe. Mesmo assim...

– Pensei que tivéssemos concordado que Archie e Amelia ainda eram jovens demais para relacionamentos de longo prazo – disse ele, com calma.

– É verdade, são mesmo. Mas não vejo perigo em permitir que mantenham essas amizades. Aposto que os dois vão acabar se desinteressando com o tempo. Por que não deveriam aproveitar essa companhia por algum tempo? Eles compartilham dos mesmos interesses!

Radcliffe voltou a resmungar.

– James, por favor, não seja desagradável – disse ela, reprovando-o. – Se for ficar por aqui, estou esperando que cheguem a qualquer momento. Ora, as duas são ótimas influências, por convidar Archie e Amelia para suas caminhadas diárias. Acho que Amelia nunca tinha passado tanto tempo ao ar livre nos últimos anos. O ar puro é ótimo para a saúde. Quando conhecer a Srta. Talbot, tenho certeza de que você vai adorá-la. Todos nós a adoramos, até Dottie.

– Tenho certeza de que vou gostar muito de conhecê-la – afirmou ele, bastante afável, embora a desconfiança ardesse dentro dele.

Afinal de contas, embora Dottie fosse uma juíza de caráter muito exigente e difícil de impressionar, como todos sabiam, ela era uma gata.

Capítulo 8

A Srta. Kitty Talbot seguiu o Sr. De Lacy e lady Amelia pela escadaria da grandiosa casa, na Grosvenor Square, sentindo-se muito feliz consigo mesma. Permanecia nesse estado desde a última semana, depois de conquistar o afeto da condessa viúva e de seu filho. A atenção e a simpatia que Kitty dedicara ao problema de saúde da dama a deixaram encantada. Depois de ter sido curada dos desmaios pelo remédio de Dorsetshire de Kitty (ela o chamara de poção restauradora, embora fosse apenas água misturada com talos de flor de salgueiro e raminhos secos de tomilho), lady Radcliffe passou a considerá-la um anjo.

Kitty calculava – pela afeição na voz do Sr. De Lacy, pelos longos olhares de admiração quando estavam juntos e pelo entusiasmo com que implorava para vê-la – que o futuro noivado não devia estar muito longe. Quando entraram no salão, estava justamente pensando nessa possibilidade tão feliz quando se assustou com um grito ao seu lado.

– James!

O Sr. De Lacy e lady Amelia correram para cumprimentar uma pessoa alta que se levantava de uma cadeira de espaldar alto. Kitty ficou parada na porta, atenta, mas não se sentiu desorientada. Pela saudação e pelo nome, só podia ser lorde Radcliffe, embora tivesse sido informada de que o cavalheiro não costumava ser visto em Londres.

Os De Lacys mais jovens cercavam o irmão como se fossem filhotes ansiosos. Pelo pouco contato que ele mantinha com a família, Kitty supunha que lorde Radcliffe não nutria grande amor por eles. No entanto, o afeto era perceptível no calor de seus olhos enquanto Archie se demorava segurando sua mão e na generosidade de seu sorriso quando inclinou a cabeça na direção de Amelia, que puxava seu cotovelo. A distração oferecia a ela a oportunidade de observá-lo diretamente, coisa que ela apreciou. Radcliffe era alto e esguio, de um modo que sugeria um estilo de vida distinto, e atraente, com o cabelo escuro e grosso, olhos cinzentos e bondosos, e um porte tranquilo e confiante. Nada disso, porém, agradou Kitty. Na sua experiência, quanto mais atraente era o homem, menos caráter ele possuía e, acrescentando a isso a riqueza e o título, a situação só se agravava. Kitty avançou lentamente, com Cecily atrás, para fazer uma reverência a lady Radcliffe.

– Espero que não estejamos nos intrometendo, senhora – disse Kitty. – Não imaginei que lorde Radcliffe estivesse de visita.

– Não, minha querida, é claro que não – disse a viúva, fazendo um sinal para que as duas se aproximassem. – James, James! Gostaria de apresentá-lo às Srtas. Talbot, nossas novas amigas.

– Srta. Talbot, Srta. Cecily – saudou Radcliffe, curvando-se enquanto elas faziam uma reverência.

As duas se levantaram, e Kitty o encarou pela primeira vez. Tinha mesmo achado que os olhos dele eram bondosos? Devia ser a luz, porque pareciam gélidos, cheios de uma avaliação frígida. Por um momento terrível, Kitty se sentiu completamente exposta. Como se aquele homem soubesse de todos os atos vergonhosos que ela já havia praticado ou pensado e a condenasse por cada um deles. A jovem prendeu a respiração e descobriu que era capaz de ruborizar, afinal de contas. Ele desviou o olhar, o momento passou e Kitty se recuperou. Sentaram-se na sala de visitas, e Pattson trouxe a bandeja com um lanche. Ela aceitou uma fatia de bolo com um murmúrio de agradecimento.

– Srta. Talbot – Radcliffe se dirigiu a Kitty enquanto ela dava a primeira mordida –, deve me contar como conheceu minha família. A carta de Archie mencionou algo sobre um sapato, estou certo?

– Minha nossa! – Kitty baixou os olhos com um constrangimento calculado. – Sim, sou muito grata a lady Amelia e ao Sr. De Lacy por terem nos ajudado naquele dia, pois foi uma situação delicada. Mas é maravilhoso que tal incidente tenha provocado o reencontro de duas grandes amigas.

Ela sorriu para a irmã, mas Cecily não fez qualquer esforço para tecer qualquer comentário. Que criatura difícil! O Sr. De Lacy, porém, a fitava com adoração, uma poça de manteiga derretida, e Kitty tentou se tranquilizar.

– Sim, uma coincidência maravilhosa... Até mesmo um milagre, eu diria – concordou lorde Radcliffe.

Embora o tom das palavras fosse educado, Kitty sentiu uma pontada de inquietação.

– Acho que devo ter muita sorte – disse ela. Então se virou para lady Radcliffe, esperando desviar o curso da conversa. – Ouvi dizer que o tempo deve melhorar ainda mais, senhora. Espero que tenhamos uma pausa desta umidade, que certamente deve ser a causa de suas terríveis *migraines*.

– Assim espero, minha querida – afirmou lady Radcliffe num tom fatalista –, embora eu não conte com um progresso. – Ela se voltou para o filho. – Radcliffe Hall estava em bom estado quando partiu?

– Excelente.

– O Sr. De Lacy me disse que Radcliffe Hall é uma propriedade muito bonita – disse Kitty, com um sorriso simpático. – Adoraria ouvir mais sobre ela, milorde.

– Temo que a maioria de nós acharia tal descrição muito enfadonha – afirmou Radcliffe com frieza. – Seria melhor se nos contasse sobre a residência principal de sua família… Netley, não é?

O sorriso de Kitty ficou tenso.

– Exatamente. Mas temo que chamá-la de residência principal seja um tanto generoso.

– É mesmo? Pelo que Archie me contou, imaginei que as terras fossem bastante extensas.

Kitty precisou de uma grande dose de autocontrole para não dirigir um olhar acusador a Archie. Sentindo que havia cometido um deslize, o Sr. De Lacy apressou-se em intervir.

– Não, não, James. Quando chamei-a de impressionante, me referia a sua beleza, não ao tamanho.

Ele pareceu ficar muito satisfeito com aquela resposta, sorrindo para si mesmo e olhando para Kitty em busca de aprovação. Kitty deu outro sorriso. De nada ajudaria parecer zangada. Mas seria pedir muito esperar que ele não atrapalhasse ativamente seus planos com exageros inúteis? Parecia que havia permitido o engano de propósito. Era vergonhoso.

– Ah, eu não teria tanta certeza. Mas nós achamos que sim.

Ela tentou incluir Cecily na conversa de novo, olhando para a irmã à espera de algum comentário, mas a garota fitava um ponto aleatório na sala. Kitty achava sorte que a apatia não fosse considerada um pecado entre as mulheres.

– Tenho certeza de que é – disse Radcliffe com suavidade. – Fica no Oeste, certo?

Algo no tom dele despertou em Kitty um sinal de alerta, mas não havia como ignorar a pergunta.

– Dorsetshire – afirmou Kitty. – A oeste de Dorchester.

– Eu adoraria conhecê-la – disse Archie.

Seu entusiasmo genuíno fez Kitty amolecer um pouco.

– Quando quiser – disse ela, com ousadia.

Ele abriu um sorriso.

A partir daí, o Sr. De Lacy e lady Amelia – cansados do interesse de seu irmão pela Srta. Talbot – dominaram a conversa. Kitty, por sua vez, foi capaz de redirecionar sua concentração à tarefa de tentar se inserir na família. Ela ouvia com cuidado, dando risadas tilintantes e murmurando com interesse em todos os momentos apropriados. Quando as duas jovens se despediram, lady Amelia e o Sr. De Lacy estavam extasiados, graças à combinação inebriante de Kitty acariciando seus egos com a atenção total do irmão. Kitty sentiu que tinha lidado com o desafio inesperado do dia de forma favorável. Dali em diante, tudo que ela precisava fazer era provar a Radcliffe que deixava seu irmão radiante e feliz. Afinal, se a mãe deles não tinha objeções, por que ele teria?

Quando se despediram, o Sr. De Lacy prometeu fervorosamente que a veria no dia seguinte, e Kitty fez uma reverência a Radcliffe por último. Então, pela segunda vez naquele dia, ela notou a mesma expressão em seus olhos – aquela expressão que tanto mexera com ela e que lhe dizia com clareza que ela não pertencia àquele lugar. Acomodou-se na carruagem dos De Lacys – que lady Radcliffe providenciara assim que soubera que pretendiam voltar a pé para casa – sentindo um mal-estar. Por que ele a olhava com tanto desdém quando ela havia conquistado o restante da família? O que ela havia feito para provocar tal reação? Não sabia ao certo e não gostava nem um pouco daquilo.

Por outro lado, horas mais tarde, ao deixar a residência de sua família e seguir para sua casa em St. James's Place, Radcliffe estava convencido de três fatos. Primeiro, o irmão mais novo e a família inteira estavam perigosamente enfeitiçados pela Srta. Talbot. Segundo, a Srta. Talbot não nutria qualquer sentimento romântico por Archie, além do apreço por sua fortuna. E, terceiro, caberia a ele resolver essa situação.

Capítulo 9

Kitty bateu o bilhete com força na mesa do café da manhã, sobressaltando a irmã e a tia.

– Os De Lacys cancelaram a caminhada de hoje – disse ela, irritada. – Archie vai passar a tarde com Radcliffe enquanto lady Radcliffe e lady Amelia vão visitar os Mármores de Elgin com as filhas de lady Montagu.

– É natural que Radcliffe queira passar algum tempo com o irmão, não é? – perguntou Cecily, um pouco aérea. – Eu mesma gostaria de ver os Mármores de Elgin.

Ela acrescentou a última frase num tom tristonho. Cecily tinha se decepcionado ao constatar que, com a caçada a maridos, não sobrava muito tempo para passeios culturais.

– Duas vezes nessa semana? – retrucou Kitty. – Não é natural. É *intencional*. Radcliffe está tentando nos afastar.

Cecily ainda parecia confusa, sem conseguir acompanhar a lógica daquele raciocínio.

– Eu avisei! – exclamou Dorothy, com o rosto parcialmente escondido atrás da última edição de *La Belle Assemblée*. – Você pode ter sido capaz de enganar a mãe, mas esse lorde Radcliffe parece entender o que você quer. Não é tarde demais para tentar o Sr. Pears, sabe?

Kitty se levantou de maneira abrupta.

– Pegue seu chapéu, Cecy, e vá chamar Sally. Nós vamos sair.

– Agora? – indagou Cecily num tom queixoso enquanto a irmã atravessava correndo a sala. – Aonde vamos?

– Você quer ou não quer ver os tais Mármores? – perguntou Kitty.

Archie estava exultante na caminhada de volta à Grosvenor Square, sob a luz púrpura do anoitecer. Radcliffe o levara ao White's, um clube de cavalheiros, duas vezes naquela semana. Era um território sagrado, em que Archie só esperava pôr os pés depois que completasse 30 anos e se encontrasse à beira da morte. Fora ainda mais emocionante do que ele imaginara: os aposentos escuros, o murmúrio baixo dos homens conversando e a névoa da fumaça dos charutos. *Formidável.* Estava tão empolgado que não pôde deixar de dar a Radcliffe um relato minucioso de seu último jogo de copas, embora o irmão também estivesse na mesa.

– Viu o rosto dele quando mostrei minhas cartas, James? – perguntou Archie, com uma empolgação infantil.

– É claro – respondeu Radcliffe, com paciência. – Ele com certeza ficou aborrecido.

– Quase urrando de raiva, não é? – Archie se gabou alegremente. – Que derrota!

Para Radcliffe, a tarde tinha sido um pouco menos sedutora. Em sua juventude, ele havia passado muito tempo no White's e em lugares semelhantes, mas fazia anos que não sentia a necessidade de visitá-los. Porém, o tempo dispendido ali valera a pena, disso ele tinha certeza. Archie o estava entediando terrivelmente com seu relato minucioso daquela tarde, mas não mencionava a Srta. Talbot desde de manhã. No dia anterior, Archie elogiara a Srta. Talbot por horas a fio e falara de sua adoração por ela, mencionando suas muitas virtudes e o desejo de, talvez, se casar com ela. Radcliffe ficou satisfeito ao constatar que alguns jogos de azar surtiram o efeito de distração desejado. Mais alguns dias e a ameaça da Srta. Talbot ficaria completamente no passado. Mesmo assim, sentiu-se aliviado quando os dois chegaram à Grosvenor Square. Estava ansioso para entregar Archie de volta à mãe e se retirar para a tranquilidade de St. James's Place.

– Pattson, minha mãe e minha irmã estão em casa? – gritou Archie, avançando pelo corredor. – Tenho que contar a elas como foi o jogo!

Percebendo que, se ficasse, ouviria a narração de Archie pela segunda vez, Radcliffe abriu a boca para se despedir – já imaginava o fogo e o silêncio abençoado de seu gabinete – quando Pattson respondeu:

– Estão na sala com as Srtas. Talbots, senhor.

– A Srta. Talbot está aqui? – Archie brilhou como uma vela. – Maravilhoso! Você vem, James?

– Sim, acho que vou.

Radcliffe o seguiu calmamente até a sala de estar.

– Queridos! – A condessa viúva os cumprimentou. – Chegaram bem na hora!

– Que surpresa estarem todas aqui, à nossa espera. – Radcliffe se curvou para as damas.

– O senhor nos leva a parecer perversas! – disse a Srta. Talbot, radiante.

Archie soltou um grito, achando graça da tirada, mas Radcliffe não riu.

– Juntem-se a nós – instruiu lady Radcliffe. – James, os Mármores eram tão magníficos quanto você disse que seriam. E ficamos muito satisfeitas por esbarrar com as Srtas. Talbots por lá!

– Que adorável... coincidência.

Os olhos de Radcliffe pousaram por um momento na Srta. Talbot mais velha, que ergueu o queixo.

– Nossa, mas não é mesmo? – exclamou Archie, bastante impressionado, esquecendo por completo que tinha sido ele mesmo quem enviara uma carta informando os planos da mãe e da irmã à Srta. Talbot.

A inclusão das Srtas. Talbot naquele dia tão fantástico o deixara atordoado de alegria. Lembrando-se de suas maneiras, o jovem fez uma saudação tão exagerada às damas que elas poderiam ser duquesas em vez de vis sanguessugas, como Radcliffe começava a considerá-las. Sentaram-se, e, como era de esperar, Archie se acomodou ao lado da amada, parecendo determinado a agradá-la.

– Srta. Talbot, já faz uma eternidade – declarou ele. Abalado ao perceber que era culpa sua, Archie gaguejou um pedido de desculpas por ter cancelado os passeios. – Sabe, estive no White's – explicou ele, com a reverência e o fervoroso entusiasmo dos jovens. – É um lugar maravilhoso.

Ignorando Archie, Radcliffe encarou a Srta. Talbot. Ela não parecia uma vilã, mas não era assim que o diabo costumava se apresentar? Como um lobo, ela estava vestida para se integrar à paisagem, com uma saia diáfana da última moda e cachinhos que pretendiam dar às jovens um ar de intensa fragilidade. Radcliffe admitia que o estilo lhe caía bem, embora detectasse uma forte sensação de vitalidade, talvez até de força, na Srta. Talbot, algo que não combinava em nada com aquela sensibilidade tão exagerada. Com toda a certeza, ninguém diria que a Srta. Talbot parecia prestes a desmaiar a qualquer momento, como ditava a moda.

Estava claro no olhar de adoração de Archie – que para Radcliffe lembrava muito o de um cachorrinho à espera de uma guloseima – que o irmão não havia notado nada disso. Era não apenas constrangedor mas também indelicado, pois Archie não prestava a mínima atenção à descrição dos Mármores feita pela Srta. Cecily. Mas Radcliffe não o culpava inteiramente, pois ela era muito enfadonha. Foi a Srta. Talbot mais velha, no final, quem os resgatou do tédio, embora com motivações pouco altruístas.

– Minha senhora – disse ela –, devo lhe falar de um livro interessantíssimo que andei lendo hoje pela manhã. É sobre o efeito fortificante do exercício no cérebro. Lady Amelia me disse que a senhora é uma amazona habilidosa, e estou convencida de que uma cavalgada pode ser, de fato, a cura para suas atuais indisposições.

– Excelente ideia! – respondeu Archie na mesma hora, antes que sua mãe pudesse dizer qualquer coisa. – Mamãe, vamos todos cavalgar amanhã!

– Não sei se é uma boa ideia. Vocês, crianças, cavalgam com tanta energia... Já me sinto dominada pelo cansaço.

– Ah! – A Srta. Talbot soltou um suspiro, de olhos baixos. – Se eu tivesse uma montaria na cidade, ficaria mais do que feliz em acompanhá-la num ritmo confortável, lady Radcliffe.

– Ora, por favor, use o nosso estábulo – exclamou lady Amelia, horrorizada ao imaginar que alguém pudesse não ter um cavalo à sua disposição sempre que quisesse.

– Sim, excelente! Vamos todos juntos – afirmou Archie. – Vamos transformar isso em um evento e cavalgar até Wimbledon! Amanhã! Srta. Talbot, a senhorita pode montar Peregrine.

Kitty ofegou de maneira dramática, colocando a mão sobre o coração.

– O senhor não deveria me provocar assim – declarou ela, em sofrimento fingido. E se virou para lady Radcliffe. – Minha presença não será uma intromissão? – perguntou ela, com muita deferência.

Mas foi lorde Radcliffe quem respondeu.

– De forma alguma – disse ele com suavidade. – Eu lhes farei companhia.

– Genial! – exclamou Archie.

– Sim... encantador – afirmou a Srta. Talbot.

Radcliffe perguntou a si mesmo se ela estava rangendo os dentes e lutou contra o impulso de mostrar as próprias garras.

A tagarelice de Archie e Amelia dominou a conversa enquanto planejavam, empolgados, a expedição, mas sem muita consciência de que tinham sido manipulados como duas marionetes. Radcliffe percebeu que tinha sido tolo ao considerar o assunto encerrado. Muito tolo. As Srtas. Talbot não se demoraram muito depois disso. Por que se demorariam, quando já tinham alcançado o objetivo da visita? Trocaram despedidas alegres e fizeram uma bela reverência e promessas fervorosas de se encontrarem bem cedo na manhã seguinte, para a aventura.

Foi num estado de introspecção que lorde Radcliffe chegou a sua casa, a poucas quadras de distância. Por isso não foi uma surpresa muito bem--vinda encontrar seu amigo, o capitão Hinsley, abancado em seu gabinete e dispondo à vontade de seu conhaque mais caro.

– E então, James? – perguntou ele, ansioso. – Já se livrou dela?

– Não – respondeu Radcliffe, pesaroso, servindo-se de um copo. – A moça demonstrou ser tão teimosa e perigosa quanto diziam todas as cartas de minha mãe, embora ela não se lembre mais disso. A Srta. Talbot tem todos em suas mãos. Só Deus sabe o que ela faria com o nome da família se eu não tivesse voltado a tempo. Por sorte, falta pouco mais de uma semana para o começo da temporada, e Archie ficará bem distraído com o número de jovens tentando chamar a sua atenção. Tudo que preciso fazer é não deixá-lo pedi-la em casamento pelos próximos sete dias, para o próprio bem dele.

Hinsley observou-o por um momento e abriu um sorriso.

– Veja só – disse ele, quase orgulhoso. – Você está começando a se parecer com seu pai, sabia?

Radcliffe olhou para ele com repugnância.

– É cada coisa que você me diz... Não me pareço nem um pouco com ele.

– Está parecendo, sim. Toda essa conversa sobre o bem de Archie, sobre o nome da família. Quem sabe não era exatamente o que seu pai falava de você antes de despachá-lo para o Continente para fazer anotações para Wellington?

Radcliffe lhe lançou um olhar fulminante.

– Sabe muito bem que não fiz apenas isso.

– Sei, e, graças a Deus, o velho Bonaparte conseguiu escapar. Senão você teria morrido de tédio em Viena – disse Hinsley, com um sorriso irreverente.

– Contudo, não estou expulsando Archie do país por achar que ele está exagerando na bebida e no jogo – declarou lorde Radcliffe, ignorando o comentário de Hinsley e voltando ao ponto principal. – Estou tentando garantir que ele não se torne a presa de uma mulher como a Srta. Talbot. – Ele tomou um gole da bebida, pensativo. – Mas você não está totalmente enganado. Posso não ter concordado com meu pai na maioria dos assuntos. Que inferno, passei boa parte da vida detestando-o! Mas ele sabia, e eu sei, que ser parte dessa família significa protegê-los desse tipo de víbora. E é isso que pretendo fazer.

– Você não quer que ele se case com uma qualquer – disse Hinsley, com ar de sabedoria.

– Eu não quero que ele se case com alguém que não dá a mínima para ele. Ouça o que estou lhe dizendo: dentro de um mês não vamos nem mais nos lembrar do nome dela.

Capítulo 10

Kitty e a irmã já estavam em suas selas quando lorde Radcliffe cavalgou até a Grosvenor Square, na manhã seguinte. Kitty montava uma égua que costumava ser reservada para lady Radcliffe. A condessa, quando persuadida a se mexer, era uma excelente amazona. A baia era o cavalo mais bonito que Kitty já havia visto e era muito delicada, o que ajudava bastante, pois fazia algum tempo desde a última vez que cavalgara – a perda do Sr. Linfield também havia tirado das Talbots seu único acesso a um estábulo. Depois de sofrer o mais terrível ataque de exaustão, lady Radcliffe não se juntaria a eles, afinal, mas nem Kitty nem Radcliffe ficaram surpresos ou desapontados com a notícia. Ambos sentiam que a missão do dia seria concluída com mais facilidade sem a presença dela.

Embora a densa floresta urbana de Londres parecesse interminável para Kitty, tudo logo ficou para trás. As ruas pavimentadas deram lugar a trilhas empoeiradas, e as calçadas cheias se transformaram suavemente em margens verdes. Seria perigoso relaxar. Aquele dia era tão essencial quanto qualquer outro para garantir seu futuro. Mesmo assim, Kitty sentiu que uma parte da tensão a deixou quando a terra se expandiu diante dela. A tensão foi renovada na mesma hora, claro, quando Radcliffe colocou a montaria dele à esquerda da sua, logo no início do percurso. Como o caminho permitia que apenas dois cavalos seguissem lado a lado, o Sr. De Lacy acabou sendo empurrado para trás, com um ar um pouco decepcionado e esticando o pescoço para conseguir ouvir o que diziam.

A Srta. Talbot sabia que algum interrogatório estava por vir, depois de sua aparição na Grosvenor Square no dia anterior. Mesmo assim, não poderia ter previsto que a abordagem de lorde Radcliffe seria tão direta, livre dos limites impostos pela presença da mãe.

– Devonshire. Sua família é de lá, não é? – perguntou ele subitamente.

– De Dorsetshire, senhor – corrigiu Kitty. – Embora meus pais fossem originalmente de Londres. Eu nasci aqui.

– Hum. E por que partiram?

– O ar puro.

– Mesmo assim, estão de volta. Por quê?

– Pela companhia.

– Tem outros irmãos?

– Quatro irmãs mais novas.

– Nenhum irmão?

– Nenhum.

– E seus pais?

– Estão mortos.

– Ficaram doentes?

– James, pelo amor de Deus! – exclamou o Sr. De Lacy, indignado, sendo ignorado pelo irmão e pela amada.

– Febre tifoide – respondeu Kitty. – Primeiro minha mãe, e meu pai um ano depois.

Ela ficou um pouco chocada ao ouvir palavras tão cruas, ao resumir tamanha tragédia numa única frase, como se uma explicação qualquer pudesse abranger tudo pelo que haviam passado. Mas não daria a Radcliffe a satisfação de ver isso em seu rosto. Estava claro que ele tentava pegá-la numa mentira. Como se Kitty fosse tola a ponto de esconder do Sr. De Lacy a verdade sobre a situação financeira de sua família... Que diabos ela ganharia se ele só descobrisse na noite de núpcias que seu dote era uma coleção de irmãs solteiras e que a propriedade do pai estava atolada em dívidas?

– E a senhorita planeja voltar para Dorsetshire assim que tiver garantido um casamento?

Kitty não esperava um golpe tão direto, e o Sr. De Lacy arquejou, surpreso. A ideia não havia passado pela cabeça dele.

– Ficaremos em Londres apenas durante a temporada social – afirmou Kitty, devagar. – Eu queria apresentar Cecily à sociedade londrina. Ela é jovem demais para pensar em se casar, é claro, mas achei prudente permitir que ela tivesse essa experiência, para se preparar. Sinto que é meu dever, na ausência de nossa mãe.

Kitty não precisou ver o Sr. De Lacy para saber que ele se derretera com suas palavras. Dava para perceber pela testa vincada de Radcliffe.

– Devo dizer – disse ela, assumindo o controle da conversa – que os dois cavalgam muito bem! Na verdade, muito melhor do que eu esperava para moradores da cidade!

– Ah, um golpe! – disse o Sr. De Lacy alegremente. – Não vai deixar essa passar, não é, James?

Radcliffe o ignorou.

– É muito gentil, Srta. Talbot, embora talvez tenha esquecido que moro no campo, por isso não posso aceitar o elogio.

– Ah... eu esqueci – Kitty, claro, estava mentindo. – Que bobagem a minha... Lady Radcliffe me disse que já se passaram quase dois anos desde a última vez que esteve em Londres. Radcliffe Hall deve ser um lugar lindo, para mantê-lo longe de sua família por tanto tempo.

Radcliffe não reagiu – era um esgrimista muito experiente –, mas Kitty imaginou ter visto uma tensão em seus olhos.

– Os negócios me mantêm preso ao campo.

– O senhor deve ter muitos negócios para cuidar – respondeu ela, mantendo um tom de voz leve e brincalhão. – É espantoso que não tenha alguém de confiança para ajudá-lo a administrar as propriedades, se há tanto trabalho a fazer. Outra pessoa certamente permitiria que o senhor fizesse mais visitas.

– Ah, mas nós temos! – O Sr. De Lacy estava ansioso para defender o irmão. – Um sujeito brilhante, o Sr. Perkins. Está conosco desde os tempos do nosso pai...

Archie parou, percebendo que aquilo provava a negligência do irmão, não o contrário. Kitty virou um pouco a cabeça e percebeu o desconforto do Sr. De Lacy. Pela primeira vez, a imagem que construíra do irmão foi abalada. Ela sorriu.

– Tenho certeza de que vai me perdoar, Srta. Talbot – disse Radcliffe, incisivo –, se eu considerar minha experiência maior do que a sua. Não cabe a um lorde deixar a administração de suas terras nas mãos de outro homem. É um dever que acompanha o título.

– Então deve pensar muito mal dos outros lordes – disse ela, tentando simular grande inocência –, pois eles passam todas as primaveras em Londres, não é?

– E sua tia, a Sra. Kendall? Ela é irmã da sua mãe ou do seu pai? – perguntou Radcliffe, bruscamente, como se a jovem não tivesse dito nada.

– Irmã da minha mãe.

Sua resposta foi imediata. Era a terceira mentira do dia, agora – mas uma que parecera necessária desde o início, para que seus antecedentes se mantivessem tão imaculados quanto possível.

– Lamento não conhecê-la ainda – disse o Sr. De Lacy com verdadeiro pesar.

Radcliffe lançou um olhar astucioso para a Srta. Talbot. Ela manteve a expressão calma, mas não foi o bastante.

– É muito negligente de sua parte não ter se apresentado – disse Radcliffe ao irmão, censurando-o.

– É? – perguntou Archie, sentindo-se culpado no mesmo instante. – Então temos que convidá-la para a Grosvenor Square! Por que as senhoritas não vêm jantar conosco amanhã à noite?

– Como o senhor é gentil! – Kitty agradeceu rápido, pensando mais rápido ainda. Tia Dorothy certamente *não* botaria os pés na Grosvenor Square, já que se opunha aos planos já precários da sobrinha. – Mas minha tia ainda não fez nenhuma visita à sua mãe.

– Nesse caso, ela deve visitá-la imediatamente! – disse Archie, decidido.

– Tia Dorothy também se cansa com muita facilidade, e, embora já tenham se passado muitos anos desde que meu tio faleceu, ela ainda se considera de luto – declarou Kitty, com a mente ainda acelerada.

O caminho se alargou e, finalmente, os cinco puderam cavalgar lado a lado. Archie incitou sua montaria para seguir junto de Kitty.

– Um jantar tranquilo com a mamãe seria mesmo tão cansativo? – perguntou Archie, em dúvida.

– Do que estamos falando? – indagou lady Amelia, se aproximando.

– Archie está tentando convidar a tia da Srta. Talbot para jantar conosco amanhã à noite – respondeu o irmão mais velho. – Mas ainda não teve êxito.

– Ah, não podemos – disse Cecily. – Prometemos acompanhar tia Dorothy aos Jardins de Vauxhall amanhã à noite. Não se lembra, Kitty?

Kitty teria ficado muito contente se pudesse esbofetear a irmã naquele momento.

– Ah, sim – murmurou lorde Radcliffe. – Ouvi dizer que os jardins estavam se tornando bastante populares entre pessoas de luto.

– Genial! – exclamou Archie. – Vamos acompanhá-las!

Kitty não podia recusar nem conseguiu pensar em outra desculpa, por isso simplesmente mudou o rumo da conversa, esperando que o assunto fosse esquecido. O resto da manhã passou sem novas alfinetadas. Kitty quase chegou a se esquecer do problema que a aguardava, o suficiente para se divertir na companhia dos De Lacys enquanto galopavam ao longo de trilhas de grama e saltavam, audaciosos, por cima de sebes. Não houve muita oportunidade para mais conversa, e Kitty apreciou a pausa. Eles deixaram as montarias descansarem por um tempo em Wimbledon, parando numa pousada local. Kitty encorajou Cecily a dar sua opinião sobre a *oeuvre* de William Cowper. Ela não sabia quem era aquele homem nem entendia o que queria dizer *oeuvre*, mas conhecia bem a discussão associada ao tema e, como previsto, isso durou quase a viagem de volta inteira.

De volta à Grosvenor Square, Kitty recusou o convite de lady Radcliffe para um lanche, esperando que, sem mais conversa, o temido plano de passear pelos Jardins de Vauxhall caísse no esquecimento. Mas Archie, bastante culpado pela grande negligência ao seu dever romântico, não se deixou desanimar e fez a sugestão à mãe imediatamente.

– Ah, esplêndido! – disse lady Radcliffe, batendo palmas de alegria. – Vamos todos! Podemos alugar um camarote!

– A senhora não está se sentindo muito cansada? – perguntou Kitty, em desespero.

– Não! Estou me sentindo muito bem agora! – declarou lady Radcliffe, muito animada.

Maldita velha saudável, pensou Kitty, revoltada.

O destino delas estava selado, e só restava a Kitty aceitá-lo. Ela abriu um sorriso ao se despedir de lady Radcliffe, de lady Amelia e do Sr. De Lacy, que apertou sua mão com um fervor significativo. Mas o sorriso sumiu de seu rosto quando se virou para Radcliffe.

– Até amanhã, Srta. Talbot – disse ele, inclinando a cabeça sobre a mão dela.

– Sim, até amanhã – afirmou Kitty.

Os dois fizeram uma curta pausa, encarando-se em mútua avaliação. Ocorreu aos dois – embora, naturalmente, não soubessem disso – que poderiam ter acabado de combinar uma espécie de duelo de pistolas ao amanhecer.

Enquanto conduzia seu cabriolé pelas ruas de Londres, Radcliffe descobriu que o pai fazia muita falta. Depois de conhecer a Srta. Talbot, apreciava como nunca o valor da determinação fria do lorde Radcliffe anterior diante das ameaças ao prestígio dos De Lacys. É claro que o pai se preocupava apenas com a reputação da família, não, como James, com a sua felicidade. Mesmo assim, ele sem dúvida saberia quais seriam as medidas necessárias para destruir uma ameaça, tudo sem perder a classe. Assim como seus antepassados haviam feito por tantos séculos.

Naquele momento, Radcliffe, por sua vez, duvidava de estar à altura dessa tarefa. Ter subestimado sua oponente de tal modo era, no mínimo, enlouquecedor, e seu pai (se estivesse vivo) certamente teria perdido ainda mais o respeito por seu primogênito (se isso fosse possível). Era como se fosse o pai quem estivesse sentado atrás dele, não Lawrence – o cavalariço empoleirado em seu assento, observando Radcliffe manusear as rédeas com um olhar experiente.

O pai, sem dúvida, diria: *Considero uma verdadeira desgraça que nem mesmo a carreira diplomática que arranjei para você tenha sido capaz de lhe garantir o menor grau de competência para seu posto. Você sempre foi muito imprudente.*

Radcliffe não sabia ao certo como sua curta carreira de diplomata no Congresso de Viena poderia ter lhe dado experiência para tratar de caçadoras de fortuna. Embora a Srta. Talbot parecesse tão dedicada a conquistar territórios quanto qualquer um dos ministros de Relações Exteriores presentes. Sem dúvida, o pai devia estar se revirando no túmulo. A experiência ainda mais curta de Radcliffe na guerra, em seguida – desdobramento que havia enfurecido o pai –, também não ajudava. É claro que, no campo de batalha, ele poderia atirar na Srta. Talbot, uma ideia nada desagradável. Divertiu-se um pouco imaginando a cena, mas então se lembrou do conselho de guerra em Waterloo e da figura formidável do Duque de Ferro tentando desvendar o que se passava na mente de seu inimigo, suas motivações e sua psicologia.

Radcliffe se aproximou do cruzamento movimentado na esquina da Regent Street e conteve seus cavalos sem dificuldade. Quando pararam, um par de cavalheiros bem-vestidos interrompeu seu passeio para admirar os famosos tordilhos. Mas nem mesmo uma admiração tão espontânea por seus cavalos – geralmente muito satisfatória – poderia tirá-lo daquela introspecção.

– Anime-se, Radcliffe – disse Lawrence alegremente, atrás dele.

Os cavalheiros ficaram boquiabertos ao ouvir um empregado se dirigir ao famoso lorde sem usar o devido tratamento, e Radcliffe sentiu que um sorriso genuíno brotava em seus lábios pela primeira vez naquele dia.

– Devo ter esperanças de que você começará a se dirigir a mim de maneira apropriada? – perguntou ele, com educação. – Não estamos mais no Continente, meu caro companheiro.

– E eu não sei? – indagou Lawrence, sombrio. – Há muito mais emoção por lá. Até em Devonshire há muito mais emoção. Aqui parece que simplesmente vamos de uma casa a outra.

– Que terrível para você – disse Radcliffe, em um tom de desculpas. – Avise-me se houver algo que eu possa fazer para tornar sua estadia mais agradável.

Radcliffe não estava totalmente de brincadeira. Depois do risco de vida que os dois correram na Europa e da liberdade em Radcliffe Hall, ele entendia muito bem que, em Londres, o papel de Lawrence era bastante sem graça. Resumia-se a acompanhar Radcliffe pela cidade para segurar os cavalos e exercitá-los.

– Você poderia me levar ao Tattersall's – sugeriu Lawrence prontamente, com um sorriso nada arrependido.

– Assim que for possível – concordou Radcliffe, com alguma ironia.

Lawrence era uma figura astuta, e Radcliffe adivinhou que essa exclamação excessivamente amigável era, ao mesmo tempo, natural e calculada. Depois de tanto tempo de convivência, era fácil para eles ler o que se passava na cabeça do outro. A familiaridade gerava conhecimento e, como Wellington gostava tanto de dizer, conhecimento é poder.

– Por acaso – disse Radcliffe depois de uma pausa, pensativo –, tenho uma tarefa para você que talvez lhe pareça mais divertida.

– E o que seria? – indagou Lawrence, desconfiado.

– Você conhece bem Dorsetshire, rapaz?

Capítulo 11

Sob a fraca luz do luar de uma noite de primavera mais quente do que o normal, os Jardins de Vauxhall pareciam de outro planeta. Descendo do barco que os levara para o outro lado do rio, eles caminharam por alamedas cercadas de árvores altas, com lâmpadas cintilantes penduradas para iluminar o percurso. Kitty arregalou os olhos quando passaram por cantores, malabaristas e todo tipo de espetáculos, com as luzes e a penumbra emprestando-lhes glamour. Parecia um jardim das fadas de uma das histórias que a mãe contava para elas na hora de dormir, em que sair do caminho designado ofereceria perigos inimagináveis.

Observando a condessa viúva e Dorothy deslizando à sua frente, Kitty teve a certeza de que nunca deveria ter se preocupado com a atuação da tia. Como acontecia com qualquer desafio, a Sra. Kendall tinha feito jus à situação de forma esplêndida.

– Não apoio o que está fazendo, Kitty. Acho que é uma insensatez e uma imprudência, e há grande possibilidade de a situação desabar sobre sua cabeça. Mas é claro que vou ajudar – dissera a tia na noite anterior.

Tinham discordado algumas vezes sobre a escolha do traje. Tia Dorothy, descontente com o papel de viúva em luto, colocou um vestido que, embora feito de crepe acinzentado, tinha um decote que nem de longe poderia ser descrito como sóbrio.

– Confie em mim, querida, será bem mais fácil fazer amizade com sua lady Radcliffe vestida assim – dissera Dorothy. – Pelo que ouvi, ela é bem ousada.

Sua única concessão diante da insegurança de Kitty tinha sido usar um par de luvas pretas, embora Kitty continuasse achando que aquele decote era profundo demais para uma viúva – com ou sem luvas.

Ficou evidente, entretanto, que Dorothy compreendera bem sua audiência. Lady Radcliffe mostrou-se visivelmente aliviada ao descobrir que a Sra. Kendall era uma mulher elegante, não uma viúva austera de olhar reprovador. Vestida com elegância e de acordo com a última moda, ela exibia um decote tão grande quanto a Sra. Kendall. E embora tia Dorothy, fiel à descrição de Kitty, tivesse transmitido a todos seu amor pelo falecido marido e a dor que ainda sentia por sua morte, ela logo encerrou o assunto, fazendo uma rápida transição para as notícias mais recentes da aristocracia, um assunto que agradou muito mais lady Radcliffe. Os mexericos – repassados para tia Dorothy por Sally, que parecia conhecer todas as criadas de Londres – eram novos o suficiente para que lady Radcliffe se encantasse com sua nova amiga.

Era óbvio que Radcliffe também viera preparado para a batalha. Havia convidado seu amigo, o capitão Hinsley, e logo ficou claro que o papel do cavalheiro era servir de acompanhante para Kitty, pois não havia nenhum movimento que ela fizesse sem que o homem se juntasse a ela. O objetivo era óbvio: impedir qualquer tipo de tête-à-tête romântico entre ela e o Sr. De Lacy. Fora uma estratégia astuciosa, pois Kitty estava determinada a conversar sozinha com o Sr. De Lacy antes do final da noite. Essa farsa com Radcliffe tinha ido longe demais, e estava mais do que na hora de induzir um pedido de casamento. Para tanto, era preciso se livrar de seu irritante vigia.

Uma oportunidade se apresentou na rotunda. Enquanto ouviam a orquestra, alguns homens com trajes impecáveis se afastaram do grupo onde estavam para cumprimentar Radcliffe ruidosamente. O lorde ficou rígido. Seu desagrado era palpável, mas os homens avançavam de braços estendidos, com o encantamento estampado no rosto.

– Radcliffe! Hinsley! Não sabia que estavam na cidade.

Na sequência de saudações trocadas, Kitty escapuliu e parou ao lado do Sr. De Lacy. Ela chamou sua atenção segurando em seu braço.

– Poderia me acompanhar até as bebidas, Sr. De Lacy? – perguntou ela, suavemente. – Estou morrendo de sede.

Tropeçando nos próprios pés de tanto entusiasmo, o Sr. De Lacy apressou-se em concordar. E bem na hora, pois Kitty viu o capitão Hinsley tentando alcançá-los. Foi detido por tia Dorothy, que o envolveu em sua conversa com lady Radcliffe. Kitty aproveitou a chance e saiu da rotunda com o Sr. De Lacy na direção oposta. Eles não deveriam se ausentar por mais de dez minutos e teriam que ficar bem longe dos caminhos escuros ou das passagens estreitas – ou de qualquer lugar que pudesse afetar a reputação de ambos. No entanto, muito poderia ser alcançado em dez minutos numa conversa particular, mesmo num jardim lotado e iluminado. Ela esperou até que estivessem longe de outros ouvidos para falar.

– Estou muito feliz por ter uma oportunidade de conversar sozinha com o senhor – disse Kitty.

– Nossa, eu também – disse ele, apertando sua mão. – Uma noite absolutamente maravilhosa, não acha?

– Sim, é mesmo. Mas desejava lhe falar, pois preciso de um conselheiro e só posso recorrer ao senhor.

– Puxa! – Ele pareceu lisonjeado e um pouquinho alarmado, pois não estava muito habituado a dar conselhos. – Qual seria o problema?

– Minha tia diz que devo me casar depressa – disse Kitty, tentando exprimir na voz uma nota de desespero mal reprimido. – Ela encontrou um certo Sr. Pears para mim, que com certeza é um homem bom e gentil, mas temo que eu não possa aceitar.

– Por Deus... E por que não? – O Sr. De Lacy estava ansioso.

– Deve saber, Sr. De Lacy... – Ela fez uma pausa e respirou fundo, como se precisasse reunir coragem, satisfeita em ver que o olhar dele estava grudado em seu rosto. – Deve saber, ou pelo menos desconfiar... que minha afeição é reservada a outro...

Ela deixou que a frase pairasse no ar por um momento, fitando diretamente o Sr. De Lacy para que ele não interpretasse errado o significado daquelas palavras. Teve o prazer de ver que o rosto do rapaz ficou cor-de-rosa.

– Admito que sim... pensei que talvez fosse por isso.

– Então percebe que estou vivendo um dilema. Terei a coragem de rejeitar o Sr. Pears, quando sei que preciso me casar para sustentar minhas irmãs? Já confessei ao senhor que o estado em que meu pai deixou as finanças torna o casamento algo essencial. No entanto, como contrariar meu coração?

Ela teria adorado se seus olhos tivessem reluzido com lágrimas contidas, mas eles permaneceram secos.

– Srta. Talbot – disse o Sr. De Lacy com fervor. – Srta. Talbot, e se... e se a senhorita se casasse comigo?

Ela ofegou dramaticamente com tal reviravolta nos acontecimentos.

– Sr. De Lacy… – disse Kitty, bastante emocionada. – O senhor tem realmente essa intenção?

– A-acho que sim – gaguejou ele. – Na verdade… tenho certeza disso! A senhorita não pode sair por aí se casando com pessoas chamadas Pears, não pode. A senhorita deve… deve saber que tenho profundos sentimentos pela senhorita, não é? Ora, eu a amo há anos, Srta. Talbot!

Kitty não achou necessário lembrar ao jovem que só se conheciam havia semanas. Apertou a mão dele com ternura.

– Estou bastante emocionada. – Ela suspirou. – Ah, isso me deixa muito feliz, Sr. De Lacy.

– Por favor, me chame de Archie.

– Archie. Deve, então, me dar a honra de me chamar de Kitty. Mas…

– Mas…? – perguntou ele, ansioso.

– Ah, Archie, sinto que devemos ter certeza de que sua família aprovaria. Não parece certo dar esse passo sem essa aprovação.

– Claro, tem toda a razão. – Archie se apressou em concordar. – Foi terrivelmente impróprio da minha parte, na verdade. Eu deveria ter falado com meu irmão antes… Não sei por que ainda não falei, mas estava em meus planos.

– Então estamos em perfeito acordo, como sempre.

Eles sorriram um para o outro. Archie, sem fôlego, empolgado. Kitty, exultante. Tinha quase conseguido. Dava para sentir a vitória a seu alcance.

– Eu não consegui impedir, James, a tia dela me encurralou – dizia o capitão Hinsley para Radcliffe, que mantinha um sorriso educado grudado no rosto. – Mas aí estão eles! Não podem ter se afastado por mais de dez minutos. Não há nada com que se preocupar.

Hinsley, pensou Radcliffe, sombrio, obviamente não tinha passado tempo suficiente na companhia da Srta. Talbot.

– Meus queridos, estávamos começando a nos preocupar com vocês! – exclamou lady Radcliffe, saudando o Sr. De Lacy e a Srta. Talbot quando se aproximaram.

– Sinto muito, mãe, eu estava apenas acompanhando Kit… a Srta. Talbot em busca de um pouco de limonada.

Um homem inferior poderia ter empalidecido, mas Radcliffe não manifestou nenhuma reação perceptível ao escorregão de Archie. Sua mãe, igualmente bem-educada, apenas arregalou um pouco os olhos, enquanto a Sra. Kendall teve que baixar os seus para esconder o sorriso. Nos dez minutos que ficaram a sós, ficou claro que Archie tinha sido convidado a usar o primeiro nome da Srta. Talbot. Trabalho rápido, de fato. Eles teriam que ser separados de novo. De uma vez por todas.

– Por que não vamos jantar? – exclamou Radcliffe em voz alta para o grupo.

Hinsley apareceu imediatamente ao lado da Srta. Talbot para lhe oferecer o braço. Ela aceitou com graça, cedendo à ofensiva por ora, e o grupo partiu em direção às áreas de jantar. Radcliffe só tivera tempo de dar um suspiro de alívio antes de Archie aparecer à sua esquerda, com um ar determinado.

– Preciso falar com você, James. Sobre K… a Srta. Talbot. É muito importante. Temos que conversar.

Ah, meu Deus.

– Sim, é claro, meu velho – disse Radcliffe, apaziguador. – Mas talvez este não seja o local certo para uma conversa desse tipo. E, a partir de amanhã, passarei alguns dias fora. Você poderia esperar um pouco?

Archie pensou muito antes de responder.

– Suponho que sim – disse ele, mas lançou um olhar severo ao irmão. – Mas não vou me esquecer.

Tia Dorothy manteve a personagem durante o jantar, durante as apresentações e durante a viagem para casa. Mas, assim que puseram os pés na Wimpole Street, ela não conseguiu segurar a língua por nem mais um segundo.

– E então? Está feito? – perguntou. – Você está noiva?

– Ainda não – respondeu Kitty, abrindo os botões de sua capa. – Mas ele fez o pedido.

Tia Dorothy bateu palmas.

– Você aceitou? – questionou Cecily. – Podemos ir para casa agora?

– Estamos quase lá – afirmou a irmã. – Eu não poderia aceitar antes que ele conseguisse a aprovação da família... De outra forma, não seria seguro. Eu o convidei a propor novamente, assim que conseguir.

Sua tia assentiu, aprovando.

– Exatamente. Não acho que a mãe vá se opor, se ele insistir o suficiente. – Ela fez uma pausa, pensativa. – Mas você estava certa em relação ao irmão. Tem olhos muito vigilantes e não está nada satisfeito com você.

– Não há muito que ele possa fazer a respeito, de qualquer maneira – disse Kitty, sem se preocupar. Jogando-se numa poltrona, ela colocou uma perna sobre o braço do assento e afundou o corpo, completamente desalinhada para uma dama. – Seria preciso um verdadeiro milagre para que Archie voltasse atrás. Mais alguns dias e terei conseguido nossa fortuna de uma vez por todas.

Cecily deixou escapar um resmungo de julgamento.

– Não sei se gosto da maneira como vocês falam dele. É como se o Sr. De Lacy fosse... uma raposa sendo caçada.

Kitty estava satisfeita demais para se zangar.

– Cecy, nós duas sabemos muito bem que você vai amar ser rica. Pense nos livros!

Esse apelo a seu lado intelectual pareceu moralmente menos repugnante do que os argumentos anteriores, e Cecily chegou a dar um sorriso ao pensar nisso.

– Além disso – disse Kitty –, todos os homens da espécie dele estão destinados a casamentos por conveniência e sem amor. E se alguma mulher vai aproveitar a fortuna dele de qualquer jeito, por que não deveríamos ser nós?

O sorriso de Kitty era triunfante. Não achava que alguém no mundo pudesse estar mais aliviado. Kitty tinha conseguido. O Sr. De Lacy – *Archie* – a havia pedido em casamento. Ninguém poderia tirar isso dela. Nem mesmo lorde Radcliffe.

Capítulo 12

Nos dois dias que se seguiram, tudo ficou claro. Radcliffe havia, de fato, se rendido. O Sr. De Lacy e lady Amelia voltaram a se juntar às irmãs Talbot nas caminhadas diárias sem a presença do irmão mais velho - embora com acompanhantes suficientes para impedir qualquer intimidade além de uma troca de olhares tímidos e sorrisos furtivos. Não houve retaliação, nenhuma tentativa de separar Archie e Kitty de novo e nenhuma notícia de Radcliffe, na verdade. Kitty tinha vencido... Bem, quase. Archie ainda precisava ter a conversa oficial com o irmão ou com a mãe sobre o noivado - sabia-se que os dois tinham saído de Londres no fim de semana -, mas ele havia jurado, com paixão e demoradamente, que garantiria a aprovação de ambos quando retornassem.

Kitty estava escrevendo uma segunda carta para Beatrice naquele domingo, para lhe garantir que tudo estava sob controle e que ela havia recebido um pedido de casamento, quando Sally entrou e informou-a de que lorde Radcliffe estava à espera, no andar de baixo.

- Tem certeza? - perguntou Kitty, sem saber o que fazer, mas Sally apenas perguntou se ela iria recebê-lo ou não.

Kitty concordou, desconcertada, e depois recriminou-se pelo nervosismo. Então se levantou e ajeitou os cachos, que estavam um pouco mais desarrumados do que o habitual.

Radcliffe parecia deslocado na sala de tia Dorothy, que subitamente parecia mais acanhada, com o teto mais baixo, diante da presença do conde. Pela forma como seus olhos se demoravam na mobília - que parecera tão cara aos olhos de Kitty quando chegara a Londres e que era tão ordinária em comparação com a da Grosvenor Square -, ele também percebera isso.

– Boa tarde, Srta. Talbot. Por favor, perdoe minha grosseria ao aparecer sem um convite.

A Srta. Talbot teve a delicadeza de perdoá-lo.

– Como posso ajudá-lo, milorde? – perguntou ela com a mesma educação, indicando que se sentassem. – Está tudo bem com a sua família?

– Sim, muito bem. E assim pretendo mantê-los.

Ele a olhou bem nos olhos e deixou o silêncio se instalar entre os dois. E assim ficaram, cada um à espera de que o outro o rompesse. Kitty sentiu-se satisfeita por ele ter sido o primeiro a falar, não ela.

– Srta. Talbot, temo que eu deva encerrar sua relação com minha família. Perdoe-me por falar com franqueza, mas não vou permitir que Archie seja enganado para se casar com a senhorita, apenas para satisfazer sua avareza.

Havia algo no modo como ele falava, uma espécie de desdém suave, que parecia mais potente do que se ele tivesse gritado. Kitty sentiu o pescoço esquentar. Perguntou a si mesma se deveria protestar, dizer-lhe que ele se equivocara, que ela amava Archie. Mas algo naquele olhar frio lhe dizia que seria inútil. Em vez disso, decidiu deixar as cortinas caírem, observando-o com a mesma calma com que ele a observava. Dois olhares calculistas e perspicazes finalmente se encontravam, com toda a franqueza.

– Entendo. E, se me permite perguntar, senhor, o único motivo para se opor a tal casamento é o fato de me considerar uma caçadora de fortunas?

Ele fez um gesto eloquente com as mãos.

– Perdoe-me, mas preciso de outra razão?

– Creio que sim. Não estou certa do que o leva a considerar meu senso prático algo tão repugnante.

– Senso prático? – repetiu ele. – Prefere chamar assim em vez de interesse, cobiça ou manipulação? Temo que essas seriam as palavras menos honradas que eu usaria para descrevê-la, Srta. Talbot.

– Apenas os ricos têm o luxo da honra – disse ela com frieza. – E apenas os homens têm o privilégio de buscar uma fortuna sozinhos. Tenho quatro irmãs que dependem de mim, e as profissões para mulheres como eu... preceptora, costureira, talvez... não deixarão nem a metade delas alimentada e vestida. O que mais posso fazer além de buscar um marido rico?

– A senhorita não tem coração – acusou Radcliffe.

– E o senhor é ingênuo. – Kitty se defendeu, num tom mais alto. – Se

Archie não se casar comigo, ele se casará com qualquer jovem de boa família que aparecer na frente dele, todas dando a mesma importância à sua fortuna quanto ao seu coração. Pode negar esse fato?

– Mas pelo menos será uma escolha dele. Não estaria se casando com uma mentira.

– Que mentira? Não fingi ser quem não sou. Ele sabe que não tenho dinheiro. Sabe da situação da minha família. Fui honesta.

– Honesta? – indagou ele, com desdém na voz.

– Sim.

– Então ele sabe toda a verdade sobre sua família? – perguntou ele, mordaz.

– Não tenho certeza do que quer dizer, milorde – disse ela lentamente, embora estivesse petrificada em seu assento.

– Acho que sabe. Veja bem, eu descobri o que levou seus pais a deixarem Londres tão repentinamente e se mudarem para Dorsetshire.

Kitty cerrou o maxilar, pois não queria deixar transparecer nenhum sentimento. Ele podia estar blefando. Ele *tinha* que estar blefando.

– Se vai me chantagear, senhor, então peço que diga com clareza o que está insinuando.

– Muito bem, então. – Ele inclinou a cabeça numa falsa cortesia. – Seus pais já eram... próximos antes do casamento, não eram? Na verdade, sua mãe teve uma carreira bastante lucrativa como... *amiga* de vários cavalheiros, pelo que me disseram. Assim como a sua "Sra. Kendall".

Kitty não disse nada. Mal estava certa de que respirava, embora ouvisse as batidas de seu coração, fortes como um tambor.

– E quando seu pai decidiu se casar com ela – declarou Radcliffe com a mesma voz suave –, sua família não aprovou... o que é compreensível, suponho. Ele foi expulso de Londres para evitar o escândalo. Caiu em desgraça, o que deve ter sido terrível para ele, imagino eu.

As palavras foram seguidas pelo silêncio.

– Posso perguntar, senhor – Kitty se recusava a permitir que sua voz vacilasse –, como criou essa pequena e encantadora teoria?

Os olhos dele brilhavam de triunfo.

– Lawrence, meu cavalariço, é um camarada útil. Faz muito mais para mim do que apenas segurar os cavalos. Ele ouviu a história do criado do seu Sr. Linfield há alguns dias. Sabia que foi por isso que o Sr. Linfield terminou o noivado de uma forma tão súbita? Certa noite, temo que seu pai tenha confessado toda a história ao pai dele depois de muita bebida, pouco antes de sua morte. Depois de tal revelação, os Linfields não tinham mais condições de aceitar o casamento.

Kitty balançou a cabeça, atordoada, embora as palavras soassem terrivelmente verdadeiras. Então tinha sido por isso que ela havia perdido o Sr. Linfield. Fora por isso que os pais dele tiveram tanta pressa em jogar a Srta. Spencer em seu caminho, porque seu pai havia revelado o segredo da família, depois de guardá-lo por tantos anos. Kitty sentiu uma onda desesperadora de raiva – por causa de seu pai, de Radcliffe e de todo mundo que a levara a acabar naquela confusão.

Radcliffe deu uma pitada no rapé com um gracioso movimento do pulso, e a casualidade desse gesto – enquanto ela sofria com tamanho choque – enfureceu Kitty de tal forma que seus pensamentos se estagnaram.

– E qual é mesmo – perguntou ela com frieza, se recompondo mais uma vez – a relevância dos antecedentes de minha mãe para essa discussão?

Radcliffe levantou uma única sobrancelha.

– Considero extremamente relevante – disse ele, com calma. – Não imagino que tenha partilhado os detalhes escandalosos de sua linhagem com Archie, por mais honesta que possa ter sido sobre a miséria de sua família. E Archie, por mais bondoso que seja, não aceitaria muito bem uma revelação dessas. Um caso de amor é emocionante, com certeza, mas Archie foi criado com uma admirável aversão a escândalos. E se a notícia se espalhar, a senhorita não vai achar essa cidade um lugar acolhedor.

Kitty fechou o punho, ocultando os dedos trêmulos.

– E suponho que, para que a notícia não se espalhe, o senhor deseja que eu saia de Londres? – perguntou, sem rodeios.

– Ah, não sou tão cruel assim. – Ele fechou a caixa de rapé com um estalo decidido, como se estivesse se preparando para sair, encerrado o assunto. – Pode decidir por si mesma para onde vai e quando vai. Pode até tentar seduzir outro membro da aristocracia. Não tem a mínima importância para mim – disse ele, sem pensar. – Mas peço que deixe Archie e minha família em paz.

Outro silêncio. Kitty supôs que ele poderia ter sido mais implacável em sua vitória, mais vingativo. Se estivesse em seu lugar, ela o despacharia pessoalmente no correio da manhã.

Mas ele estava mesmo sendo tão gentil? A temporada de Londres estava prestes a começar para valer, e, sem contatos adequados, Kitty só poderia circular nas periferias, que não eram frequentadas pelos muito ricos. Era inútil. E caro, para quem contava com fundos limitados. Ela precisaria se comprometer com uma das escolhas originais de tia Dorothy. Afinal, duas mil libras por ano não eram desprezíveis... Ela pensou na facilidade com que os De Lacys tratavam de sua riqueza. Como se mal valesse a pena pensar no assunto. Era simplesmente um fato da vida, muito parecido com o ar que respiravam. O que ela não daria para que suas irmãs sentissem a mesma segurança...

– Estamos entendidos, Srta. Talbot?

Radcliffe chamou sua atenção. Seu tom não era mais cruel. Será que alguma parte dele se compadecera da dor que tomara o olhar de Kitty?

– Entendidos? – perguntou ela lentamente, fazendo uma pausa em cada sílaba. – Acho que sim. Eu entendo que o senhor sinta a necessidade de me expor para se livrar de mim. Também entendo que, em resposta, levarei Archie a Gretna Green para nos casarmos. Acho que é seguro presumir, dada a afeição que nutre por ele, que depois das núpcias o senhor faria o possível para abafar o escândalo de nossa fuga.

Radcliffe, famoso por sua postura altiva e sua calma, até mesmo nos campos de batalha mais sangrentos, sentiu o queixo cair.

– Gretna Green? – repetiu ele, atônito.

– Acho que a ideia de viajar para tão longe num domingo é bastante assustadora, mas se for realmente necessário, imagino que estarei à altura da tarefa. Afinal, as necessidades se impõem.

Radcliffe percebeu que a olhava, boquiaberto, incrédulo.

– As necessidades se impõem – repetiu ele com a voz fraca. Então a encarou, sentada com tanto recato, uma visão de elegância que mascarava uma alma perversa. – Srta. Talbot – começou ele novamente, enfatizando os "t"s como se resistisse ao desejo de cuspir em Kitty. – Nunca na minha vida encontrei uma mulher tão carente de delicadeza feminina quanto a senhorita. Não consigo entender como tem a ousadia de se sentar aí, ameaçando a virtude do meu irmão como uma vilã de teatro barata.

– Barata? – repetiu ela, um pouco magoada. – Devo dizer que isso foi terrivelmente cruel.

Ele a olhou, impotente, antes de cair na gargalhada. Kitty o observou com cautela. Estaria lorde Radcliffe tendo um colapso nervoso? Afinal de contas, a família dele tinha mesmo uma tendência a doenças.

– Gostaria que o chá fosse servido? – indagou ela, pois parecia ser o único recurso a seu alcance.

Ele soltou outra gargalhada.

– Seria simplesmente maravilhoso, Srta. Talbot – respondeu ele com uma cortês reverência de cabeça.

Ela saiu da sala para chamar Sally e voltou depois de um momento – Sally ia na frente, carregando uma bandeja, e a Srta. Talbot vinha atrás, com as xícaras. Radcliffe observou enquanto ela servia a bebida, com o eco de sua risada ainda nos lábios.

– Parece que voltei a subestimá-la – comentou ele com naturalidade assim que Sally fechou a porta ao sair. – E aqui estamos nós, num impasse. Não posso permitir que se case com meu irmão. Estou disposto a fazer o que for preciso para mantê-lo fora de seu alcance, mas gostaria de evitar uma cena desagradável a caminho da Escócia.

– Não tenho outra opção – disse ela com simplicidade, sem constrangimento. – Eu serei uma boa esposa para ele – afirmou, com um ar adulador e baixando o olhar.

Por um instante, Radcliffe imaginou a facilidade com que ela devia ter capturado Archie.

– Está passando dos limites – disse ele, zombando de Kitty, e o olhar tímido dela foi substituído por uma carranca. – Com certeza será capaz de encontrar outro alvo jovem e rico, não?

Radcliffe insistia, perguntando a si mesmo o que dizia sobre seu caráter o fato de estar disposto a sacrificar qualquer outro homem de Londres para livrar sua família daquela mulher amaldiçoada.

– Diz isso como se fosse fácil. Os salões sagrados que o senhor frequenta são impenetráveis. Só conheci Archie por acaso, e não suponho que outra oportunidade dessas cairá no meu colo. Para que valha a pena desistir de Archie... eu precisaria de apresentações. De convites. De patrocínio, na falta de uma palavra melhor.

– E imagina que eu possa conseguir tudo isso? – perguntou ele com curiosidade.

– Lorde Radcliffe, não tenho ilusões sobre sua posição na sociedade. – Kitty manteve a voz num tom razoável. – Nem sobre o que o senhor é capaz de realizar com a motivação certa. Estou convencida de que estaria ao alcance de seus talentos me estabelecer na sociedade com firmeza suficiente para que eu possa cuidar do resto.

Radcliffe não podia acreditar que estava levando adiante aquela conversa.

– Quer que eu me torne seu cúmplice em sua caça à fortuna? – perguntou ele, incrédulo.

Ela assentiu com firmeza.

– Sim. Ou que dê sua bênção para o meu noivado com Archie.

– Isso é loucura – disse ele, tentando apelar à racionalidade dela.

– Pense nisso, milorde. – Ela deu de ombros de novo, embora por dentro prendesse a respiração. – Posso lhe garantir que minha ameaça não é vazia. Eu não vou decepcionar minha família.

Lorde Radcliffe recostou-se na cadeira, indeciso. A civilidade e o bom senso diziam que ele deveria recusar categoricamente essa proposta. Não era apropriado, nem certo ou mesmo necessário. Se ele agisse rápido o bastante, poderia impedir que a ameaça perversa fosse executada. Poderia sussurrar no ouvido da mãe tudo que havia descoberto, levar Archie para o interior e, assim, proteger sua família da nociva Srta. Talbot. No entanto, não podia ter certeza da devastação que aquela mulher inescrupulosa poderia causar como vingança. O nome e a posição social dos De Lacys não seriam manchados com tanta facilidade, mas estaria ele disposto a arriscar, quando subestimara tanto sua oponente?

Seria tão ruim assim concordar? Pelo menos o método da Srta. Talbot permitia que ele monitorasse o resultado com mais facilidade. E... ele imaginou, por um momento, a Srta. Talbot sacudindo a aristocracia e seus guardiões pomposos – mas com sua família a salvo e fora de perigo. Não era uma visão desagradável. Que caos ela poderia causar? Como poderia atrapalhar os planos de todas as mães de plantão, que vinham seguindo obstinadamente os passos de Radcliffe desde seu vigésimo primeiro aniversário? Com certeza aprenderiam uma lição se um de seus filhos queridos fosse capturado por aquela víbora. E ainda que fosse bem-sucedida ou que fracassasse, Archie abriria os olhos para a verdadeira natureza da amada.

Kitty deixou que ele refletisse um pouco e então falou com suavidade, assim como a serpente falara com Eva, pensou Radcliffe.

– Sua mãe vai organizar um jantar na próxima semana. Convidou os lordes e ladies mais ilustres que conhece. Convença-a a me chamar e eu com certeza vou garantir um convite para os primeiros bailes da temporada.

– Isso é tudo? – perguntou ele, ironicamente.

Ela pensou a respeito.

– Não – disse ela. Radcliffe levantou os olhos para o céu, pedindo forças. – No meu primeiro baile da temporada, o senhor vai dançar comigo.

– Um convite e uma dança? – Outro silêncio. – Isso não está certo – disse ele com severidade. – E se significar alguma ameaça para minha família, agirei sem remorso para destruí-la.

– Mas… ? – Kitty não parecia impressionada com o discurso.

– Mas acredito que chegamos a um acordo. Providenciarei para que seja apresentada à aristocracia. Em contrapartida, ficaremos livres da senhorita para sempre.

Ela sorriu.

Radcliffe perguntou a si mesmo se Fausto se sentira como ele ao vender a alma ao demônio.

Capítulo 13

Depois de sua família e de sua saúde, o que mais consumia lady Radcliffe era a rivalidade social de longa data com lady Montagu. Foi o espírito competitivo entre as duas que deu origem ao jantar anual de abertura da temporada de lady Radcliffe. Lady Montagu – também uma condessa viúva, mas com a vantagem de ter duas filhas mais velhas do que Amelia – abrira as temporadas anteriores em Londres com bailes suntuosos. Como Amelia ainda não havia feito sua apresentação oficial à sociedade, lady Radcliffe não poderia organizar um evento parecido. Nos últimos dois anos, porém, ela havia oferecido um pequeno jantar alguns dias antes do baile de Montagu, uma noite também prestigiada e apreciada graças ao pequeno número de convidados. Na verdade, sua exclusividade tornava os convites ainda mais preciosos, um golpe que lady Radcliffe executou com grande prazer. A lista de convidados era organizada meses antes de os convites serem emitidos para um grupo muito seleto de quatorze ou dezesseis pessoas, os amigos mais queridos da família e de seus filhos – que pertenciam, por coincidência, à nata da aristocracia.

Pedir à mãe que acrescentasse alguns lugares tão em cima da hora não era, portanto, uma tarefa que Radcliffe considerasse fácil. E, de fato, a condessa viúva olhou para James como se o filho tivesse enlouquecido ao sugerir que ela convidasse as Srtas. Talbots e a Sra. Kendall.

– Ora, elas teriam pouco mais de um dia! – dissera ela a princípio, bastante chocada. – O equilíbrio da mesa se perderia com tantas senhoras presentes. Além disso... gosto muito da Sra. Kendall e das Talbots, como você sabe, mas é um evento tão... exclusivo. A própria Sra. Burrell é tão rigorosa...

Ela interrompeu a frase, sem querer colocar em palavras que a Sra. Kendall e as Srtas. Talbots, por mais educadas que fossem, não atenderiam aos padrões de refinamento da Sra. Burrell. Afinal, não tinham título nem relações, e eram desconhecidas.

Radcliffe suspirou. Estava na hora de aplicar o manual de manipulações da Srta. Talbot.

– A verdade, mamãe, é que eu esperava comparecer ao jantar esse ano, e achei que a adição das Talbots seria a maneira mais fácil de evitar o desequilíbrio na mesa. Não consigo imaginar nenhum outro membro da aristocracia que não fosse ficar ofendido com o convite tardio.

Os olhos de lady Radcliffe se iluminaram.

– James! Está falando sério? Admito que não esperava convencê-lo a comparecer. Você já disse coisas tão cruéis sobre os Montagus e os Sinclairs.

– O que eu lamento. – Radcliffe, claro, estava mentindo. – Se convidássemos Hinsley, assim como a Sra. Kendall e as Srtas. Talbot, teríamos uma mesa mais equilibrada, não?

Lady Radcliffe pensou por um momento. Não era ideal convidar três pessoas que não acrescentariam nada à importância da noite, mas isso seria compensado pela presença de James e do capitão Hinsley. Lady Radcliffe tinha experiência suficiente na alta sociedade para reconhecer que a longa ausência de James em Londres só aumentava seu glamour. Sua volta repentina sem dúvida acrescentaria um toque especial à noite. Sobrava apenas um ponto a ser discutido.

– Não o preocupa que a Srta. Talbot cruze o caminho de Archie de novo? – perguntou ela. – Desde que voltei de Richmond, Archie insinuou diversas vezes que gostaria de requisitar sua aprovação para fazer um pedido formal. Se pretende se opor ao compromisso, talvez não seja a melhor opção…

– Não estou mais preocupado com isso – disse Radcliffe, tranquilizando-a. Não havia necessidade de mencionar que Archie já tentara falar com ele duas vezes, embora, por sorte, Radcliffe não estivesse em casa em nenhuma das duas ocasiões. – Asseguro à senhora que os sentimentos de Archie e da Srta. Talbot não são tão firmes assim.

– Então vou escrever para as Talbots agora mesmo! – declarou a mãe, desfazendo o vinco na testa. – Será que Hinsley poderia ser persuadido a vestir o uniforme do regimento, querido?

– Um jantar?

A voz de tia Dorothy parecia tão escandalizada que era como se Kitty tivesse sugerido que as duas vestissem as ligas em público.

– Sim, não é maravilhoso? – Kitty sorria, exibindo a carta. – Alguns dos lordes e ladies mais prestigiados da sociedade estarão por lá. Se tudo correr bem, começaremos a temporada com tudo!

A Sra. Kendall pousou a mão na testa.

– Que menina cansativa – disse ela, com um ar exausto. – Basta deixá-la sozinha por mais de cinco minutos e você começa a maquinar outro plano insensato. Já fomos descobertas por lorde Radcliffe. Não posso crer que esse seja um bom plano neste momento.

– É claro que é – respondeu Kitty com firmeza. – Considerando que Radcliffe ameaçava contar a todos sobre mamãe, acho que eu deveria ser elogiada pelo modo como contornei a situação.

– Contar o que sobre mamãe? – perguntou Cecily, aparecendo de maneira inesperada.

Kitty se sobressaltou – tinha praticamente se esquecido de Cecily.

– Ah, não é nada de mais – disse ela, animada.

– Eu quero saber – afirmou Cecily. – Se tem a ver com mamãe, eu mereço saber.

Kitty suspirou, reconhecendo a teimosia no rosto da irmã, e foi se sentar a seu lado.

– Talvez seja um pouco chocante – disse ela, sem tempo para dar as notícias com delicadeza. – Mas mamãe costumava... Quero dizer, mamãe era uma... uma cortesã. Foi assim que ela e papai se conheceram.

O queixo de Cecily caiu.

– O quê? Não pode ser verdade. Ela era atriz.

– É verdade. Mas também era uma...

Cecily tapou os ouvidos.

Kitty sentiu uma onda de impaciência diante daquela infantilidade. Não podia desperdiçar seu tempo com isso quando tinha tanto a preparar.

– Não posso acreditar. Adorávamos conversar sobre os grandes dramaturgos. – Cecily gaguejava. – Sobre Shakespeare e s-sobre Marlowe...

– Calma, calma – disse Kitty, encorajando-a. – Ela ainda é a mesma pessoa, Cecily, ainda é a nossa mãe. Isso não significa que ela não gostasse de Shakespeare ou... do outro. Você está descobrindo algo novo sobre ela, não é? Não acha, no mínimo, interessante?

Pelo olhar contrariado que lançou à irmã, Cecily não pareceu achar nada interessante.

– Como você teve coragem de esconder isso de mim?

– Mamãe achou que você ficaria transtornada... e, com toda a certeza, tinha razão!

– Mas ela contou a *você*! – exclamou Cecily.

Kitty mordeu o lábio, sem saber se deveria dar uma resposta sincera. A verdade era que a mãe jamais teria sonhado em incomodar Cecily com uma confidência dessas. A irmã era a preciosa sonhadora da família, a intelectual. A mãe conversava com Cecily sobre livros e peças. Fora apenas com Kitty que ela havia falado sobre o passado. Não existiram segredos entre as duas: tinham conversado com franqueza sobre as dificuldades financeiras, e compartilhado planos para superá-las. Cecily mantinha um relacionamento bem diferente com a mãe.

– Kitty, não podemos comparecer.

A voz de tia Dorothy se sobrepôs aos balbucios de Cecily.

Kitty franziu a testa.

– Por que você se opõe tanto? É uma oportunidade, tia! É uma chance imperdível.

– Sua mãe também achava isso, e veja só como tudo acabou! – retrucou tia Dorothy, estridente.

Kitty e Cecily recuaram um pouco, em choque. Tia Dorothy levou a mão trêmula à boca.

– Eu não quis dizer isso. Sinto muito. Você é muito parecida com ela, sabia? Ela era tão confiante em que poderia ter tudo ao mesmo tempo... amor, casamento e dinheiro. Mas, quando você se envolve com a aristocracia, nada é tão simples assim, e tudo pode ser tirado das suas mãos de uma só vez. Mandaram sua mãe embora e eu nunca mais a vi.

A sala ficou em silêncio. Elas nunca tinham visto tia Dorothy perder a compostura daquele jeito.

– A diferença é que eu não vou me apaixonar por ninguém – disse Kitty.

– Não sei se isso importa. – Tia Dorothy ergueu as mãos, frustrada. – É um plano muito imprudente. Nenhuma de nós tem a menor ideia de como se comportar em tais eventos.

– Achei que você talvez tivesse – admitiu Kitty. – Você já socializou com cavalheiros em outras ocasiões.

– Não na frente de suas *esposas*. – Tia Dorothy fez questão de enfatizar. – Isso é tão novo para mim quanto para vocês. Existem inúmeros tipos de regras para esses eventos, e nós as ignoramos por completo. E você já pensou o que poderia acontecer se um dos cavalheiros me reconhecesse?

– Já se passaram dez anos – disse Kitty.

– Dez anos que foram muito gentis comigo, de acordo com fontes bastante confiáveis – retrucou tia Dorothy com severidade. – Ainda bem que meu cabelo está preto agora, não ruivo. Eu evito esse tipo de gente por uma razão, Kitty. E quanto a você, é a cara da sua mãe! É melhor você escrever para lady Radcliffe e avisar que não poderemos comparecer.

– E desistir? – Kitty ergueu o queixo, desafiadora. – Não! Vou descobrir tudo que precisamos saber. Nós vamos comparecer a esse jantar!

Fiel à sua palavra, Kitty partiu, resoluta, naquela tarde numa expedição para coletar informações. Com Cecily a reboque, seu destino era a biblioteca, pois a irmã sempre falava dos livros de etiqueta que recebiam no Seminário e que lhes ensinavam as virtudes desejáveis nas donzelas. Kitty, porém, ficou desapontada. Para seu desgosto, mesmo o mais acadêmico daqueles volumes continha apenas as instruções mais básicas e inúteis. Como "ter um respeito sagrado pela verdade" ou "possuir dignidade sem orgulho" poderiam ajudá-la num jantar? Elas saíram de mãos vazias, e Kitty evitou o olhar de tia Dorothy naquela noite.

De comum acordo, elas não voltaram a tocar no assunto, e as três se recolheram cedo, embora Kitty não conseguisse dormir. Desde sua chegada a Londres, havia se acostumado com o barulho quase constante da cidade, mas ainda não estava totalmente confortável com a quantidade de sons que penetravam pela janela, mesmo na escuridão. Em casa, em Netley, quando ela ou Beatrice não conseguiam dormir, as duas trocavam confidências sob as cobertas, compartilhando segredos e medos até que eles pertencessem mais às duas do que a apenas uma delas. E embora houvesse alguns segredos que Kitty não contara a Beatrice – a verdadeira extensão das dívidas da família e a história completa do namoro de seus pais eram fardos que carregara sozinha –, ela havia se acostumado a contar com o apoio de Beatrice nos momentos de dúvida. Em especial nos anos após a morte da mãe, quando Kitty se sentia desesperada e sozinha, não havia conforto maior do que a presença de Beatrice.

E agora não podia contar com a irmã.

– Cecy? – sussurrou Kitty no escuro.

Mas um ronco suave mostrou que Cecy já adormecera.

Kitty desejou ter conversado com o pai sobre a etiqueta da aristocracia enquanto ele era vivo. Houve tantas oportunidades... Mas como ela poderia adivinhar que tais conhecimentos se tornariam tão importantes? Para Kitty, uma das piores coisas relacionadas à perda dos pais não aconteceu nos primeiros dolorosos e cruéis dias de luto. Foi mais tarde, na forma de um sentimento que se esgueirava dentro dela todos os dias, sempre que pensava numa pergunta para fazer a eles – algo de que ela desconfiasse vagamente, mas não pensara em manifestar, algo bobo ou algo importante –, só para perceber um segundo depois que eles não estavam mais ali para dar a resposta. E naquele momento, mais do que nunca, Kitty teria dado qualquer coisa para fazer ao pai ou à mãe as perguntas que rondavam sua cabeça. Perguntaria ao pai sobre a aristocracia – com certeza –, mas também perguntaria se estava ao menos fazendo a coisa certa. Deveria dar ouvidos à tia Dorothy ou confiar nos próprios instintos? Ela e as irmãs ficariam bem? Céus, seria maravilhoso ouvir outra vez que tudo ficaria bem, ou sentir o toque reconfortante da mão de um dos pais em sua testa de novo.

Cecily soltou um soluço na escuridão, e Kitty balançou a cabeça, tentando colocar os pensamentos em ordem. O que ela precisava mesmo – do ponto de vista prático – era falar com alguém que conhecesse aquele mundo como a palma da mão, que soubesse todas as pequenas regras e os rituais que ela não reconheceria. Alguém que soubesse exatamente como os membros da aristocracia identificavam os forasteiros, e – o mais importante – alguém com quem pudesse falar honestamente, sem medo do que sua ignorância pudesse revelar a tal pessoa. Foi só quando o céu púrpura se tornou preto como tinta que Kitty admitiu para si mesma que, na verdade, só havia uma pessoa a quem recorrer.

O mordomo de lorde Radcliffe, Beaverton, ficou surpreso quando abriu a porta da casa em St. James's Place, às 10 da manhã do dia seguinte, e encontrou a Srta. Talbot e uma criada olhando para ele com expectativa. A resposta adequada àquela irregularidade seria, sem dúvida, informar às damas que milorde não estava recebendo visitas e mandá-las embora. No entanto, sem saber muito bem como acontecera, Beaverton se pegou conduzindo as damas até a biblioteca e seguindo ao piso superior para chamar lorde Radcliffe.

– A Srta. Talbot? – perguntou Radcliffe, incrédulo, das profundezas de seu quarto escuro. – Aqui? Agora? Que diabos...?

Ele se levantou com dificuldade e chegou à biblioteca menos de 15 minutos depois, um pouco mais desgrenhado do que normalmente se apresentaria aos visitantes. James ficou na porta, com o olhar fixo na Srta. Talbot. Por mais incompreensível que pudesse parecer, ela realmente estava ali.

– Srta. Talbot – disse ele, por fim, sem se curvar.

Como Radcliffe não acrescentou mais nenhuma palavra, a Srta. Talbot percebeu que ele havia se levantado, porém seus modos permaneciam adormecidos.

– Talvez pudéssemos fazer um lanche? – sugeriu ela, sentindo que ele precisava de certa orientação.

Radcliffe apertou os lábios, mas instruiu o criado e a convidou a se sentar.

– Não estava esperando sua visita, Srta. Talbot – declarou ele, recuperando um pouco do equilíbrio. – Também está um tanto cedo para receber visitas, mesmo as que são esperadas.

Kitty olhou para ele, surpresa.

– Mas já passa das dez! O senhor ainda estava dormindo?

– Não importa – respondeu ele, com grande paciência. – Por que veio até aqui? Tenho certeza de que não temos mais nada a discutir, visto que, sem dúvida, você recebeu o convite de minha mãe ontem. A menos que deseje renegar nosso acordo...?

– Ah, de jeito nenhum! – Ela fez um gesto de desdém com a mão. – Pretendo cumprir minha parte do acordo. Não precisa se preocupar, Archie não corre mais perigo nenhum comigo. Mas eu gostaria de lhe fazer algumas perguntas.

James desviou o olhar para Sally, sentada numa cadeira perto da porta, depois voltou-se para Kitty. Era uma pergunta. Ela repetiu o gesto de desdém.

– Ah, Sally sabe de tudo, não se preocupe. Ela não vai dar um pio sobre o assunto.

– É claro. Perdoe-me, mas eu não compartilho da mesma confiança. Talvez ela pudesse nos esperar no corredor? A menos que a senhorita tema que eu possa ter segundas intenções com sua pessoa.

Ele acrescentou isso com um toque de ironia, como se a ideia fosse ridícula. Kitty tentou não ficar ofendida. Assim que a porta se fechou atrás de Sally, uma parte da altivez de Radcliffe o deixou.

– Eu pensei que tivesse cumprido minha parte do acordo – disse ele com vivacidade. – Eu deveria providenciar sua introdução na aristocracia, e você cuidaria do resto.

– Certamente você não achou que seria assim tão simples, não é? – perguntou Kitty com um ar crítico, esquecendo completamente que ela também pensara que seria simples, antes que tia Dorothy a informasse do contrário.

– Por favor, me perdoe, mas de fato achei.

– Há muitas coisas que preciso saber sobre o evento de lady Radcliffe, e há muitas coisas que podem dar errado, sabe?

– É mesmo? – disse ele, pensando em sua cama com muita saudade.

– Sim, de fato. Sua mãe percebeu que eu não fazia parte da aristocracia segundos após nosso encontro. Devo garantir que isso não aconteça de novo.

– E seu primeiro pensamento foi me pedir ajuda? – perguntou ele, incrédulo. – Ontem estávamos tentando nos chantagear.

– Meu primeiro pensamento – corrigiu ela – foi procurar instruções na biblioteca, mas teria dado no mesmo se eu tivesse resolvido ler a Bíblia. Aqueles livros idiotas de etiqueta não me ensinaram nada. Além disso, não é tão estranho que eu faça perguntas ao senhor. Imagino que gostaria que eu fosse bem-sucedida. Nós temos um acordo, afinal de contas.

– Um acordo que lamento ter feito a cada minuto que passa – disse Radcliffe, esfregando o rosto e desejando ter pedido café em vez de chá.

Kitty ignorou essas palavras.

– Quem estará presente hoje à noite?

– A viúva lady Montagu, seu filho, lorde Montagu, e suas duas filhas. – Radcliffe fazia uma lista, contando nos dedos. – Lorde e lady Salisbury, o Sr. e a Sra. Burrell, o Sr. e a Sra. Sinclair, seu filho Gerald, o Sr. Holbrook e o capitão Hinsley, que você já conheceu.

Ela assentiu, guardando a lista na memória para transmitir à tia Dorothy mais tarde.

– Quando eu for apresentada a lady Montagu, qual deve ser a profundidade da reverência?

James a fitou em silêncio por um instante.

– Média – disse ele por fim, esperando que o assunto estivesse encerrado.

Kitty se levantou.

– Poderia me mostrar?

– Mostrar a você?

– Sim, por favor, demonstre o nível apropriado da reverência para saudar uma condessa. Ficou claro que eu não fiz isso corretamente quando cumprimentei sua mãe pela primeira vez.

– Mas eu não sou uma mulher.

Kitty fez um gesto de impaciência.

– No entanto, você vê as damas fazendo isso com frequência, não é?

Se aquela conversa tivesse acontecido no final do dia, ou se James estivesse minimamente preparado para aquela visita, ele poderia ter recusado. Mas Radcliffe não estava preparado e era muito cedo, então, em face dos pedidos insistentes, pareceu muito mais fácil obedecer. Ele se levantou e fez uma imitação razoável da reverência diante de uma condessa. A Srta. Talbot o encarou, intrigada – pois o gesto era bem menos profundo do que ela imaginara –, e o repetiu diante dele.

– Isso muda para lorde e lady Salisbury?

– Sim, porque ele é um marquês, e ela, uma marquesa. Seria desse jeito.

Ele fez uma nova demonstração, e depois outra para os Sinclairs e para os Burrells, meros senhores.

Quando ficou satisfeita por ter memorizado tudo perfeitamente, a Srta. Talbot se sentou.

– E o que acontece em seguida? Vamos nos sentar imediatamente? Que tipo de coisas vamos comer? Devo ficar em algum lugar em particular? Sobre que assuntos as pessoas conversam? O que devo vestir?

A Srta. Talbot foi capaz de extrair um verdadeiro tesouro de informações de lorde Radcliffe antes que ele despertasse por completo e começasse a se opor à presença de Kitty em sua casa. Assim, quando ele finalmente ordenou que a jovem "saísse agora e nunca mais voltasse", ela ficou bem feliz em obedecer.

James a acompanhou pessoalmente até a soleira da porta, desconfiando seriamente que, de outra forma, ela nunca iria embora, e lhe deu um seco bom-dia, o qual ela retribuiu com muito bom humor.

– E mesmo que você não se importe com isso – acrescentou James com severidade antes de fechar a porta –, na aristocracia é considerado altamente impróprio que uma mulher solteira visite a casa de um homem solteiro, com ou sem criada.

Ela revirou os olhos com exagero.

– Meu Deus, os moradores de Londres se escandalizam com tanta facilidade. Seria a falta de ar puro?

Radcliffe bateu a porta com violência, mas Kitty desceu os degraus com Sally, muito feliz. Sentia que havia descoberto tudo de que precisava para causar um impacto positivo na sociedade. Sentia-se preparada para qualquer coisa.

Capítulo 14

– Nunca se sabe ao certo o que vestir em noites como essa. Espero que lady Montagu não tenha exagerado no figurino – disse lady Radcliffe com alegria enquanto esperavam os convidados, em pé, no salão.

Radcliffe reprimiu um sorriso. Estava bem claro que nada agradaria mais à condessa viúva do que ver lady Montagu cometendo tal gafe.

Quando o relógio bateu sete horas, os primeiros convidados começaram a chegar, e, à medida que Radcliffe prestava as reverências e murmurava saudações para cada um, percebeu que aguardava as Talbots com certa apreensão.

– Sra. Kendall, Srta. Talbot, Srta. Cecily Talbot! – anunciou Pattson, e as três damas entraram.

Vestiam-se de forma encantadora, seguindo a última moda: a Sra. Kendall usava um vestido lilás-claro, enquanto a Srta. Talbot e a Srta. Cecily usavam os mesmos vestidos brancos de quando foram ao Jardins Vauxhall, mas com a adição de xales de gaze prateada, que faziam com que as roupas parecessem novas.

– Boa noite, Srta. Talbot – disse Radcliffe com cortesia enquanto a Sra. Kendall era saudada por sua mãe, e a Srta. Cecily, por Amelia.

Ela inclinou a cabeça e disse, em voz baixa:

– Mais algum arrependimento?

– Ah, muitos!

Ela sorriu.

– Algum candidato adequado para mim essa noite? – perguntou ela, com malícia.

– Infelizmente, muito poucos. Mas, como foi você que considerou esse evento tão essencial, temo que o erro seja seu, não meu.

– O senhor pode admitir, caso não se sinta à altura da tarefa – disse ela, incapaz de resistir ao desejo de provocá-lo.

– Talvez eu devesse organizar uma lista adequada – disse ele, pensativo –, com cavalheiros que dispõem de riqueza suficiente para satisfazê-la e, ao mesmo tempo, tão desprovidos de caráter que eu não me sentirei culpado por deixá-la à solta perto deles.

Kitty lhe lançou um olhar fulminante.

– Quanta gentileza – disse ela, seguindo em direção a lady Radcliffe.

– Srta. Talbot, está maravilhosa! Que broche... divino! Deve me dizer o nome do joalheiro. – Ao que parecia, era um comentário que dispensava qualquer resposta, pois a dama atalhou imediatamente, em um tom confidencial: – Mais um pouco e lady Montagu estará atrasada. Estou fora de mim de tanta raiva. É uma grosseria... Ela não me respeita, está bem claro.

– O honorável conde de Montagu, a muito honorável condessa viúva de Montagu, lady Margaret Cavendish e lady Jane Cavendish – anunciou Pattson da porta, num tom solene e impressionante.

– Meus queridos! – exclamou lady Radcliffe, cheia de alegria, com os braços estendidos em boas-vindas.

As senhoras se cumprimentaram com um entusiasmo quase ridículo.

– Venha, você precisa conhecer a Sra. Kendall e suas sobrinhas, as Srtas. Talbots, as novas amigas da família. Lady Montagu é uma amiga minha, e este é seu filho, lorde Montagu. Ele e Archie são praticamente irmãos. Lady Montagu, a Srta. Talbot é aquela jovem que tem sido tão prestativa em relação ao meu mais recente mal-estar.

Kitty e Cecily fizeram uma reverência diante dela.

– Ouvi falar muito sobre as duas – disse lady Montagu, com um sorriso nos lábios e um olhar intenso.

Kitty respirou fundo, obrigando-se a manter a calma. Era essencial que agradassem a cada uma das damas presentes na noite antes de partirem. Londres podia ser um mundo dos homens, mas eram essas mulheres que detinham suas chaves. Eram elas que emitiam os convites, espalhavam os mexericos e faziam comentários ferinos que poderiam ajudar ou destruir alguém.

– Talbot? – perguntou lady Montagu. – Alguma relação com os Talbots de Paris?

Sim, pensou Kitty, embora essa não fosse uma associação que ela gostaria de divulgar, para evitar que alguém fizesse a ligação com o escândalo de seus pais. Assim, Kitty mentiu, com toda a calma:

– Não. Somos de Dorsetshire.

– Ah, então já devem conhecer os Salisburys, não é?

– Ainda não fomos apresentadas – admitiu Kitty.

– Ah, sim. – Lady Montagu voltou o olhar para o lado, como se tivesse acabado de perder um pouco do interesse. – Os Digbys, então? Eles têm uma propriedade gloriosa, não é? Minhas filhas passaram o verão por lá no ano anterior.

– Não conhecemos – afirmou Kitty, balançando a cabeça. – Embora eu tenha ouvido dizer que é mesmo adorável.

Lady Montagu pareceu ficar desapontada outra vez, e se virou para tia Dorothy.

– E... Sra. Kendall, não é?

Até para os ouvidos de Kitty, "Kendall" parecia um sobrenome um tanto comum. Ela desejou que tivessem trocado, mas já era tarde demais. Tia Dorothy se comportou de maneira esplêndida, contando uma história divertida sobre como havia conhecido seu falecido – e fictício – marido, mas era perceptível que lady Montagu não estava ouvindo. Ao revelarem como eram terrivelmente desprovidas de contatos importantes, a dama pareceu considerá-las inúteis, ansiosa para partir em busca de um terreno mais fértil.

Para o desânimo de Kitty, esse foi o padrão seguido em todas as apresentações: ao que parecia, os convidados compartilhavam da necessidade de encaixar as Talbots e a Sra. Kendall em sua geografia social e ficavam muito perplexos quando não conseguiam. As Talbots pareciam e agiam como moças de berço, de boa família, mas não conheciam ninguém que deveriam conhecer. À medida que negavam ter qualquer relacionamento com alguma família da aristocracia em todo o West Country, a arrogância dos convidados começou a aumentar. Esse mundo era menor do que Kitty imaginara, e era preciso se encaixar numa categoria dentro dele para ser aceito. Sua salvação foi a distração causada pela presença de lorde Radcliffe, que fez com que os presentes não quisessem perder tempo interrogando-a como deveriam. Para eles, Radcliffe era um personagem glamoroso: com um título da nobreza, rico e solteiro, sim, mas raramente visto na aristocracia desde sua temporada no Continente como adido de Wellington e depois como combatente em Waterloo. Embora seu papel, por natureza, devesse ter sido apenas diplomático, esse era o tipo de circunstância que quase nunca envolvia primogênitos e por isso mesmo se tornava ainda mais brilhante para a aristocracia, que prezava a hierarquia de forma implacável.

Sempre que Radcliffe falava, toda a sala se aquietava um pouco, na esperança de que ele contasse uma história de bravura passada durante a guerra. Mas ele não contou, e Kitty ficou aliviada quando lady Radcliffe anunciou que o jantar seria servido. Lady Radcliffe não colocou Kitty ao lado do Sr. De Lacy, e Kitty agradeceu por isso. Em respeito à sua recente promessa de deixá-lo em paz, ela o evitara a noite inteira. Kitty se sentou entre o Sr. Sinclair, à esquerda, e o capitão Hinsley, à direita.

Enquanto se acomodavam, Hinsley deu uma piscadela que ela retribuiu com um olhar gélido. Ainda não havia perdoado o modo como ele atrapalhara seus planos com o Sr. De Lacy. A primeira parte da refeição foi servida e, apesar do nervosismo, Kitty tirou um momento para admirar os pratos oferecidos a ela pelo capitão Hinsley e pelo Sr. Sinclair. A quantidade era impressionante: quatro terrinas de sopa de alcachofra estavam distribuídas nos cantos da mesa, e, entre elas, travessas com *turbot* na manteiga, um lombo de vitela e mais de vinte acompanhamentos, guarnecidos com molhos que Kitty não conhecia. Era bem diferente do pudim de legumes e dos miúdos na banha que comeram na última noite em Netley.

Radcliffe tinha dito que as damas deviam falar primeiro com os cavalheiros à esquerda. Por isso ela se voltou para o Sr. Sinclair com um sorriso trêmulo, esperando que a conversa com ele fosse mais tranquila do que fora com sua esposa – que simplesmente não conseguia entender como Kitty não conhecia a família Beaufort, e não deixava o assunto de lado. O Sr. Sinclair era bem-humorado, mas não o suficiente para poupar Kitty do interrogatório habitual.

– Biddington? Ah, conheço bem a área! – exclamou ele. – Então a senhorita deve conhecer o Patinho, é claro.

Patinho? Será que ela ouvira corretamente? Soara mesmo como Patinho. Ela o fitou, inexpressiva. Patinho era um lugar? Ou um autêntico pato, famoso nesses círculos sociais por algum motivo? Kitty sentia que as palmas das mãos ficavam úmidas enquanto tentava pensar na resposta mais segura.

O rosto do Sr. Sinclair expressava certa confusão diante de seu silêncio. Por fim, ele resolveu esclarecer, quando ficou claro que Kitty não diria nada.

– Lorde Mallard.

– Ah… – disse ela com a voz fraca. Um apelido. – Não, receio que não o conheço.

O Sr. Sinclair franziu a testa.

– Impossível – afirmou ele. – Tenho certeza de que ele tem um pavilhão de caça na região.

Kitty não aguentava mais. Decidiu correr um risco calculado. Não bastava simplesmente tentar se livrar desse tipo de pergunta sem dar uma explicação. Ela e a irmã precisavam de um motivo convincente para terem vivido de forma tão obscura, se quisessem ter uma chance de sobreviver àquela noite.

– A verdade, senhor – disse ela, mandando a cautela às favas –, é que não conheço ninguém em Londres, além da minha tia e da família De Lacy. Meu pai nos manteve totalmente isoladas da sociedade. Ele tinha muito medo de que pudéssemos ser corrompidas. Por isso nunca saímos de nossa cidade.

– É mesmo? – O Sr. Sinclair pareceu intrigado. – Sujeito excêntrico, não?

– Muito. Confesso que eu e minha irmã sabemos muito pouco sobre o mundo, então o senhor deve perdoar minha ignorância. Tenho muito medo de dizer alguma coisa errada!

– Ora, as duas devem ser as garotas mais ingênuas de Londres – declarou o Sr. Sinclair.

Ele observou a Srta. Talbot por um momento sob suas sobrancelhas pesadas antes de decidir que achava isso encantador.

– Não há necessidade de ficar nem um pouco nervosa. – O Sr. Sinclair a tranquilizou, apontando para a sala. – Ora, este aqui é o grupo de pessoas mais amigáveis da cidade! Pode confiar em nós para cuidar das duas.

Tal declaração sobre confiança não impediu o Sr. Sinclair de transmitir a notícia da criação incomum das irmãs Talbots diretamente a lady Salisbury assim que o primeiro prato foi retirado e ambos se voltaram para seu outro parceiro de assento. Lady Salisbury, por sua vez, passou a informação adiante na primeira oportunidade. Murmúrios de interesse saudaram a notícia e, quando a segunda parte da refeição terminou (maior ainda do que a primeira, com ganso, lagosta e galinha-d'angola, entre outras opções), as

Talbots eram vistas como uma novidade. A arrogância começou a diminuir. Os lordes, ladies e a aristocracia reunidos ali começaram a comentar como lady Radcliffe era mesmo uma anfitriã extremamente perspicaz, por ter descoberto excentricidades tão encantadoras quanto aquelas jovens. Olhando para o outro lado da mesa, Kitty chamou a atenção de tia Dorothy, e as duas compartilharam um pequeno sorriso de alívio. Kitty também teve uma agradável surpresa ao ver Cecily demonstrando grande animação. Parecia estar dando ao jovem lorde Montagu uma longa aula sobre filosofia sáfica, e estava se divertindo muito, como costuma acontecer quando se tem permissão para falar com liberdade sobre o próprio intelecto. Kitty se sentiu grata pelos bons modos do jovem, que parecia entretido quando devia estar terrivelmente entediado.

Como já não se sentia mais sob ataque, Kitty pôde perceber que os integrantes da aristocracia não eram tão diferentes assim das pessoas normais. Sim, eles falavam com uma dicção impecável e, sim, faziam a educação assumir níveis ritualísticos, com um jargão totalmente incompreensível – tudo sobre Eton, preceptoras e Londres, ou apelidos de senhores e damas que se deveria saber, mas que não se deveria usar a menos que os conhecesse. Mas eles comiam como todo mundo e fofocavam com verdadeira fúria – embora tudo fosse enfeitado com laços de fita de preocupação e compaixão para demonstrar delicadeza.

– Notícias medonhas sobre o garoto Egerton, não é? – dizia a Sra. Burrell num tom baixo, mas que rodou por toda a mesa.

– O que aconteceu? – perguntou a Sra. Sinclair, com uma expressão preocupada e um brilho nos olhos.

– Perdeu uma verdadeira fortuna nas cartas, a infeliz criatura. Toda a família está em pé de guerra – declarou lady Montagu, balançando a cabeça com tristeza. – Precisaram vender quarenta hectares de terra para pagar as dívidas.

– Isso não deveria ter acontecido com uma família tão boa. – Lady Radcliffe pareceu se sentir um pouco mal com a notícia. – Ele esteve em Waterloo, não foi, Radcliffe?

Assim que as palavras escaparam de seus lábios, lady Radcliffe pareceu arrependida. Todo o grupo se aquietou de imediato, olhando para lorde Radcliffe, que se limitou a emitir um vago murmúrio em resposta. Quando ficou claro que ele não iria brindá-los com uma história, lady Salisbury resolveu arriscar.

– Lorde Radcliffe! – exclamou ela. – Precisa nos contar sobre Waterloo. Estamos morrendo de vontade de ouvir seu relato.

– Radcliffe fica entediado ao falar sobre a guerra – disse lady Radcliffe depressa, interrompendo-a.

– Ah, tenho certeza de que ele pode nos entreter dessa vez – insistiu lady Salisbury. – Não pode, Radcliffe? Se pedirmos com delicadeza?

– O que gostaria de saber, senhora? – indagou Radcliffe com frieza.

– Como era por lá? – A dama se inclinou para a frente, ansiosa.

– Horrível – disse ele, balançando a taça de vinho com uma das mãos.

O tom de voz era casual, mas a Srta. Talbot percebeu um alerta implícito. E pelo ar de tensão nos semblantes de lady Radcliffe e do capitão Hinsley, os dois haviam captado a mesma coisa. Lady Salisbury, porém, prosseguiu, nem um pouco abalada.

– Deve ter sido uma visão e tanto – disse ela, extasiada. – Todos os regimentos alinhados, os cavalos, os casacos vermelhos, a...

– Morte? – sugeriu Radcliffe, com um sorriso sombrio. – Pois eu confesso que é da morte que mais me lembro daquele dia, não dos casacos vermelhos.

Lady Radcliffe levantou-se abruptamente da cadeira.

– Vamos nos retirar para o chá, senhoras? – perguntou, animada.

Kitty abandonou o manjar branco com tristeza.

A consideração calorosa com que as Srtas. Talbot e a Sra. Kendall foram recebidas durante o chá estava em total desacordo com a frieza das mesmas damas no início do jantar. Apenas a Sra. Burrell parecia indiferente à explicação sobre o pai superprotetor. Mas lady Montagu e a Sra. Sinclair – que nunca ficavam para trás numa nova tendência – decidiram que as irmãs Talbot eram "as criaturas mais bem-comportadas" que já tinham conhecido. Kitty, por sua vez, encarnou sua personagem, implorando pelo conselho das senhoras sobre como navegar as águas sociais de Londres. Acostumadas com jovens que desejavam parecer talentosas e experientes diante delas, as damas se sentiram revigoradas e lisonjeadas pelo reconhecimento tão franco de sua elevada posição social. Quando os cavalheiros se juntaram a elas, Kitty havia recebido convites para três bailes, todos no mês seguinte.

– Acho que podemos considerar a noite um sucesso, certo? – sussurrou Kitty para tia Dorothy na carruagem de volta para casa.

– Sim. – Tia Dorothy parecia pensativa. – Sim, contra todas as probabilidades, acho que podemos.

Ela se virou para a sobrinha, observando-a. Kitty perguntou a si mesma se tia Dorothy lhe daria outro sermão sobre a inadequação, o risco e o perigo de sua estratégia. Mas a tia voltou a surpreendê-la.

– Eu ainda acho que você está louca. E ainda considero a sua perseverança implacável bem cansativa, mas devo admitir que a noite foi um tanto... empolgante. – Ela fez uma pausa. – Então é o seguinte: conte comigo, minha querida. Vou ajudá-la como puder.

– Com quem você quer se casar agora? – interrompeu Cecily, bastante confusa. – Não é com lorde Montagu, não é? Aquele jovem interessante que se sentou ao meu lado durante o jantar.

Kitty ergueu os olhos para o céu.

– Cecily, não sou tão ridícula a ponto de considerar um cavalheiro com título de nobreza, ainda mais quando ele vem de uma família tão poderosa. Por favor, me dê algum crédito.

– Ah, que bom – disse Cecily, vagamente, voltando a se dispersar.

Satisfeita por fazerem o resto da viagem em silêncio, Kitty fechou os olhos e deixou a cabeça recostar no assento.

Do outro lado da cidade, Radcliffe caminhava para casa – St. James's Place ficava a uma curta distância da Grosvenor Square – sentindo-se igualmente aliviado. A Srta. Talbot tinha desempenhado muito bem o seu papel. Ele estava meio envergonhado pela facilidade com que todo seu círculo social acabara enredado por suas artimanhas.

Meio envergonhado, mas não totalmente. Depois do interrogatório de lady Salisbury sobre Waterloo, ele estava bastante disposto a deixá-los entregues à própria sorte. Em breve, seria capaz de abandonar tudo isso. Precisaria ficar na cidade por tempo suficiente para oferecer à Srta. Talbot a dança que lhe devia, mas, fora isso, não havia necessidade de se envolver mais, nem de sua presença em Londres. Depois dessa noite, ele tinha certeza de que os dias de preocupação com a Srta. Talbot ficariam para trás.

Capítulo 15

A visita da Srta. Talbot à casa de Radcliffe na manhã seguinte não foi exatamente espontânea. Na noite anterior, Kitty teve dificuldade para pegar no sono mais uma vez, passando horas cheia de dúvidas e deliberações. Havia inúmeras coisas que ela não sabia sobre a alta sociedade. Como podia ter pensado que bastaria uma noite bem-sucedida para se sentir à vontade? Ela tirou um cochilo leve e agitado pouco antes do amanhecer, e, quando o sol nasceu, ficou claro para Kitty que precisava de mais reconhecimento de campo para evitar um desastre.

Beaverton observou com desânimo a Srta. Talbot e Sally paradas na porta da frente, mas sua reação foi eclipsada pela de seu patrão, que ficou arrasado ao descobrir que tamanho horror lhe seria infligido uma segunda vez.

– O que foi agora? – perguntou ele, esgueirando-se escada abaixo com relutância para confrontar o demônio.

– Só mais algumas perguntas – disse Kitty, retirando um caderno da bolsa. – Posso começar?

Ela o ouviu murmurar com fraqueza:

– Meu bom Deus...

– No baile de lady Montagu, quais danças deverão acontecer? – perguntou ela, com a cabeça inclinada sobre o caderno e a pena preparada.

– O cotilhão e a quadrilha, imagino eu, assim como todas as danças campestres de costume – disse ele, sucumbindo ao inevitável. – E a valsa, embora eu a aconselhe a evitá-la até a senhorita estar estabelecida. Os defensores da moral ainda consideram a valsa uma dança audaciosa demais.

Kitty assentiu, fazendo anotações rápidas.

– Nos bailes particulares, há um jantar a ser oferecido ou devemos comer antes? – prosseguiu ela.

– O jantar é oferecido.

– E é aceitável comer ou a aristocracia considera que as jovens não precisam se alimentar?

Radcliffe franziu a testa.

– Você pode comer. Embora a maioria das pessoas jante em casa primeiro.

– Que horas é apropriado chegar ao baile? O convite diz oito horas, mas isso significa que devemos ser pontuais ou chegar um pouco depois?

As perguntas seguiram mais ou menos a mesma linha – dúvidas sobre detalhes aos quais ele nunca havia *pensado* em prestar atenção antes e sobre os quais desejava muito nunca ter que pensar de novo. James perguntou a si mesmo, vagamente, para onde havia ido sua disposição para lutar. Era como se toda a sua energia tivesse sido sugada ao ver aquele caderno, e ele só pudesse observar com um desespero mudo a paz de sua manhã desaparecer aos poucos. Foi um alívio quando a Srta. Talbot fechou o caderno, mas a provação ainda não havia acabado. Ela tirou da bolsa um exemplar de *La Belle Assemblée* e mostrou-lhe a ilustração de um vestido.

– Estávamos planejando usar algo parecido. Seria adequado?

– Acredito que sim – respondeu ele, impotente.

– Alguma gafe que devo evitar?

– Muitas. – A resposta de Radcliffe saiu ligeiramente abafada, pois sua cabeça estava enterrada nas mãos.

– Poderia mencionar alguma? – perguntou ela, ácida.

– Não – disse ele, irritado.

Kitty se levantou para ir embora, percebendo que a paciência de Radcliffe tinha se esgotado. Deu-lhe um bom-dia muito animado, mas ele não retribuiu.

– Pelo amor de Deus, saia pela porta dos fundos! – exclamou ele.

Mas era tarde demais: ela já havia partido.

Radcliffe precisou de algum tempo para recuperar o equilíbrio. Não recebeu mais visitas, felizmente, mas o estrago já estava feito. Em vez de passar o dia, como havia planejado, cuidando da correspondência e redigindo instruções para Radcliffe Hall a respeito de seu retorno, ele passou diversas horas desagradáveis ruminando sobre o comportamento afrontoso da Srta. Talbot, seu atrevimento... sua *audácia*. James quase desejou que ela voltasse para que pudesse expulsá-la de forma adequada. Mesmo quando foi para a cama, ele ainda temia acordar com a notícia da presença da Srta. Talbot em sua casa de novo. Felizmente, não foi isso que aconteceu. Por outro lado, infelizmente, ele acordou com a notícia de que seu irmão o aguardava no andar de baixo.

Archie estava um pouco frustrado com a dificuldade em falar com Radcliffe sobre o noivado. As duas últimas tentativas de visitar St. James's Place não deram resultado, e ele se dirigia ao irmão dias depois do planejamento inicial. É claro que, tecnicamente, não precisava da permissão de Radcliffe. Com certeza não precisaria depois de atingir a maioridade, o que ocorreria dentro de algumas semanas, mas isso não importava para Archie. Radcliffe tinha se tornado o chefe da família e, do mesmo modo que ele teria desejado a bênção do pai antes de fazer um pedido de casamento, era preciso se dirigir a James. Era a coisa certa a fazer.

– Archie, a que devo o prazer? – perguntou Radcliffe, com grande desconfiança sobre o motivo da visita.

Archie respirou fundo.

– Desejo falar sobre um assunto de extrema importância, milorde.

Radcliffe suprimiu um suspiro.

– O que seria, Archie?

– Não sei se você lembra, cheguei a escrever... Quer dizer, antes de seu retorno a Londres, escrevi pedindo sua permissão, ou, melhor, sua bênção, para falar seriamente com a Srta. Talbot sobre meus sentimentos por ela. – Archie respirou fundo mais uma vez. – Não mudei de ideia e gostaria de conversar...

Radcliffe ergueu a mão, sentindo que a conversa não lhe traria benefícios caso ele terminasse acuado por Archie.

– Archie, antes de prosseguir, devo dizer que não acho que a Srta. Talbot seja a moça certa para você.

Isso fez Archie parar.

– Por quê? Não pode ter acreditado nas baboseiras que mamãe disse sobre ela ser uma caçadora de fortunas, não é?

– Não tem nada a ver com isso.

Radcliffe mudou de estratégia e resolveu mentir, ao perceber que qualquer restrição ao nome da maldita Srta. Talbot só iria inspirar uma defesa corajosa e apaixonada.

- É que não tenho certeza de que entendo toda essa pressa, Archie. Faz apenas algumas semanas que você conheceu a Srta. Talbot. Seria tão errado assim apenas cultivar essa amizade, por ora?

Archie parecia achar que sim. A Srta. Talbot certamente havia se referido a um problema, embora ele não conseguisse lembrar bem o que era. Algo sobre um tal Sr. Pears?

- Bem, eu sinto que seria, sim... Quer dizer, quando alguém está apaixonado, não há necessidade de delongas.

Ele ficou muito satisfeito com a declaração, um trabalho muito bom para quem não estava preparado.

Radcliffe soltou outro suspiro, sem se deixar convencer.

- Seja como for, você ainda é muito jovem. Mal se transformou num homem. Há tempo suficiente para se casar. Deveria se apaixonar mais uma dúzia de vezes antes de focar sua atenção numa dama.

Sua voz era afável, e suas palavras, gentis, mas Archie não gostou do que ouviu.

- Eu não sou um menino - disse ele, com raiva.

Como a expressão no rosto de Radcliffe não mudou, a irritação de Archie aumentou ainda mais.

- E você saberia disso, se tivesse passado algum tempo com nossa família nos últimos anos!

Assim que as palavras deixaram sua boca, as sobrancelhas de Radcliffe se ergueram e Archie se arrependeu de ter sido tão precipitado.

- D-desculpe, não foi isso que eu quis dizer - gaguejou ele.

- Eu estava no campo cuidando dos negócios, Archie - declarou Radcliffe com frieza.

Archie chutou a ponta do tapete.

- Devem ser muitos negócios mesmo - murmurou ele, com certa amargura.

Radcliffe, talvez pela décima vez naquela semana, amaldiçoou a Srta. Talbot, desejando-lhe o inferno e a danação eterna. Sua família não via nenhum problema no tempo que ele passava no campo até que ela começou a colocar ideias petulantes em suas cabeças.

Ele ergueu as mãos em súplica.

- A princípio, não sou contra o casamento, meu rapaz. Minha única condição é que você veja o que a temporada tem a oferecer. Se dentro de algumas semanas sua atenção permanecer na Srta. Talbot, e a dela em você, voltaremos a discutir o assunto.

James colocou a mão no ombro de Archie, virando-o com delicadeza e o empurrando suavemente em direção à porta.

– Você fala como se tivéssemos chegado a discutir o assunto – reclamou Archie, resistindo um pouco.

Radcliffe fingiu não ouvir.

– Com Montagu e Sinclair de volta à cidade, por que não cavalgam para algum lugar? Saia de Londres, vá se divertir – sugeriu ele, empurrando Archie pela porta com gentileza e acenando em despedida. – Vejo você amanhã no baile dos Montagus! – exclamou Radcliffe alegremente.

Embora a porta não tenha chegado a bater atrás dele, Archie sentiu que tinha sido por pouco. Olhou para a maçaneta polida totalmente confuso. O que se passava com James? Decerto ele andava distante desde que voltara de Waterloo, mas, pelas cartas, ainda parecia se interessar pela vida de Archie quando estava em Devonshire. Agora estava bem mais arredio. A princípio, ele achara que a volta do irmão a Londres seria o início de um novo capítulo para a família, enfim reunida, mas parecia que, apesar de estarem na mesma cidade, James não queria ficar muito próximo deles.

Archie desceu a rua, tentando se livrar desses pensamentos sombrios. Teria que falar de novo com Radcliffe em breve, para convencê-lo de que o relacionamento era duradouro. Só lhe restava torcer para que a Srta. Talbot não se importasse com a demora, embora ela também não andasse muito ansiosa para falar com ele nos últimos dias, pensou Archie com amargura. Vinha cancelando suas caminhadas e não parecia ficar nem um pouco preocupada quando deixavam de se ver por dias e dias. Era óbvio que ele devia estar fazendo alguma coisa errada. Devia ter deixado passar algo sobre a maneira adequada de conduzir esse tipo de coisa, e, sem poder dividir seus pensamentos com o irmão mais velho, foi em busca da companhia e dos conselhos dos seus amigos mais próximos que, finalmente, estavam de volta a Londres.

Gerry Sinclair, depois de ter participado do jantar na Grosvenor Square, reclamava que a irmã Talbot mais nova era "uma chata de galocha" quando Archie se juntou a eles no Cribb's Parlour, mais tarde naquele dia.

– Minhas orelhas quase caíram de tanto que ela falou sobre a ópera italiana – disse ele, indignado, com um copo na mão. – Quem *perguntou* a opinião dela, eu gostaria de saber. Mas as duas são lindas, Archie.

– Mas ela parecia apaixonada por mim? – perguntou Archie.

– O fato é que ela não parecia estar prestando muita atenção em você – disse Gerry, se desculpando. – Tem certeza de que ouviu direito?

– Sim – afirmou Archie, apesar de se sentir inseguro. – Poderia jurar que ela me disse para falar com minha família antes de fazer o pedido. E ela não teria dito isso se não quisesse um compromisso, não é?

Gerry concordou que ela certamente não o faria. Rupert, o outro membro do grupo, não parecia estar ouvindo. O jovem lorde Montagu se considerava um grande poeta, e passava os dias escrevendo versos deprimentes e ruminando sobre a própria arte. Quando Archie insistiu em ouvir sua opinião, ele disse que a conversa ameaçava poluir a sensibilidade artística de sua mente.

– Além disso – acrescentou ele –, não me surpreende que você tenha achado a Srta. Cecily uma chata, Gerry, já que o intelecto dela excede em muito o seu.

A conversa acabou mudando de tema e, quando a noite chegou, eles estavam tão cheios de energia que resolveram se aventurar num infame clube no Soho. No entanto, depois de beber um pouco, Archie sentiu a melancolia se instalar. Olhou, taciturno, ao redor, contemplando os espécimes de masculinidade sem dúvida superiores, e, pousando os olhos num cavalheiro que reconheceu como o elegante lorde Selbourne, falou com tristeza para Gerry:

– Aposto que a Srta. Talbot prestaria atenção *nele*.

– Ah, eu ficaria longe de Selby – disse Gerry. – Parece um cavalheiro e ainda tem o título de nobreza, mas ouvi falar que é um salafrário da pior espécie.

– Um verdadeiro salafrário – confirmou Rupert, em um tom sombrio.

– O que estou dizendo – declarou Archie, contrariado – é que ele parece o tipo de homem que sabe como fazer um pedido decente a uma mulher... um pedido em que todo mundo repararia.

Todos fitaram lorde Selbourne, que, ao se sentir observado, ergueu a cabeça e sacudiu laconicamente um dedo de reconhecimento na direção deles. Os três desviaram o olhar depressa, corando.

– Quero ser exatamente como ele – afirmou Archie, audacioso.

– E não ter um tostão, meu amigo? Além de estar coberto de dívidas? É melhor ser você mesmo – disse Gerry, com sinceridade.

Depois de perder para a casa de forma espetacular, eles começaram uma caminhada vacilante pela cidade. Apesar da hora, as ruas ainda estavam movimentadas, com outros indivíduos igualmente embriagados. Foi somente quando um grupo de homens os seguiu por uma rua estreita que eles perceberam que algo poderia estar um pouco errado. Momentos depois, outro grupo apareceu na frente deles, bloqueando a rua. Confusos, recuaram, e Archie sentiu a certeza do perigo invadi-lo de forma nauseante. Ele ouviu Gerry gaguejar, incerto:

– E-eu digo…

Até a disposição geralmente serena de Rupert havia cedido ao alarme. Sentindo, de alguma forma, que a situação talvez pudesse ser resolvida com a boa e velha educação, Archie fez uma reverência e perguntou com cortesia:

– Como podemos ajudá-los, senhores?

– Entregue o seu dinheiro – disse seu adversário, com calma. – E não machucaremos ninguém.

– O problema é que não temos dinheiro! – exclamou Gerry. – Perdemos todas as nossas moedas no jogo.

– E o resto está bem comprometido – concordou Archie, muito preocupado.

– Que decepção – disse o homem, dando um passo à frente.

Archie viu o cintilar de uma lâmina exposta.

– Ei, vocês aí! – gritou uma voz vindo da rua.

Um tiro ecoou. Os homens se dispersaram. Archie soltou um suspiro de alívio, voltando-se, agradecido, para seu salvador. Enquanto o homem se aproximava deles, Archie distinguiu o vermelho intenso do colete bordado e reconheceu lorde Selbourne.

– Obrigado, milorde! – Archie ofegava, grato. – Muito obrigado.

– Sem problemas. – Lorde Selbourne guardou a pistola no bolso com indiferença. – Esta parte da cidade pode ser bastante perigosa. Você é o irmão de Radcliffe, não é? – Era uma pergunta retórica, e ele estendeu a mão para Archie, que a agarrou como se fosse uma boia salva-vidas. – É melhor sairmos daqui, rapazes. Nunca se sabe com quem vamos esbarrar numa noite como esta.

Eles seguiram lorde Selbourne por todo o caminho, obedientes, até as ruas bem-cuidadas da Grosvenor Square, onde ele os deixou com um sorriso e uma reverência. Os rapazes se separaram, sonhadores, cada qual reescrevendo mentalmente os eventos para assumirem um papel mais heroico. Nem o confronto histérico com a mãe após chegar em casa foi capaz de estragar o ânimo de Archie, que se acomodou na cama com um sorriso no rosto. Tinha certeza de que agora a Srta. Talbot teria de prestar atenção ao que ele diria.

Chalé Netley, quinta-feira, 9 de abril.

Querida Kitty,

Ficamos muito satisfeitas em receber sua última carta, embora ela tenha chegado apenas ontem. O correio parece não ter pressa em entregar a correspondência em nosso condado. Você precisa nos brindar com um relato detalhado de cada baile – mesmo que só possa caber em uma folha –, pois apreciaríamos muito imaginar você e Cecily em lugares tão suntuosos, e entre pessoas tão nobres.

Temos vivido semanas de clima temperado, embora ontem tenha havido uma forte ventania, que derrubou um número considerável de telhas durante a noite. Se o tempo firmar, ficaremos bem. Mas se sofrermos um período de chuvas, é provável que haja novas goteiras. O que você me aconselharia a fazer? O dinheiro que você deixou é suficiente para as despesas semanais, mas não cobrirá o custo do conserto, e não acho que possamos administrar ambos.

Jane e eu encontramos o Sr. Linfield em Biddington ontem. Ele agora está casado e foi condescendente demais conosco. Mesmo assim, isso não é nenhuma desculpa para o comportamento de Jane. Ficou óbvio para todos que ela realmente pretendia que os nabos caíssem em cima dele. É desnecessário dizer que eu a repreendi pela falta de educação, mas não posso negar que foi muito agradável ver Linfield coberto de legumes.

Estamos com muitas saudades e esperamos seu retorno com extrema impaciência.

Sua amada irmã,
Beatrice

Capítulo 16

A noite do primeiro baile da temporada havia chegado e tudo estava pronto. Kitty, Cecily e tia Dorothy tinham passado os últimos dias em grande agitação, ocupadas com modistas, chapeleiros e aulas de dança, e estavam tão preparadas quanto possível. Embrulhadas em suas capas e amontoadas numa carruagem de aluguel, as três sacolejaram pelas ruas de Londres até a casa dos Montagus, na Berkeley Square.

Depois de quase seis semanas na capital, Kitty já deveria estar acostumada ao esplendor das casas nas ruas mais ricas de Londres e indiferente à riqueza espalhada por seus bairros mais elegantes. Mas nada poderia prepará-la para ver Londres na alta temporada, para a aparência da grande cidade quando os mais ricos do mundo se reuniam, exibindo-se da melhor forma possível. A casa dos Montagus brilhava mais do que a lua, e as janelas pareciam lanternas que derramavam uma luz dourada na praça. A carruagem parou no final da rua, incapaz de prosseguir por causa da grande movimentação de veículos. Kitty se debruçou para fora o máximo que pôde, a fim de ver o espetáculo com os próprios olhos. Observou o fluxo de mulheres cintilantes que desciam dos veículos com cuidado – todas exibindo brasões rebuscados de grandes casas – e deslizavam para o interior da casa. Pareciam pavões, ou pássaros raros de algum local exótico, chegando para uma grande exposição. *Que mundo incrível, e que chance para nós*, pensou Kitty, perdendo o fôlego. Olhou para Cecily, que espiava por cima do ombro da irmã, e pela primeira vez as duas estavam totalmente unidas no mesmo espanto, de olhos arregalados.

– Estamos prontas, senhoras? – perguntou tia Dorothy, ajeitando a saia enquanto as carruagens de aluguel à frente delas começaram a se mover.

Quando chegou sua vez de saltarem, Kitty se certificou de que sua descida, embora sem o apoio de lacaios bem dispostos, não seria menos graciosa do que a das outras damas presentes. Daquele momento em diante, o mundo as estaria observando. Kitty agarrou a saia de seu vestido – feito com uma fina camada de cetim cor de marfim, sobreposta por um delicado *sarsnet* branco – e caminhou com a irmã e a tia, lentamente, até a entrada do covil dos leões.

Devia haver cerca de mil velas acesas para a ocasião, e Kitty maravilhou-se, olhando ao redor. Quando avançaram, ela levantou a cabeça para olhar os lustres no teto, então supôs que deveria haver *no mínimo* mil velas. Sua luz lançava um fulgor agradável pela sala, fazendo com que cada pessoa parecesse ainda mais bonita, e refletia nas joias em suas orelhas, seus pulsos e pescoços como uma carícia delicada. Kitty esforçou-se bastante para não ficar de queixo caído, mas não conseguia evitar que seus olhos vagassem pelo salão, sem saber onde fixá-los. Em todos os lugares diante dela havia a prova de uma riqueza maior do que jamais vira em toda a sua vida: as joias, os vestidos, as velas, a comida e os lacaios com uniformes impecáveis, girando como dançarinos e carregando bandejas de champanhe com desenvoltura e elegância.

Elas foram saudadas com delicadeza pela condessa viúva Montagu, que se lembrou de seus nomes e elogiou seus vestidos. Kitty examinou de perto o rosto da anfitriã, para detectar qualquer vestígio de falsidade, mas nada encontrou. Em seguida, elas finalmente entraram no salão de baile. A dança ainda não havia começado e algumas pessoas se aglomeravam aqui e ali, conversando e rindo. Kitty estava satisfeita, porque os vestidos das três – embora não tão enfeitados quanto outros à sua volta – seguiam o estilo correto. No entanto, o momento de alívio durou pouco, pois logo percebeu que ninguém no salão estava disposto a conversar com elas até que tivessem um reconhecimento formal. Ninguém a alertara para essa situação. Kitty vasculhou o aposento freneticamente em busca de algum rosto familiar, mas não enxergava nada além das expressões frias de julgamento que lançavam para elas, envolvendo-as de forma vertiginosa.

– Lady Radcliffe está acenando para nós – disse tia Dorothy em seu ouvido, num tom reconfortante. – Olhe, bem ali.

Kitty seguiu seu olhar e, de fato, encontrou lady Radcliffe sorrindo e cumprimentando-as. Ela recuperou o fôlego e conduziu a irmã e a tia até a dama, como se tivessem todo o tempo do mundo. *Olhos abertos e ouvidos atentos, faça como eles*, disse Kitty a si mesma.

– As senhoritas estão maravilhosas! – Lady Radcliffe as saudou alegremente. Elas tentaram retribuir o elogio, mas a viúva não aceitou. – Estou um desastre completo, mal consegui dormir. Não acreditariam no que passei ontem à noite... Ah, Sra. Cheriton, que prazer em vê-la. Já conhece a Sra. Kendall?

Na companhia de lady Radcliffe, tudo se tornou bem mais fácil de uma hora para outra. Os De Lacys conheciam muita gente, e lady Radcliffe foi generosa ao fazer as apresentações. Em pouco tempo, Kitty teve a sensação de ter sorrido, se curvado e cumprimentado metade da aristocracia londrina. Depois de alguns minutos, o Sr. De Lacy apareceu – ele havia sido enviado pela mãe em busca de bebidas – e ficou muito feliz em ver a Srta. Talbot. Estava ansioso por deixá-la a par da noite empolgante que havia vivido. Sem querer interromper sua conversa, porém, Archie teve de se dirigir primeiro, com certa relutância, à Srta. Cecily.

– Como a noite está quente, não é? – disse ele, num entusiasmo educado. – Dá para acreditar que já estamos em abril?

– "Num ritmo veloz e silencioso, o tempo impaciente avança pelo ano" – disse Cecily, severa, citando o escritor Samuel Johnson.

– Tem toda a razão – concordou o Sr. De Lacy, cauteloso.

Ele não gostava muito quando citavam poesia. Sempre se sentia terrivelmente tolo, porque nunca sabia muito bem o que as pessoas *queriam dizer*. Ainda mais quando não conseguia lembrar quem era o velho enfadonho que dissera a frase – e Archie nunca sabia. Ele abandonou Cecily na companhia de lorde Montagu assim que pôde, e ficou rondando Kitty.

Kitty achava que a maneira mais fácil e gentil de terminar aquele breve romance era permitir que as chamas da paixão do Sr. De Lacy se extinguissem aos poucos. Desse modo, ela esperava evitar uma conversa desagradável, que a obrigaria a se distanciar da família da qual ela ainda dependia tanto. Mas não esperava que o Sr. De Lacy estivesse tão empolgado para ficar a sós com ela, mesmo naquele momento. Assim que ela o admitiu na conversa, o jovem despejou um relato tortuoso de suas aventuras na noite anterior, parecendo bastante confiante em que Kitty ficaria louca para ouvir a conclusão. Fazendo-lhe a devida justiça, o Sr. De Lacy não tinha como saber que o afeto de Kitty era algo bem mais volúvel quando não havia o incentivo financeiro para massagear seu ego. Kitty assentia, sorrindo educadamente, enquanto vistoriava o salão em busca de pessoas mais interessantes.

– E aí caímos na armadilha! Eram ladrões! – declarou ele, encantado. – Tinham mosquetes e... e... facas, e estavam decididos a nos matar, ou pelo menos nos roubar. E tudo parecia perdido quando, de repente... BANG! Ouviu-se um tiro.

– Aquele ali é Beau Brummell? – interrompeu a Srta. Talbot, sem conseguir se conter.

O Sr. De Lacy ficou muito abalado com essa terrível falta de consideração. Depois de um momento de silêncio, ele respondeu num tom gélido.

– Não sei se posso afirmar, madame, embora tenha convicção de que o Sr. Brummell ainda se encontre no Continente.

Madame? Kitty olhou para ele e se surpreendeu ao ver o ar de zanga estampado em seu rosto.

– Ah, Sr. De Lacy, por favor, me perdoe – disse ela, obrigando-se a concentrar toda a sua atenção nele. – Eu me distraí, mas continue... Preciso ouvir o final dessa história.

– Bem, a senhorita demonstrou tão pouca preocupação com meu possível *assassinato* – afirmou ele com veemência e o orgulho muito ferido – que estou muito tentado a não lhe contar se isso aconteceu ou não.

Apesar de tanta determinação, Kitty o persuadiu a contar o fim da história e, quando ele concluiu, foi capaz de dizer, com toda a sinceridade:

– Isso me parece muito alarmante, Sr. De Lacy. Por acaso contou o episódio ao seu irmão?

– Contar o quê?

Radcliffe surgiu atrás dela, e estava – ela admitia – muito atraente. Para quem alegava odiar tanto a sociedade moderna, ele desempenhava muito bem o papel de cavalheiro elegante.

– James, você não vai acreditar – disse o Sr. De Lacy, recuperando um pouco de sua empolgação esbaforida.

Mas essa plateia também o deixaria desapontado, já que o irmão limitou-se a dar uma pitada lacônica no rapé.

– Nossa mãe já me contou tudo. Duas vezes. Uma versão escrita e a outra pessoalmente. Então não preciso ouvi-la pela terceira vez.

Archie murchou na mesma hora, por isso o irmão acrescentou, num tom mais afetuoso:

– Devo dizer que senti alívio ao descobrir que não há motivo para o considerarmos assassinado.

– Ah, você sabe como é a mamãe. Ela sempre fica furiosa. Não foi tão grave assim – garantiu Archie.

– Fico feliz em ouvir isso. Ela queria muito encontrar uma torre em alguma região próxima para confiná-lo.

– Sério? – perguntou Archie, surpreso. – Que coisa estranha.

– Não se preocupe. – James o tranquilizou. – Eu expliquei a ela que você não tem cabelos tão longos assim para viver numa torre.

Depois de refletir um pouco, Archie percebeu que era alvo de uma brincadeira e soltou uma gargalhada.

– Posso sugerir que chamem uma carruagem na sua próxima ida ao Soho? – indagou o irmão, com delicadeza.

– Mas aí não teria graça – disse Archie, horrorizado. – Não seria a mesma coisa.

Mais uma vez, Kitty prestava pouca atenção à conversa deles. Estava contemplando um grupo de rapazes junto de sua irmã e tentando imaginar o tamanho de suas fortunas, por isso não mediu as palavras que diria a seguir, ao contrário do que costumava acontecer.

– Então seria melhor levar uma pistola – disse ela vagamente, pois estava pensando que o cavalheiro alto, pelo menos, devia ser rico. Bastava olhar seu relógio de bolso.

Archie gaguejou. Radcliffe inalou mais rapé do que pretendera.

– Não tenho uma pistola – admitiu Archie, voltando-se para o irmão e perguntando: – Deveria ter?

– Não – respondeu James, com calma.

Mas a Srta. Talbot prosseguiu:

– Ajudaria a afugentar esse tipo de sujeito no futuro. Atirar não é difícil. Basta um pouco de prática. Perdoem-me, mas acho que minha tia precisa de mim…

Ela saiu, apressada, feliz por se livrar dos dois. Os irmãos ficaram olhando para ela, unidos pelo mesmo espanto.

Capítulo 17

A Srta. Talbot não esperava encontrar um marido em apenas uma noite. Ela podia ser inexperiente, mas não era *tão* ingênua assim. De qualquer modo, ficou satisfeita por ter atraído muita atenção, graças à ajuda imensurável de sua associação com os De Lacys.

Embora muitos dos homens com quem Kitty falou estivessem mais motivados pela curiosidade do que por qualquer intenção séria, ela imaginava que pelo menos alguns pudessem visitá-la no dia seguinte, deixando bem claro que seria receptiva a essa atenção. Estabelecidas as primeiras boas impressões, só restava a dança.

Conforme o acordo, ela havia reservado o primeiro lugar em seu cartão de dança para Radcliffe, mas os casais já se formavam, a postos, e nada do seu par. Se ela tivesse guardado a primeira dança em vão, bem... ele não ia gostar das consequências. Kitty esquadrinhou o grupo em busca de sua figura alta. A multidão se abriu um pouco, e ela o viu caminhando em sua direção como quem se dirige ao cadafalso. Radcliffe estendeu-lhe a mão, num convite, fazendo uma saudação meio irônica.

– Acredito que lhe prometi essa dança, não? – disse ele num tom cortês, mas as palavras eram uma distorção perversa da frase usual.

Kitty pegou a mão dele graciosamente, desejando ser capaz de lhe mostrar sua melhor carranca.

– Você demorou – disse ela com doçura, segurando o braço dele com força.

– Estou sendo chantageado, sabe – explicou James, muito educado, enquanto a acompanhava até a pista de dança. – Esse tipo de aflição não contribui para a pontualidade.

– Teria ficado ainda mais aflito se não tivesse cumprido nosso acordo – garantiu ela, serena.

– A honra de um cavalheiro sempre é confiável. Eu só queria que o mesmo pudesse ser dito da honra de uma dama.

Kitty se absteve de responder enquanto eles assumiam seus lugares – deveriam começar com uma dança campestre –, ciente de que centenas de olhos estavam pousados sobre os dois. Ela abriu o primeiro sorriso sincero da noite. Sim, isso funcionaria muito bem. O esquivo lorde Radcliffe, que ficara fora da sociedade durante dois anos, dançando com a desconhecida – e muito elegante – Srta. Talbot? Isso com toda a certeza a colocaria no mapa.

– A senhorita está parecendo muito satisfeita – disse Radcliffe, sem nenhum prazer. – Não acredito que dançar comigo vá fazer tanto assim por você.

Os violinos começaram a tocar. James se curvou, Kitty fez uma reverência.

– Você é homem e sabe muito pouco do que está falando – respondeu ela, com desdém. – Isso aqui é *tudo*.

Eles se moveram em silêncio durante alguns compassos da música enquanto os passos da dança os uniam e depois os separavam.

– Já fez sua listinha? – indagou Radcliffe quando estavam próximos, a uma distância que permitia uma conversa mais íntima. – Com nomes de possíveis vítimas?

– Se está se referindo aos *pretendentes*, ainda não. Conversei com tantos homens esta noite que ficou difícil registrá-los.

Se viessem de outra pessoa, essas palavras soariam como um ultraje, mas Kitty falou num leve tom de irritação, o que deixava claro para Radcliffe que ela estava realmente incomodada com o desafio de memorizar tantos nomes.

– Mas o Sr. Pemberton e o Sr. Gray pareceram muito atenciosos – prosseguiu ela. – E o Sr. Stanfield com certeza é muito encantador.

– Lorde Hanbury não a impressionou? Nem lorde Arden? – perguntou ele com um sorriso de escárnio nos lábios. – Eu a vi conversando com os dois por bastante tempo.

– Sou uma mulher realista – disse ela, com afetação. Já estava claro para Kitty que lorde Arden era o maior libertino de toda a cidade. – Além do mais, eu nunca teria a pretensão de me casar com um lorde.

Radcliffe pareceu um tanto surpreso ao ouvir isso.

– Um homem com um título tem bem menos liberdade para escolher o próprio caminho – explicou Kitty. – Não seria uma manobra sensata.

– Dessa vez, estamos de acordo. Qualquer homem com um título consideraria seu dever descobrir tudo sobre sua futura esposa. E nenhum de meus conhecidos aceitaria antecedentes como os seus.

Embora já estivesse acostumada aos insultos de Radcliffe, essas palavras irritaram Kitty. Seus antecedentes? Como se ela não fosse filha de um cavalheiro como tantas mulheres ali.

– E você, milorde? – perguntou ela num tom gélido enquanto as mãos dos dois se uniam. – Tenho certeza de que sua mãe nutre grandes ambições para o seu casamento.

– Hum – foi tudo o que James se limitou a dizer.

– Estou errada?

– O que minha mãe quer ou não tem pouca relevância para minhas decisões – respondeu ele com indiferença –, e menos ainda para esta conversa.

– Quer dizer que acertei? – perguntou Kitty, intrigada e satisfeita com a descoberta. – Se acertei, fui muito bem.

– De qualquer modo – ele parecia decidido a ignorá-la –, a senhorita pelo menos está certa ao evitar Hanbury. A propriedade de sua família está bastante comprometida... Eu não ficaria surpreso se ele declarasse falência ainda este ano. E, com toda a certeza, ele pretende se casar com uma herdeira.

– Essa é uma informação extremamente útil – disse Kitty, surpresa. – Há mais algum lorde quase falido que eu deva evitar?

– Planejando fazer mais uso de mim, não é? Sinto muito, mas temo que a fonte tenha secado.

– Acho que o senhor poderia tentar ser mais prestativo – reclamou ela, ressentida.

– Srta. Talbot, depois de ter cumprido muito além da minha parte em nosso pequeno acordo, não tenho o menor desejo de ser prestativo.

A dança estava terminando. E, pelas palavras de Radcliffe e seu tom de voz, parecia que o vínculo entre os dois também.

– Eu espero – disse ele quando a música parou, curvando-se sobre a mão dela – que a senhorita possa cuidar de tudo a partir de agora.

– Sim. Acredito que posso, sim.

Archie vagava sem rumo pelos salões, melancólico, provando o bufê na sala de jantar e ignorando todas as tentativas de envolvê-lo numa conversa. Não sabia muito bem por que sua luta contra um grupo de bandidos não tinha provocado mais exaltação nem suscitado mais respeito na dona de seu coração, ou por que ela parecia tão determinada a *não* falar com ele. Era inaceitável. De que adiantava viver coisas emocionantes se isso parecia não importar a quem ele tanto desejava impressionar? E seu irmão? Ele o tratara como criança, bem na frente dela!

Archie colocou outra fatia de bolo de ameixa na boca para amenizar seu sofrimento antes de se afastar da mesa mais uma vez. Ainda abalado por tais pensamentos sombrios, e justo quando estava prestes a mandar toda a festa para o inferno, Archie atropelou um cavalheiro que saía do salão de jogos.

– Meu Deus, sinto muitíssimo! – exclamou ele enquanto segurava com força o braço do outro para evitar cair.

– Meu caro menino, não se desculpe – disse o cavalheiro lentamente. – Não é todo dia que alguém desmaia em meus braços.

Ao perceber a piada, Archie ergueu os olhos com um sorriso torto e encontrou o rosto de lorde Selbourne, que parecia achar graça da situação.

– Milorde! – disse ele, encantado, cumprimentando o cavalheiro.

– Ah, sim, Sr. De Lacy – disse Selbourne, sorrindo. – Que bom voltar a vê-lo.

Empolgado por ter sido reconhecido por alguém que ele agora considerava um deus, Archie abriu um grande sorriso.

– Gostaria de se juntar a mim numa partida? – perguntou Selbourne, embora parecesse prestes a deixar a sala.

Archie hesitou. A música estava começando, e ele sentira que a mãe esperava que ele participasse da dança. Ao olhar para trás, em direção ao salão, viu que os casais já começavam a se posicionar. Maldição! Se ele não tivesse passado tanto tempo emburrado, poderia ter reunido coragem para convidar a Srta. Talbot para dançar, o que talvez resolvesse tudo. Procurou-a pelo salão, imaginando se ainda poderia convidá-la. Lá estava sua irmã, sendo conduzida até a pista por Montagu. O amigo tinha gostado muito dela, não é? E lá estava a Srta. Talbot... dançando com Radcliffe. Que estranho. Achara que James não tinha gostado muito dela.

– Sr. De Lacy? – A voz de lorde Selbourne o trouxe de volta ao presente. – Uma partida?

– Sim, é claro – concordou Archie, feliz por se distrair desse último quebra-cabeça.

Ele seguiu Selbourne para uma antecâmara mal iluminada, onde se juntaram a uma mesa de homens que Archie não reconheceu e que começavam um novo jogo de copas.

– Que jogo monótono – murmurou Selbourne para Archie –, mas é o melhor que oferecem por aqui.

Archie concordou, embora estivesse longe de considerar essa reviravolta nos acontecimentos como monótona. Mal podia esperar para contar a Gerry. O rapaz ficaria morrendo de inveja.

– Você não é terrivelmente rico, meu rapaz? – perguntou Selbourne, provocando Archie e olhando para ele por cima de suas cartas.

Archie não estava acostumado a ouvir isso de forma tão escancarada.

– Sim, acho que sim – disse ele, mas resolveu admitir o resto. – Ou, pelo menos, serei dentro de algumas semanas, quando atingir a maioridade.

Sua mãe sempre insistira na importância da honestidade, e ele achou melhor falar a verdade, embora a estima do homem talvez diminuísse depois de saber que ele ainda não tinha 21 anos.

– Se eu fosse você, estaria me divertindo muito mais – disse Selbourne, com descaso. – Essa é realmente a sua ideia de diversão? – Ele fez um sinal para o salão, de forma a expressar seu total desprezo pelo baile e por tudo que fazia parte dele.

– Bem, suponho que não – disse Archie. – É claro que não. É uma maldita pressão.

– Só estou aqui por obrigação, claro – disse Selbourne, lânguido. – Parece que é a única forma de arranjar uma esposa, e minha mãe resmunga muito. Fala do sobrenome da família e tudo o mais. Mas, quando não estou aqui – ele se inclinou, como se estivesse prestes a fazer uma confidência, e Archie repetiu o gesto, acompanhando cada palavra –, pode ter certeza de que sei como me divertir...

O cartão de dança de Kitty ficou cheio a noite inteira. Depois que a dança com Radcliffe foi concluída, ela recebeu uma série de novos convites em questão de minutos. Girando pelo salão em meio à aristocracia londrina, ela se sentia leve e verdadeiramente poderosa. O mundo estava a seu alcance, e ela era a única com coragem suficiente para tomá-lo. Ficaram no baile até as primeiras horas da madrugada, dançando a noite toda com seus sapatinhos cintilantes, até que tia Dorothy indicou, com um simples movimento dos dedos, que era hora de partir. Recolheram Cecily no caminho, tirando-a de onde ela havia encurralado lorde Montagu em mais uma conversa. As três se despediram de sua anfitriã e saíram em direção à noite.

Kitty se recostou no assento da carruagem, ofegante.

– Você se divertiu, Cecy? – perguntou ela, obviamente sem dar muita importância à resposta.

– Não.

Mas a irmã estava mentindo.

Capítulo 18

Que diferença uma única noite podia fazer! Depois do baile dos Montagus, a agenda social das Talbots pode não ter ficado lotada, mas com toda a certeza tornou-se agradavelmente ocupada, com um fluxo de convites e cartões de visita deixados em sua porta horas depois de voltarem para casa, ao amanhecer. Havia convites para mais dois bailes naquela mesma semana, o que exigiria preparativos, bem como inúmeros convites para jantar – mandados pelas mães, Kitty presumiu, a pedido dos filhos – e pilhas de cartões de visita de rapazes empenhados em dedicar atenção às irmãs. Ela contou tudo isso a Cecy, exultante, na mesa do café da manhã, mas a pobre criatura não se interessou, pegando sua torrada com mau humor.

– Eu deveria estar lendo Platão – retrucou ela, numa resposta desolada. – Ou observando o trabalho de grandes artistas! Mas tudo que você quer que eu faça é acompanhá-la a festas idiotas.

– Meus mais sinceros pêsames, Cecily – disse Kitty. – Mas me diga, por favor, como planeja se alimentar depois de passar o dia lendo filosofia? Não acredito que seja uma atividade que dê dinheiro, mas não posso fingir que entendo inteiramente do assunto.

Sally mal havia tirado a mesa do café quando voltou para informá-las de que um jovem cavalheiro se encontrava à porta, solicitando permissão para entrar.

– Mande-o entrar – disse a Srta. Talbot na mesma hora, sentando-se no sofá.

Ela respirou fundo, jurando manter a mente aberta, os olhos atentos e o sorriso na boca. Primeiro apareceu o infeliz Sr. Tavistock (três mil libras por ano, segundo tia Dorothy, que coletara a informação de lady Montagu, uma dama terrivelmente indiscreta), que começou elogiando os olhos azuis como safira de Kitty. Isso provocou certo constrangimento quando todos foram lembrados de que os olhos de Kitty, na verdade, eram castanhos. Nenhum dos dois conseguiu se recuperar de tal mal-estar. Em seguida, veio o Sr. Simmons (quatro mil por ano) que, com o queixo bem grudado ao pescoço, se esforçou para discordar de tudo que Kitty dizia, até mesmo de sua descrição (muito precisa) das condições climáticas do dia. Pior foi o Sr. Leonard, que iniciou a conversa com um elogio tão escorregadio que Kitty ficou surpresa por não ver um fio de azeite escorrendo pelo canto de sua boca.

– É muito cansativo ser a mulher mais bonita de todos os salões? – sussurrou ele, pegajoso, provocando um nítido calafrio de repulsa nas costas de Cecily.

Kitty não teve escrúpulos ao despachar o sujeito bem depressa. Cecily não deveria ser incomodada por homens como esse, e todos os cavalheiros que foram visitar sua irmã mais nova após o Sr. Leonard foram vigiados bem de perto. Entre os visitantes, o favorito de Kitty era, sem dúvida, o Sr. Stanfield. Seria um erro grave, ela sabia, criar sentimentos românticos genuínos por qualquer admirador. Mesmo assim, percebia como seria fácil cair em tal armadilha com esse cavalheiro. Depois de falar bastante com o Sr. Stanfield na noite anterior, e de ter se impressionado com a habilidade que ele demonstrou para conversar, Kitty ficou feliz ao vê-lo entrar na sala de tia Dorothy.

Dispensando o comportamento moderno de elogios excessivos, ele apenas curvou a cabeça em silêncio, abrindo um sorriso maroto e demorado, olhando-a nos olhos por tanto tempo que pareceram horas. Da cabeça aos pés, ele era a encarnação perfeita do clássico cavalheiro londrino. Não faltava nada: a camisa engomada de um branco imaculado, a gravata com um nó elegante e até um belo chapéu na mão. Mas, quando sorria, tinha o belo rosto de um patife, como se fosse um charmoso batedor de carteira.

– Precisa me falar de Dorsetshire – dizia ele enquanto se sentava graciosamente ao lado dela, prendendo seu olhar. Ao que parecia, ele fazia muito isso. – Ouvi dizer que é um lugar muito bonito.

– E é mesmo – afirmou Kitty com prazer, descrevendo seu lar com alegria.

Ele ouviu e fez perguntas (ela sabia que isso não deveria ser uma prova de caráter tão grande, mas era, pois até então nenhum de seus admiradores fizera isso).

– E aceitam gente da cidade como eu em Dorsetshire? – perguntou ele, voltando a fixar os olhos nos dela. – Ou vocês nos expulsam por sermos terrivelmente inúteis?

Kitty percebeu que ele estava flertando. E isso era muito divertido.

– Eu acho, de fato, que isso dependeria da pessoa – disse ela, provocante. – O senhor tem alguma outra habilidade além de dar nós em gravatas e jogar?

Ele riu. O Sr. Pemberton foi anunciado por uma Sally carrancuda – já bastante cansada do trabalho extra que esses senhores estavam lhe dando –, e o Sr. Stanfield deixou seu posto com relutância.

– Vou vê-la no Almack's essa semana? – perguntou ele.

Kitty hesitou. Os salões de festa do Almack's eram os mais exclusivos de toda Londres. Seu pai até havia comparecido a alguns bailes por lá, e o chamava de *mercado matrimonial* – como todos os integrantes da aristocracia pareciam fazer. Kitty sabia que esses salões sagrados abriam todas as noites de quarta-feira e que só era possível comparecer com um convite. Ela, porém, ainda não tinha descoberto como exatamente se *era* convidado. Outra coisa que poderia ter sido diferente, se a família do Sr. Talbot não tivesse resolvido banir seus pais de uma forma tão definitiva.

– Essa semana não – respondeu ela, de maneira evasiva.

O Sr. Stanfield assentiu, mas havia uma ligeira hesitação em seu olhar. Kitty praguejou em silêncio. Sabia que isso a prejudicaria. Como uma desconhecida da sociedade, um convite para o Almack's teria garantido sua qualidade aos admiradores de Kitty. A ausência de um convite seria notada.

– Mas estarei no baile dos Sinclairs – declarou ela.

Ele a cumprimentou, sorrindo.

– Então vou garantir minha presença.

Kitty se despediu, e o Sr. Stanfield foi embora. Ela se permitiu, apenas uma vez, a indulgência de ansiar por voltar a vê-lo.

A Srta. Talbot não esperava voltar a ver lorde Radcliffe pelo resto da temporada. Na verdade, Kitty achara que não voltaria a pôr os olhos naquele homem pelo resto de sua vida. Assim, se surpreendeu ao ver sua figura alta vagando pelos fundos do salão de baile dos Sinclairs no final daquela semana. Que sorte a dela! Foi procurá-lo sem pensar duas vezes. Depois de mais dois cavalheiros perguntarem se ela estaria no Almack's na quarta-feira, Kitty precisava descobrir como conseguir um convite. Radcliffe saberia, com certeza.

Ela o cumprimentou efusivamente, e ele devolveu a saudação sem entusiasmo. Mesmo assim, Kitty insistiu.

– Quem envia os convites para o Almack's? – perguntou ela, sem rodeios.

James ergueu os olhos para o céu, como se procurasse a paciência perdida.

– A princesa Esterházy, a condessa Lieven, a Sra. Burrell, lady Castlereagh, lady Jersey, lady Sefton e lady Cowper. – Ele fez uma lista, contando nos dedos. – Elas se reúnem toda semana para decidir quem deve ser convidado… embora eu não tenha muita fé nas suas chances.

– E por que não? Há algo que eu deveria fazer de modo diferente?

– Eu acredito – disse ele devagar, pegando sua caixa de rapé em um ritmo indiferente –, eu acredito mesmo, que minha paciência acabou, Srta. Talbot. Não vou mais permitir que me consulte como se eu fosse uma biblioteca. Vá embora, por favor.

Kitty sentiu uma pontada de frustração.

– Só uma última pergunta!

– Não – disse ele, com calma, aproveitando um pouco do rapé. – Vá embora, antes que eu comece a gritar que a senhorita não passa de uma caçadora de fortunas.

Ela fez uma careta.

– Devo dizer que, se tivesse sequer um grama de gentileza, o senhor se esforçaria um pouco mais para ser útil. Ora, não custa nada me ajudar, me explicar sobre o Almack's, ou apenas me dizer quem é quem, essas coisas. Não o acho muito caridoso, milorde – disse Kitty, irritada.

As sobrancelhas dele se ergueram ainda mais com o discurso e, assim que ela terminou, James fechou a caixa de rapé com um estalo decisivo.

– De fato, tem toda a razão – disse ele, com um brilho maníaco nos olhos. – Foi muito negligente da minha parte. Daqui para a frente, vou me dedicar à sua causa, Srta. Talbot.

– Vai? – perguntou ela, um pouco desconfiada da mudança repentina de opinião.

– Ah, eu serei seu servo mais leal.

Kitty tinha razão de desconfiar, pois logo se tornou evidente que a oferta de Radcliffe fora motivada por um espírito de travessura muito maligno. Pelo resto da noite, ele ficou grudado nela como uma sombra irritante, sussurrando comentários "úteis" em seu ouvido a respeito de cada cavalheiro com quem ela falava ou para quem olhava.

– Agora, à sua esquerda, a senhorita verá o Sr. Thornbury – disse ele em voz baixa. – Quatro mil libras por ano, nada mal, mas bastante louco, sabe? É um mal de família... Ele seria capaz de atirar na senhorita depois de uma semana, confundindo-a com uma raposa ou algo assim. Esse cavalheiro, por outro lado, não é nem um pouco maluco, portanto, um ponto a seu favor. Mas, pelo que ouvi, foi marcado pela varíola. Isso pesa para a senhorita?

Ela tentou ignorá-lo, mas era como ter uma mosca particularmente barulhenta e irritante zumbindo ao seu redor, distraindo-a o suficiente para que ela não conseguisse deixar de prestar atenção ao que ele dizia, apesar de todos os seus esforços. Quando faltavam a Radcliffe inspiração ou boatos maldosos sobre algum rapaz que passava, ele apenas sussurrava "rico" ou "pobre" em seu ouvido.

– Pare com isso! – exclamou ela quando ficou claro que sua tentativa de ignorá-lo não estava funcionando.

– Estou apenas tentando ser útil, minha cara Srta. Talbot – respondeu ele, com falso arrependimento. – Estou me esforçando para ser caridoso, e não acho que estaria cumprindo meu papel se permitisse que a senhorita conversasse com alguém que não valha a pena sem alertá-la antes.

– Alguém vai ouvi-lo – sussurrou ela, ameaçadora.

– Bem, espero que também fiquem avisados – disse ele, sendo generoso.

Ela procurou um salvador e abriu um enorme sorriso para um cavalheiro que se aproximava. Infelizmente, ele pareceu achar a expressão alarmante em vez de convidativa e desviou dela. Depois de ver a mesma situação se repetir várias vezes, Kitty percebeu, horrorizada, o que estava acontecendo.

– As pessoas pensam que estamos fazendo a corte! Pelo amor de Deus!

Felizmente, a informação pareceu deixar Radcliffe em estado de choque. Ela aproveitou que ele ficara distraído para se lançar na multidão. Não bastava ter arruinado seus esforços uma vez? Ele tinha que ser uma maldição constante? Kitty se viu ao lado da mesa de bebidas e ficou parada por um momento, fingindo admirar o banquete, mas na verdade estava procurando um novo parceiro de dança. Ela avistou lorde Arden deslizando em sua direção e se virou rapidamente. Isso chamou a atenção de uma viúva glamorosa – os seios fartos estavam cheios de joias –, e, como a senhora sorriu para ela num convite óbvio, Kitty foi obrigada a se aproximar com relutância.

Kitty desenvolvera uma desconfiança respeitosa por esse tipo de mulher durante sua estadia em Londres. Até onde havia entendido, as negociações em torno da construção – ou destruição – de potenciais alianças matrimoniais eram inteiramente realizadas por essas mulheres cheias de motivação, em nome de seus protegidos. O trabalho era mais sutil do que um cerco: apresentações arranjadas, conversas manipuladas e adversários desqualificados, tudo executado com muita delicadeza. Mas, como qualquer campanha militar, era uma ação violenta e planejada.

– Madame – disse Kitty com educação enquanto se erguia de sua reverência, ainda sem saber como se dirigir à mulher.

– Srta. Talbot, não é? – perguntou ela, calorosamente. – Lady Kingsbury. Como vai? Rápido, vamos fingir que estamos tendo uma conversa bem séria, senão lorde Arden logo estará aqui, pedindo uma dança.

Confidências e malícia iluminavam seu olhar. Kitty simpatizou com ela no mesmo instante.

– Mas então me conte! – Lady Kingsbury se aproximou com uma intimidade exagerada. Com o canto do olho, Kitty viu lorde Arden dar meia-volta. – Está realmente prestes a capturar o melhor partido da temporada? – Ela inclinou a cabeça na direção de Radcliffe, que conversava com a mãe.

Tudo foi feito com tamanha habilidade – de um modo tão convidativo, que parecia uma troca de fofocas entre amigas – que Kitty ficou sem fôlego, admirada. Se fosse um pouco menos perspicaz ou se nutrisse qualquer interesse por Radcliffe, poderia facilmente ter cedido à tentação de discutir o assunto com a dama.

– Não sei o que quer dizer, minha senhora. Se está falando de lorde Radcliffe, eu só o conheço graças a meu relacionamento com a família.

Então, inspirada talvez pelo mesmo espírito maligno que fizera com que Radcliffe fosse uma unha encravada a noite inteira, Kitty continuou a falar, com ar de inocência.

– Embora eu saiba que ele veio para Londres em busca de uma esposa, tenho certeza de que tem ambições bem maiores do que alguém como eu.

Lady Kingsbury concordou com simpatia, mas estava claro que sua mente tinha tomado outro rumo. Kitty quase ouvia seus pensamentos se agitando enquanto ela saboreava aquele pequeno e delicioso petisco. Ao se despedirem, lady Kingsbury logo se voltou para suas amigas. Sim, aquela notícia seria de conhecimento geral até o final da noite, e Radcliffe logo estaria ocupado demais para incomodá-la.

– Srta. Talbot, acredito que essa dança me pertence.

Ela se virou e viu o Sr. Pemberton parado diante dela, visivelmente suado. Deixando de lado o eco da voz de Radcliffe – *rico, mas terrível* –, ela aceitou o convite com um sorriso. Os sentimentos de Kitty em relação a Pemberton eram mistos. Alto, com um grande bigode e muito condescendente, Kitty teria achado o homem um chato de galocha, se pudesse se dar ao luxo de ter opinião. Mas com oito mil libras por ano em seu nome, ele devia ser considerado um excelente candidato. Eles se dedicaram a uma dança campestre animada, e Kitty sentiu-se grata ao perceber que os passos não permitiam muita conversa, já que o Sr. Pemberton parecia acreditar que ela adoraria ouvir uma palestra sobre a expansão da Regent Street na direção oeste.

– O que poucos sabem... – começou a explicar, antes de se separarem outra vez por causa da dança – ... o tijolo é... terrivelmente rude... você não *acreditaria*...

Ele não interrompia sua palestra quando Kitty se afastava ao longo da dança, então ela não podia acompanhar seu raciocínio. Pelos olhares das mulheres ao redor, estava claro que cada uma recebia trechos fora de contexto do mesmo discurso quando trocavam de parceiro. Felizmente, Pemberton não exigia muito dela, apenas sua atenção, o que Kitty concedeu com muitos sorrisos. A dança terminou, e o cavalheiro se aproximou, ansioso, emocionado com seu sucesso e empenhado em continuar a conversa.

– Com licença, Pemberton, mas acredito que a próxima dança é minha – disse uma voz profunda ao lado dela.

Ela se virou e encontrou o Sr. Stanfield, com um sorriso malicioso. Ele ofereceu a mão a Kitty e a levou para dançar, deixando o Sr. Pemberton desapontado.

– Sei que é muita negligência da minha parte, senhor, mas não acredito que seu nome esteja no meu cartão de dança – disse Kitty, enquanto assumiam seus lugares.

O Sr. Stanfield sorriu.

– Poderia perdoar minha grosseria se eu admitisse que foi por cavalheirismo? – perguntou ele, malicioso. – Eu não conseguiria mais me considerar um cavalheiro se deixasse uma dama na presença de tal dragão.

Ela riu e foi arrebatada pelo cotilhão. A conversa era tão difícil naquela dança quanto na anterior, com o Sr. Pemberton, mas o Sr. Stanfield não tentou conversar. Apenas ria com Kitty, enquanto administravam a rápida série de passos e trocas. Seus pés eram tão ligeiros quanto sua língua e, juntos, não perderam um passo. A dança terminou rápido demais. Os dois pararam entre gargalhadas, ofegando e sorrindo.

– Estarei fora da cidade por alguns dias – disse ele, fazendo uma reverência. – Mas voltarei ansioso por outra dança como essa, Srta. Talbot.

– Não posso prometer nada – disse ela, provocando-o.

– E eu não deveria pedir – disse ele, sorrindo. – Correria o risco de ser confrontado por algum dos meus inúmeros rivais.

O Sr. Gray – a quem ela havia prometido a dança originalmente – aproximou-se, com um ar muito irritado. O Sr. Stanfield a entregou, sorridente, e ela o observou vagar pela sala até se aproximar de outra jovem. Kitty a examinou com um olhar crítico. Ela era muito pálida, com pele e cabelos muito claros e aquele ar de fragilidade agradável do qual os homens pareciam gostar naquela cidade.

– Sr. Gray, quem é aquela jovem ali? A que parece um copo de leite – perguntou ela, sem tirar os olhos do par, pois ele estava pedindo uma dança.

O Sr. Gray tossiu, um pouco desconfortável.

– Ah, é a Srta. Fleming, acredito eu, Srta. Talbot.

– Não conheço o nome – disse Kitty, franzindo a testa.

Ela havia obtido o máximo de informações sobre todas as moças em seu grupo competitivo, mas ninguém que ela conhecia mencionara a Srta. Fleming.

– A família é nova na cidade – disse o Sr. Gray. – A Srta. Fleming fez essa semana sua estreia no Almack's, onde acredito que ela e o Sr. Stanfield se conheceram.

A carranca de Kitty se aprofundou. O título de "mercado matrimonial" do Almack's não era um exagero, pois o Sr. Stanfield e a Srta. Fleming pareciam ser de fato muito próximos. Kitty sentiu uma pontada de inquietação. Ficara tão à vontade depois do primeiro baile, tão confiante em que seria capaz de concluir as coisas com muita facilidade, que até havia escrito para casa, para contar às irmãs. Havia sido uma falsa esperança, ela enxergava agora, com uma pontada de arrependimento ao constatar sua arrogância. Se ela não se mantivesse vigilante, ainda havia chances de fracassar. Estava claro que qualquer vantagem que ela ganhasse nos bailes particulares seria neutralizada toda quarta-feira, quando ela ficaria à margem, e jovens de boas famílias poderiam montar ataques incontestáveis aos melhores partidos da temporada. Ela não podia aceitar aquilo. Kitty arranjaria convites para o Almack's com uma de suas *patronesses*, nem que sua vida dependesse disso.

Capítulo 19

Radcliffe havia passado bem mais tempo em Londres do que pretendia, porém, por algum motivo inexplicável, ainda não havia definido uma data para voltar a Devonshire. Mesmo depois de a vida na cidade ter se tornado cada vez mais desconfortável. Desde o baile dos Sinclair, Radcliffe se vira acossado por uma multidão de jovens persistentes e suas mães – que eram ainda mais persistentes.

Ele fora cercado de convites para bailes, assembleias, jogos de cartas, piqueniques, passeios e de cartões e mais cartões de visita. Chegou a ser atormentado por visitantes indesejáveis, quando, por exemplo, uma jovem e sua mãe procuraram se abrigar do suposto calor de uma amena manhã de primavera em sua casa, depois de um desmaio. Desse destino, pelo menos, ele conseguiu escapar, saindo às pressas pela porta dos fundos. Radcliffe sabia que sempre estaria sujeito a ser assediado no mercado matrimonial – afinal, possuía um título de nobreza, uma fortuna significativa e todos os dentes na boca, ao contrário de muitos lordes. Mesmo assim, sentia que o cerco atual alcançava níveis de intensidade sem precedentes. Não conseguia imaginar de onde vinha tamanho ímpeto, e, se o cerco continuasse, ele não teria escolha a não ser bater em retirada, como um covarde.

Só depois de um jantar na Grosvenor Square com a mãe e a irmã é que a situação foi explicada. Assim que ele entrou na sala de jantar, lady Radcliffe se jogou em seus braços, numa mistura de alegria e reprovação. Radcliffe olhou para a irmã, mas Amelia deu apenas um sorriso sem graça.

– Está tudo bem, mãe? Está se sentindo bem? – perguntou ele com cautela.

Lady Radcliffe o soltou.

– Não pense que não estou muito satisfeita – disse ela, de modo incompreensível. – Mas por que não me contou antes?

Foi só depois de servido o primeiro prato que Radcliffe conseguiu captar o significado daquele discurso absurdo. Ou, melhor, compreendeu que sua mãe acreditava que o motivo de sua permanência em Londres era a busca de uma esposa. Ele sentiu o suor escorrendo pela testa.

– Simplesmente não é o caso – declarou James com firmeza.

– Eu disse! – exultou Amelia.

– Onde ouviu tamanha bobagem? – perguntou ele.

– Lady Montagu – respondeu a mãe, de mau humor. – E você pode imaginar o golpe que foi receber essa notícia por ela.

– Não existe tal notícia – retrucou ele, com os dentes cerrados. – Onde ela ouviu essa história?

– Ah, você sabe – a mãe fez um gesto vago, que ele supôs se referir à fábrica de boatos –, lady Kingsbury ouviu de alguém.

– Lady Kingsbury sempre foi famosa por ser uma serpente – disse ele, com amargura. – Mas, que diabos, como ela poderia ter concebido tamanha tolice?

Ele interrompeu o que dizia ao se lembrar de ver a Srta. Talbot conversando com lady Kingsbury, coberta de joias, num tom confidencial. As duas mulheres haviam olhado em sua direção.

– Aquela diabinha... – sussurrou ele.

– O que foi que disse, James? – exclamou a mãe, bastante ofendida.

Ele pediu mil desculpas.

– Se me permite perguntar, James, então qual é o seu propósito ao permanecer conosco em Londres? – indagou lady Radcliffe, finalmente convencida de que ele dizia a verdade. Ela o fitou com um misto de esperança e preocupação. – Depois de Waterloo, achei que não suportasse ficar conosco. – Ela buscou a mão do filho e a segurou. – Você voltou para nós?

James apertou sua mão, sabendo que ela não se referia apenas a Londres.

– Não sei – admitiu ele.

A mãe tinha razão ao dizer que ele se mantivera afastado da multidão, da pompa e do espetáculo da aristocracia londrina desde que voltara a pisar em solo britânico, mais magro e um pouco assombrado por tudo o que vira. À exceção do funeral do pai, ele encontrou todos os motivos possíveis para evitar... o mundo inteiro, na verdade. Parecia mais simples assim, ficar longe de todas as expectativas da sociedade londrina, enquanto tentava entender quem era. No entanto, agora ele tentava encontrar qualquer motivo para permanecer mais tempo na cidade. Não conseguia explicar isso nem a si mesmo.

– Não sei – repetiu ele. – Mas acho que vou ficar mais um pouco.

Sua mãe abriu um sorriso.

– Fico feliz – disse ela. – Pode me acompanhar ao baile dos Salisburys hoje à noite? Não se pode confiar em Archie... Não sei por onde anda o menino esses dias.

Radcliffe estava convencido de que a Srta. Talbot era a culpada por sua atual encrenca romântica. Depois da passagem pelo Exército de Sua Majestade, ele havia adquirido certo instinto para a trapaça, e esse instinto apontava diretamente para aquela praga irremediável. Assim, quando a Srta. Talbot chegou ao baile dos Salisburys na noite seguinte, foi abordada quase no mesmo instante por um Radcliffe furioso, que fez uma reverência superficial antes de informá-la, com muita educação, de que ela era uma harpia.

– É mesmo? – perguntou a jovem, como se ele tivesse acabado de dizer que o tempo estava um pouco frio. – Devo confessar que não sei bem a que está se referindo.

– Embora seja doloroso contradizê-la, tenho certeza de que a senhorita sabe, sim. Não seria culpa da senhorita eu ter sido convidado a fazer pelo menos três pedidos de casamento desde a última vez que nos falamos?

Kitty não conseguiu conter o sorriso.

– Milorde, só me resta pedir desculpas – disse ela com toda a seriedade que conseguiu reunir. – Quaisquer palavras impensadas de minha parte foram ditas apenas para proteger sua reputação de qualquer vínculo sórdido comigo.

– Ah, então na verdade estava protegendo minha honra ao promover um verdadeiro turbilhão em torno de minha pessoa, envolvendo todas as mães e filhas da cidade?

Ela reprimiu um sorriso maior ainda. Estava começando a apreciar essas pequenas interações com Radcliffe – não apenas porque ser vista em sua companhia contribuía para estabelecer sua posição mas pelo prazer de saber que, enquanto o resto da sociedade tinha que se contentar com a máscara educada de Radcliffe, seu humor sarcástico era reservado apenas para ela.

– Sim, exatamente isso – respondeu ela, de modo solene.

James a olhou com calma.

– Você vai se arrepender muito disso – prometeu ele. – Vou retribuir todo o desconforto que me causou.

– Se vamos trocar ameaças, não acha melhor fazê-lo durante uma dança, para que ninguém nos escute? – Kitty olhou para ele, cheia de expectativa. – Não vai me convidar?

– Acho que foi você quem acabou de me convidar. Se é que podemos chamar isso de convite.

– Não, eu perguntei se você *ia* me convidar – disse ela com firmeza. – Mas, como está claro que quer se fazer de difícil, prefiro que fique onde está.

– É perfeito para mim, pois minha resposta seria não. Em geral, tenho como regra dançar apenas com damas de quem gosto, não com bandidas desavergonhadas.

Kitty ficou ofendida.

– O senhor é sempre tão rude com todos que encontra?

– Pelo contrário – disse ele, com frieza. – A aristocracia inteira me considera encantador.

– Bem, tenho certeza de que não podemos culpá-los por pensar uma tolice como *essa*, quando tantos na aristocracia têm o hábito de se casar com primos de primeiro grau.

Radcliffe respirou fundo, engasgando-se com o champanhe, e tossiu, achando graça.

– Muito bem, Srta. Talbot – disse ele, incapaz de deixar passar uma boa tirada.

– Então vai dançar comigo agora?

– Nunca! – declarou ele, com uma teatralidade que pertencia aos palcos.

Kitty lhe deu as costas com um floreio igualmente dramático, suprimindo um arrepio – de irritação, sem dúvida, por não dançar com ele naquela noite. Estava claro que era uma simples frustração por não ter impulsionado sua visibilidade junto aos cavalheiros presentes. Apenas isso.

Além do mais, Kitty tinha muito trabalho pela frente naquela noite, e, pela primeira vez, não se tratava apenas de encantar os cavalheiros. As *pa-*

tronesses do Almack's eram os membros mais conceituados e estimados na sociedade da Regência, e cada uma delas exercia um poder social extraordinário. Um convite para o Almack's vindo de uma dessas senhoras seria o selo de aprovação final. Era muito mais do que um cartão e nada menos do que a diferença entre a sociedade e A Sociedade, como havia dito o Sr. Talbot certa vez. Kitty sabia que seu pai tinha considerado um pouco enfadonhos esses aspectos da vida social, preferindo estar com sua mãe, não com a turbulenta aristocracia. Ela pensou que havia certa ironia nisso – afinal, fora reduzida a conspirar para ter acesso aos mesmos lugares que o Sr. Talbot evitara –, mas estava preocupada demais para apreciá-la.

Para garantir um convite do Almack's, Kitty tinha várias vias de ataque possíveis. A princesa Esterházy e a condessa Lieven foram descartadas imediatamente. Nem mesmo Kitty teria coragem de falar com mulheres tão importantes. Ela havia sido apresentada à Sra. Burrell, é claro, no jantar de lady Radcliffe, embora não a visse em lugar nenhum. Ela reconheceu lady Cowper ao olhar para lady Kingsbury e passou quase uma hora pairando na periferia de seu grupo, tentando ser incluída, mas foi um esforço inútil. Frustrada, desistiu e voltou a vasculhar o salão. Por sorte, avistou as condessas viúvas lady Radcliffe e lady Montagu numa animada conversa com lady Jersey, do outro lado da sala. *Genial!* Ela se deslocou até as damas.

– Srta. Talbot! – exclamou lady Radcliffe. – Como está, minha querida?

Mas, para o horror de Kitty, em vez de chamá-la para a conversa lady Radcliffe começou a conduzi-la para o outro lado, com a mão apoiada em seu cotovelo.

– Lady Montagu, lady Jersey, nos deem licença, por favor.

Kitty encarou lady Jersey por cima do ombro enquanto lady Radcliffe a levava para um canto silencioso da sala.

– Eu estava querendo falar com a Sra. Kendall, minha querida – confidenciou ela. – Mas a senhorita também vai saber como agir. Acha sábio deixar a Srta. Cecily investir em lorde Montagu de forma tão óbvia?

Kitty piscou, perplexa.

– Investir? – repetiu, um pouco incrédula. – Madame, deve estar enganada. Cecily não tem a menor intenção de investir em alguém.

Lady Radcliffe apertou seu braço com delicadeza.

– Talvez não tenha notado, mas ela dançou duas vezes com lorde Montagu apenas essa noite. E duas vezes no baile dos Sinclairs. Fica parecendo um pouco obsceno, minha querida.

Kitty a encarou, intrigada. Céus, duas danças numa única noite eram realmente um símbolo tão grande de casamento para essas pessoas? Ela desejou que Radcliffe tivesse compartilhado esse detalhe com ela. Kitty agradeceu profusamente a lady Radcliffe e procurou Cecily, desesperada. Ah, lá estava ela! Conversando com lorde Montagu, Kitty notou com exasperação, o que não ajudava. E parecia prestes a dançar com ele pela terceira vez. Kitty não correu pelo salão, mas certamente apertou o passo.

– Cecily! – disse ela, com alegria. – Lorde Montagu, como vai? Lorde Montagu, infelizmente sua mãe o procura... Ela deseja lhe falar com muita urgência. Será que não deveria procurá-la?

Lorde Montagu pareceu perplexo e um pouco aborrecido com a interrupção, mas se afastou.

– Cecily – sussurrou Kitty. – Você não tinha como saber, mas deve dançar apenas uma vez por noite com cada cavalheiro. Mais do que isso é considerado terrivelmente obsceno por essas pessoas.

Foi a vez de Cecily de parecer perplexa.

– Que atitude mais puritana – disse ela, pouco interessada. – Parece uma tolice para mim! Ora, na Grécia Antiga...

– Não estamos na Grécia Antiga! – interrompeu Kitty, com a voz um tanto estridente. – Estamos em *Londres* e essas... essas são as regras.

– Mas eu gosto de dançar – retrucou Cecily. – É a única parte de tudo isso da qual eu gosto.

Kitty não tinha tempo para uma cena. Saiu em busca de lady Jersey, mas a dama não estava em parte alguma. Num dos cantos do salão, o relógio de pedestal bateu 11 horas, e o som das batidas podia ser ouvido apesar do burburinho da noite, o que deixou Kitty muito angustiada. O tempo estava se esgotando. Aquela noite, aquela semana, no geral. Ela precisava arranjar aqueles convites.

No mesmo instante, avistou a Sra. Burrell do outro lado do salão. *Graças a Deus.* Kitty não conhecia nenhuma das mulheres com quem a dama conversava, mas isso certamente não importava. Ela havia sido apresentada à Sra. Burrell e, afinal, entre as *patronesses* do Almack's, ela ocupava a posição social mais inferior.

– Venha, Cecy – disse Kitty, marchando na direção da dama. – Sra. Burrell. – Ela cumprimentou a mulher com uma reverência profunda. A Sra. Burrell olhou para ela sem qualquer sinal de reconhecimento. – Nós nos conhecemos na *soirée* de lady Radcliffe, na semana passada.

– Ah... sim – disse a Sra. Burrell finalmente, num tom lento e glacial. – Srta. Tallant, não é?

– Talbot – corrigiu ela, mas, pelo brilho nos olhos da dama, Kitty tinha certeza de que ela sabia seu nome. – Queria apenas dizer como achei magnífico o seu vestido.

Elogios eram sempre seguros, certo?

– Obrigada... – disse a Sra. Burrell, com a mesma lentidão desconcertante. A mulher deixou claro que estava olhando Kitty de cima a baixo. – Eu também gostei... do bordado em seu leque.

Era um elogio tão específico que era quase um insulto, e, pelos sorrisos maliciosos ao seu redor – e uma risadinha audível –, todas as senhoras presentes também tinham percebido. Kitty sentiu o rosto arder. Ela abriu a boca – sem saber o que dizer –, mas foi interrompida de novo.

– Acredito que aquela mulher esteja tentando chamar sua atenção – disse a Sra. Burrell com frieza. – Deveria procurá-la antes que... ela fique exausta.

Kitty viu tia Dorothy gesticulando vigorosamente para ela. Lançou-lhe um olhar furioso e desencorajador, mas a tia continuou insistindo.

– Ah, por favor, não se prenda por nossa causa – disse a Sra. Burrell com doçura.

Houve novos risinhos. Despedindo-se com uma reverência, elas recuaram, deixando Kitty furiosa.

– Pelo amor de Deus, abaixe a mão – sussurrou Kitty quando foi até tia Dorothy. – A senhora está me envergonhando.

– Você estava se envergonhando – sussurrou a tia de volta, agarrando o braço de Kitty e levando-a para longe da pista de dança. – Ninguém pode simplesmente se aproximar de pessoas como a Sra. Burrell. Até eu poderia lhe dizer isso. Não há ninguém mais exigente do que essa senhora, e todo mundo morre de medo dela. Até lady Radcliffe a acha assustadora. Você estava prestes a passar pela maior das humilhações.

– Mas já fomos apresentadas – retrucou Kitty. – De que outra forma vou conseguir convites para o Almack's, se eu não puder falar com essas damas?

– Tire essa ideia da cabeça, eu lhe imploro – disse tia Dorothy, incisiva. – Isso nunca vai acontecer, e você não vai conseguir nada com esses métodos.

– Você também me disse que isso aqui não aconteceria, e veja só onde estamos! – Kitty não conseguiu se conter, fazendo um gesto caloroso para o salão de baile. – Quando vai começar a acreditar em mim, tia?

Tia Dorothy pareceu fazer um esforço considerável para manter a compostura.

– Não é uma questão de crença – disse ela com uma paciência forçada. – O Almack's é considerado um lugar tão exclusivo por um motivo, mesmo para os integrantes da alta sociedade, e não adianta desperdiçar energia perseguindo o impossível. Já conseguiu diversos cavalheiros abastados correndo atrás de você. Não é o suficiente?

Kitty engoliu outra resposta irritadiça. Como explicar sem parecer que ela havia perdido a cabeça? Estar naquele salão já era uma conquista. Tia Dorothy tinha razão, mas não era a conquista que Kitty havia imaginado. Havia lugares onde ela ainda não tinha permissão para entrar, lugares para os quais pessoas como a Srta. Fleming eram convidadas e ela não. A vantagem dada pelo Almack's não era algo que Kitty poderia superar com facilidade. E, como o Sr. Stanfield parecia deixar cada vez mais claras suas atenções à Srta. Fleming, Kitty sabia que nunca teria uma chance com alguém do nível dele sem frequentar aqueles salões.

– Por que deseja tanto aqueles salões? – perguntou tia Dorothy, quase implorando, quando Kitty não respondeu.

– P-pensei... – A voz de Kitty falhou. – Poderia ter sido o meu lugar. Se as coisas... se as coisas tivessem sido diferentes para mamãe e papai, eu teria acesso a tudo isso sem nem precisar pensar. Não sou diferente dessas damas. Elas não são melhores do que eu. Parece algo tão próximo! Não consigo deixar de querer o mesmo.

Ela buscou compreensão no rosto de tia Dorothy e percebeu que seus olhos ficaram um pouco mais suaves.

– Compreendo por que pode parecer injusto – disse tia Dorothy em voz baixa. – Mas não é possível corrigir todos os erros do passado... Lembre-se do que nos trouxe até aqui. Não podemos nos esquecer. Você está mirando algo inalcançável. Precisa acreditar em mim dessa vez. Posso confiar em que você vai deixar isso de lado?

Kitty baixou os olhos, arrasada. Tia Dorothy tinha razão, e ela sabia muito bem. Tinham apenas seis semanas. Ela precisava continuar concentrada em seu objetivo. Precisava pensar com a cabeça, não com o coração.

– Está certo. Não vou mais insistir.

– Muito bem. – Tia Dorothy assentiu energicamente. – Agora vou me encontrar com aquele cavalheiro encantador com quem conversei na outra noite. Acho que ele vai gostar muito de meu novo vestido.

Tia Dorothy saiu, apressada, em busca de elogios. Kitty olhou para Cecily, ainda se sentindo contrariada e querendo muito falar da injustiça de tudo aquilo com mais alguém.

– Meu colar está meio solto – disse Cecily, levando a mão às joias, bijuterias, é claro, em seu pescoço.

Kitty fez sinal para que a irmã se virasse, para que ela pudesse examiná-lo.

– Ah! – disse ela, vendo o problema de imediato. – Você não prendeu direito. Fique parada por um instante.

Ela franziu a testa, concentrada no trabalho delicado, feliz pela distração.

– Seus poetas deveriam escrever mais sobre esse tipo de coisa – disse ela a Cecily, distraída, manipulando o fecho com cuidado para não beliscar a pele delicada do pescoço da irmã. – Regras sociais, política e coisas parecidas... Poderiam preencher vários livros, tenho certeza.

– Bem... na realidade, eles já fazem isso – disse Cecily. – Um monte de livros, para falar a verdade.

– Ah, certo.

Pela terceira vez naquela noite, Kitty se sentiu meio tola. Respirou fundo antes de voltar à balbúrdia. Não tinham se afastado por muito tempo, e tia Dorothy tinha razão: Kitty precisava se concentrar. Não havia tempo para perder a cabeça por motivos sentimentais.

Capítulo 20

A data era 20 de abril. Sobravam seis semanas para Kitty garantir sua fortuna. Pelo menos, tinha o conforto de possuir uma série de admiradores para escolher. O Sr. Pemberton era, com certeza, o mais persistente entre eles. Com uma fortuna tão grande quanto seu bigode, era também o mais rico.

No entanto, embora Kitty repetisse a si mesma que isso não importava, ele também era o mais irritante. Se fosse descrever as qualidades de Pemberton, ela se concentraria na sua bondade. Tal virtude era tão forte que acabava transmitindo certa condescendência em todas as conversas, à medida que Pemberton lhe explicava coisas do mundo que ela, uma mulher frágil e inocente, devia ignorar. Era bondoso o bastante para não exigir que Kitty dividisse nenhum de seus pensamentos ou opiniões, e nunca sonharia em perturbá-la com esse tipo de pergunta. De fato, em todas as ocasiões em que ela tentou se juntar ao monólogo, o homem simplesmente ergueu a voz para interrompê-la.

Seu pretendente favorito, se ela se permitisse tal coisa, era o Sr. Stanfield. Fazia tempo que Kitty havia aceitado não alimentar a expectativa de gostar de seu marido. A qualidade mais notável do pretendente teria de ser a riqueza, ela sabia disso, e não poderia esperar muito mais. No entanto... seria bom se pudesse gostar dele. Até mesmo apreciar a sua companhia. E com o Sr. Stanfield isso parecia ser bem possível. O futuro se tornava um pouco mais alegre quando o imaginava nele. Com uma renda de seis mil libras por ano, ele tinha fundos mais do que suficientes para satisfazê-la, mas, na verdade, não era isso que tornava sua companhia tão agradável. A conversa entre eles era divertida, Kitty sentia sua presença num aposento, mesmo quando não estavam se falando, e, além disso, admitia que pensava em Stanfield quando não estavam juntos. Isso acontecia com mais força, naturalmente, nas noites de quarta-feira, quando ficavam separados: ele no Almack's, flertando com outras mulheres e longe de seus olhos, e ela em qualquer outro entretenimento que pudesse encontrar.

Mas Kitty precisava tirar o Sr. Stanfield da mente naquele dia, pois tinha um compromisso à tarde, quando acompanharia o Sr. Pemberton à casa de leilões de cavalos de Londres, a Tattersall's. Surpreendentemente, estava ansiosa pelo programa. Kitty sempre pensara que se os Talbots tivessem mais dinheiro, ela teria sido uma amazona muito dedicada. Mas do jeito que as coisas eram, e como o único acesso a um estábulo que tivera fora por meio dos Linfields, sua admiração pelos belos animais era meramente teórica. Assim, quando o Sr. Pemberton se ofereceu, galante, para comprar e manter uma égua em seu estábulo para que ela pudesse cavalgar quando quisesse, Kitty sabia que precisava aproveitar a oportunidade. Em geral, aquele espaço era exclusivo para cavalheiros, mas, cheia de curiosidade, ela o induzira a convidá-la para lhe fazer companhia. Pemberton demorou um pouco para ser persuadido, mas o desejo de exibir seus conhecimentos acabou prevalecendo.

O recinto barulhento transbordava de cavalos de todos os tipos – lindos tordilhos, feitos para desfilarem puxando uma carruagem aberta confortável; malhados de proporções impressionantes, com os quais ela se imaginou cavalgando pelo Hyde Park; e puros-sangues altíssimos, com músculos tensos e pelo reluzente. Kitty respirou fundo, saboreando aquele cheiro específico de palha misturada, crina de cavalo e esterco – um cheiro que deveria ser repulsivo, mas era absolutamente maravilhoso – antes de voltar sua atenção para seu companheiro e para a tarefa em questão.

– Puxa, não sei por onde devemos começar – disse ela no tom trêmulo dos oprimidos, colocando a mão sobre o coração numa falsa angústia.

– Não se preocupe, Srta. Talbot, estou aqui para ajudá-la – afirmou Pemberton. – Não é tão difícil quanto parece.

Ele estava apreciando muito o papel de benfeitor. A Srta. Talbot se parabenizou. Essa tarde seria um momento de virada na conquista do afeto do Sr. Pemberton. Nada agradava mais àquele homem do que exibir a própria sabedoria, especialmente quando tal sabedoria a contradizia. No entanto, depois de apenas alguns minutos, ela percebeu seu grave erro. Como os cavalos do Sr. Pemberton eram muito belos, Kitty presumira que poderia confiar em sua escolha. Mas, depois de passar um tempo em sua companhia enquanto ele examinava os animais oferecidos, fazendo comentários que careciam de bom senso, Kitty começou a suspeitar que o cavalariço do Sr. Pemberton não permitia que o homem ficasse a sequer um quilômetro do estabelecimento. Minha nossa, será que ela teria que elogiar qualquer pobre criatura que ele escolhesse só para evitar atingir o ego do homem? Kitty começou a temer que aquela compra seria precipitada.

– Nossa, como o senhor entende do assunto – elogiou Kitty, estremecendo ao ver o Sr. Pemberton tratar com grosseria a boca de um belo baio.

– Cuidado – murmurou um cavalariço, separando os dois.

O Sr. Pemberton não pareceu ouvir.

– Passei muitos anos adquirindo conhecimento sobre equinos – explicou ele em voz alta. – Quando você sabe o que está procurando, garanto-lhe que é realmente muito simples.

Seus atos demonstravam o oposto, e a Srta. Talbot sentiu que seu sorriso estava ficando congelado no rosto, conforme o Sr. Pemberton exortava as virtudes de uma égua que qualquer um perceberia que, além de baixa, também parecia ter um temperamento ruim. Ora, a égua a derrubaria em menos de uma semana. Kitty ficou assustada. Não daria certo. Ela não podia correr o risco de morrer antes de se casar, nem mesmo para apressar o casamento em si. Ela estava prestes a anunciar uma tontura, sentindo que era a única fuga possível, quando percebeu, horrorizada, que Radcliffe se aproximava, examinando os cavalos com um olhar exigente. Um homem caminhava ao lado dele – seu cavalariço, pela aparência da farda.

A Srta. Talbot tentou baixar a cabeça e desviar o olhar. Embora seu último encontro não tivesse terminado com muita hostilidade, ela se lembrava da promessa de Radcliffe de retribuir o desconforto que Kitty lhe causara e duvidava que o adversário tivesse esquecido. Rezou para que eles passassem sem reparar na sua presença... mas era tarde demais. Tinha sido vista, e Radcliffe caminhava em direção aos dois com um ar malicioso, obviamente decidido a causar problemas. Ele se aproximou. Olhou para a Srta. Talbot, para o cavalo e depois para o Sr. Pemberton – que, sem notar sua chegada, ainda palestrava sozinho –, e pareceu entender perfeitamente a situação. Seus lábios esboçaram um sorriso. A Srta. Talbot fulminou-o com um olhar de alerta, mas ele a ignorou. Seria rude demais fazer um gesto para que ele se afastasse dali?

– Minha nossa, Pemberton – disse Radcliffe, com a voz arrastada –, está pensando mesmo em adquirir essa criatura?

O cavalariço riu e balançou a cabeça.

O Sr. Pemberton se virou, eriçado.

– Esse é o cavalo que a Srta. Talbot deseja, então, sim – vociferou ele, sem nenhuma honestidade. – Vou comprá-lo para ela.

– Pior ainda – retrucou Radcliffe. – Achei que fosse mais sábia, Srta. Talbot. Pemberton, seria melhor olhar para o belo animal malhado no portão oeste. Esse aqui vai jogá-la no chão ainda no primeiro mês.

Ele foi embora com uma reverência zombeteira para Kitty, indicando que sabia exatamente o tipo de confusão que deixaria em seu rastro. Pemberton não quis se demorar ali nem mais um minuto, especialmente quando viu, indignado, o olhar ansioso de Kitty para o malhado que Radcliffe apontara. Essa foi a cereja no topo de sua raiva, e o homem saiu, furioso, em direção ao cabriolé. Kitty o seguiu, com medo de que ele pudesse realmente deixá-la ali. Apesar do início promissor, o evento não poderia mais ser considerado um sucesso, pensou ela com tristeza, ouvindo os resmungos e ruminações de Pemberton no caminho para casa. O fato de ele ter sido humilhado já era ruim, mas a humilhação ter ocorrido em público, e diante do objeto de sua afeição, foi simplesmente demais para um homem que investia tanto na sua imagem pública.

Esse incidente havia prejudicado a imagem de Kitty e, embora ela soubesse que tinha talento para recuperar sua posição anterior, seria necessário um grande esforço. Ela suspirou, ignorando o discurso de Pemberton contra lorde Radcliffe, a não ser para concordar com ele em determinados intervalos, embora por dentro seus insultos fossem muito mais criativos. Na verdade, quando Kitty voltou para casa – e o Sr. Pemberton deu-lhe boa-tarde com frieza –, estava bastante zangada com Radcliffe.

Naquela noite, Kitty, usando um vestido de crepe azul-claro, Cecily, usando um rosa-claro de cetim, e tia Dorothy, usando um violeta alegre, chegaram à casa que abrigaria o baile da vez. Depois de localizar lorde Radcliffe, Kitty deixou Cecily e Dorothy sozinhas e se aproximou dele com grande indignação.

– Dance comigo – disse ela.

Radcliffe a olhou com cautela.

– Não, obrigado. Eu deveria ter mencionado que também não danço com damas que parecem ter o desejo de me matar.

– Dance comigo – repetiu ela. – Há algumas coisas que eu gostaria de dizer ao senhor.

– Meu bom Deus! O que foi agora?

– Vou lhe dizer *o que foi* – sussurrou ela, furiosa. – Que diabos achou que estava fazendo no Tattersall's hoje? O que foi aquilo?

– Eu estava apenas ajudando Pemberton a evitar uma compra muito imprudente. Com certeza você percebeu que não era uma boa escolha, certo?

– Claro que eu percebi – retrucou ela. – Mas eu nunca o teria deixado comprar aquela criatura... e meu método para garantir isso não teria causado tanto sofrimento ao Sr. Pemberton. Você prejudicou terrivelmente a estima que ele nutria por mim. Nunca mais deve fazer nada parecido!

A única reação de Radcliffe foi um pequeno sorriso de escárnio. A raiva de Kitty chegou ao limite.

– Isso não passa de uma piada para o senhor, não é? Porque é a *minha* família que está em jogo, milorde. Minha irmã Jane, de 10 anos, não terá onde morar se eu não tiver algo para mostrar aos agiotas, que vão bater na nossa porta em menos de seis semanas.

Radcliffe pareceu desconcertado, mas ela prosseguiu, impiedosa.

– Minha irmã Harriet tem 14 anos, e é a criatura mais romântica do mundo. Não sei como direi a ela que é impossível que se case por amor, pois nunca poderei garantir seu futuro. E Beatrice...

James ergueu a mão.

– Já deixou claro o seu ponto.

Ela o encarou, e seu peito arfava com a força de sua emoção.

– Peço desculpas – disse ele com sinceridade. – Não voltará a acontecer.

Kitty piscou, e a raiva foi se dissipando do seu olhar. Não esperava por aquela reação.

– Obrigada – disse, por fim.

Os dois se entreolharam por um instante.

– Acho que é a primeira vez que o senhor realmente faz algo que pedi, sem discutir – comentou Kitty, um pouco insegura.

Não sabia bem como falar com ele agora que o ar entre os dois não pesava mais com a animosidade.

– Eu sou a única pessoa que conheceu que não faz imediatamente o que a senhorita deseja? – perguntou ele, com curiosidade.

– Suponho que eu esteja acostumada a fazer as coisas do meu jeito – admitiu ela. – Sou a mais velha da família. Talvez seja a força do hábito.

– Ah, deve ser – concordou ele, de imediato. – Com certeza isso não deve ter nenhuma relação com seu planejamento estratégico nem com sua determinação férrea.

Kitty olhou-o com uma pontada de surpresa, e uma brasa de calor aqueceu seu peito.

– Ora, isso chega a parecer um elogio, milorde.

– Ao que parece, estou perdendo o jeito. Claro que lhe falta qualquer coisa parecida com integridade moral, e imagino que isso também contribua muito.

– Ah, é claro que sim – disse ela, sorridente.

Não havia agressividade nas palavras dele, apenas humor em seus olhos cinzentos, por isso Kitty aceitou a provocação de bom grado. Fazia tempo que não a provocavam, e a sensação... não era ruim.

– Posso convidá-la para uma bebida como prova das minhas sinceras desculpas? – perguntou ele, oferecendo o braço.

Kitty avançou para tomá-lo – de modo instintivo, sem hesitação, como se fosse a centésima vez que isso acontecia, não a primeira – até que se deu conta de que havia outras coisas que demandavam sua atenção. E de que ela só deveria dedicar seu tempo aos pretendentes.

– Creio que não estou com sede – declarou ela, recusando a proposta e o braço. – Em vez disso, o senhor fica me devendo um favor.

– É mesmo? – perguntou ele, com um tremor no lábio ao constatar o tom altivo da jovem. – Parece perigosamente vago para mim. Tem certeza de que uma taça de vinho não resolveria?

– Tenho certeza. Será um favor da minha escolha, na ocasião em que eu decidir.

James a olhou, desconfiado.

– Devo esperar outra visita matinal? Já vou lhe avisando que Beaverton recebeu instruções específicas para atirar em qualquer um antes das dez da manhã.

Ela sorriu com um ar de mistério.

– Acredito que o senhor vai ter que esperar para ver.

Capítulo 21

– Então eu disse a ele... – tia Dorothy fez uma pausa dramática com um sorriso coquete e intrigante – ... por que eu jogaria copas com um lorde se poderia jogar faraó com um príncipe?

Lady Radcliffe caiu na gargalhada, acompanhada pelo Sr. Fletcher, pelo Sr. Sinclair e por lorde Derby. Kitty assistia a tudo com um sorriso indulgente. Se Kitty tivesse um espírito mais mesquinho, teria se deliciado ao lembrar à tia que, algumas semanas atrás, era ela quem alertava Kitty contra os perigos da aristocracia, fazendo o maior drama possível. Kitty sentia que não havia motivo para estragar a diversão de tia Dorothy – desde que ela permanecesse dentro dos limites do decoro, é claro. A jovem decidiu ficar de olho na amizade que florescia entre a tia e lady Radcliffe. As duas damas tinham, nas últimas noites, flertado com todos os cavalheiros que cruzavam seu caminho, cada vez com mais ardor.

Kitty, Cecily e tia Dorothy estavam um pouco mais relaxadas. Os maiores desafios da temporada tinham sido superados. Agora conheciam as regras, estavam *dentro* da aristocracia de um modo seguro, sem que houvesse qualquer rumor a respeito delas. Tia Dorothy tinha deixado de se preocupar em ser reconhecida, seu grande medo nos primeiros bailes, quando caminhava olhando todos os homens com desconfiança. No momento o Sr. Fletcher – o mais novo admirador do círculo social da Sra. Kendall, um cavalheiro de cabelos grisalhos com um notável par de suíças – desafiava a tia para um duelo de copas na sala de jogos, que ela aceitou sem questionar. Kitty recusou com um sorriso o convite para observar o jogo. Seria uma cena impressionante, porque sabia muito bem que tia Dorothy era uma trapaceira talentosa, mas Kitty tinha negócios para tratar.

Ela e o Sr. Stanfield já haviam dançado uma quadrilha naquela noite, mas os olhos de Kitty eram atraídos para ele repetidas vezes. Com frequência, ela o procurava pelo salão e descobria que ele a fitava também, e os olhares demorados levavam seu coração a bater mais depressa dentro do peito. Esse tipo de flerte não se tornava menos emocionante por acontecer no meio de um salão de baile, e Kitty queria aproveitar todos os segundos.

Sem conseguir encontrar o Sr. Stanfield, Kitty procurou por Cecily. Para alguém que afirmava não ter interesse em bailes, a irmã sabia desaparecer na multidão com bastante eficiência nos últimos tempos. Será que era ela ali? Kitty franziu a testa. Tinha visto de relance uma figura vestida de rosa, parcialmente escondida por aquele detestável mulherengo, lorde Arden. Ela esticou o pescoço para ter uma visão melhor. Havia tantas pessoas espremidas no salão que era difícil identificar. Sim, lá estava Cecily... encolhendo-se diante de lorde Arden, que se erguia sobre ela. Kitty avançou, determinada, cortando a multidão como uma faca quente na manteiga.

– Cecily? – Kitty chamou a irmã assim que se aproximou.

– Ah... Srta. Talbot. – Lorde Arden abriu um sorriso suntuoso para Kitty, nada perturbado com sua súbita presença. – Eu estava apenas pedindo à sua irmã que me desse a honra da próxima dança.

Olhos ávidos percorreram a silhueta de Cecily, que, involuntariamente, deu um passo para trás. Mas Kitty deu um passo para a frente.

– Temo que o cartão de minha irmã esteja completo – disse ela com firmeza.

Lorde Arden ergueu as sobrancelhas com um ar arrogante.

– No entanto, ela não está dançando neste momento – disse ele com suavidade e uma nota de malícia.

– Ora, milorde, todas as damas precisam de uma pausa – disse Kitty, forçando um sorriso. – Tenho certeza de que compreende.

Lorde Arden não se deixou dissuadir.

– Ainda haverá muitas danças esta noite – disse ele num tom persuasivo. – Tenho certeza, Srta. Cecily, de que estará repousada para uma delas.

– O cartão de dança dela já está cheio – insistiu Kitty.

Indivíduos de caráter mais fraco podiam considerar as atenções daquele homem asqueroso um mal necessário, mas Kitty não pensava assim.

– E eu sugiro, milorde – prosseguiu ela –, que considere tal cartão *sempre* cheio.

Alguém soltou uma exclamação audível, e Kitty se virou e viu a bisbilhoteira lady Kingsbury tapar a boca num assombro teatral. Lorde Arden ficou roxo de constrangimento.

– Nunca – disse ele, com a voz trêmula de raiva –, nunca fui tão insultado em toda minha vida.

Ele se afastou. Lady Kingsbury ainda fitava as duas. Kitty olhou para ela, esperando encontrar compaixão no rosto da dama. Afinal, todos sabiam muito bem que tipo de homem era Arden. Mas lady Kingsbury apenas balançou a cabeça com um leve sorriso antes de dar as costas para as duas de um modo bem óbvio. Era um corte direto.

– Você acha que ele ficou muito zangado? – sussurrou Cecily.

– Acho que ele não voltará a incomodá-la – disse Kitty, sem se importar com os sentimentos de Arden. – Venha, vamos pegar uma taça de champanhe.

No entanto, as fissuras causadas pelos mexericos sobre o confronto já se abriam pelo baile, como rachaduras entre paralelepípedos. Enquanto se dirigiam até a sala de jantar, uma leve friagem começou a emanar da multidão. Kitty reparou que havia mais olhares em sua direção do que o habitual. Olhares de julgamento. Ela sorriu para a Sra. Sinclair quando se aproximaram, mas a senhora evitou seu olhar. Que estranho. O que ela poderia ter feito para ofendê-la? Na terceira vez que isso aconteceu, Kitty começou a perceber que havia algo muito errado.

– Ouvi uma história sobre seu comportamento terrivelmente rude. É verdade? – A voz do Sr. Stanfield soou baixinho em seu ouvido.

Kitty se virou depressa.

– Do que o senhor está falando? – perguntou ela, com o coração batendo um pouco acelerado.

O Sr. Stanfield deu uma risadinha.

– Segundo os boatos, a senhorita deu a mais vulgar e escandalosa das respostas a Arden. Pois eu digo: bem feito.

Ele parecia achar tudo muito divertido, mas Kitty não conseguia rir com ele.

– As pessoas realmente se importam com isso? – perguntou ela. – Achei que não gostassem muito dele.

– Ah, sabe como eles são – disse Stanfield com um gesto descuidado da mão. – É melhor não lhes dar importância. De qualquer forma, vim me despedir. Devo acompanhar minha mãe até em casa.

Ele a deixou, e Kitty fitou o salão de baile. *Sabe como eles são*, dissera ele. Mas Kitty não sabia. Não esperava essa reação de forma alguma. Afinal, ela ouvira a maioria das mulheres reclamarem das mãos errantes de lorde Arden, pelo menos uma vez. Mas parecia haver uma regra não escrita pela qual só era possível condená-lo pelas costas, nunca na sua frente. E embora figurões do nível de lady Jersey pudessem ser rudes sem que isso tivesse consequências para sua reputação, ficava cada vez mais claro para Kitty que ela não poderia fazer o mesmo.

Lady Kingsbury – uma mulher detestável, Kitty percebia agora – espalhava a fofoca como se fosse um veneno instantâneo. A mudança da maré nunca havia sido tão veloz, e depois que ela e Cecily foram ignoradas por mais duas damas que consideravam amigas, Kitty começou a entrar em pânico silenciosamente. Isso não iria arruiná-las, certo?

– Acho que é melhor encontrarmos tia Dorothy e lady Radcliffe – disse ela para Cecily, que assentiu, tensa.

Na segurança do círculo íntimo e protetor de lady Radcliffe, Kitty tinha certeza de que tudo iria melhorar. Porém elas não conseguiam encontrar nenhuma das duas damas. Enquanto vasculhavam o salão de jogos e depois o salão de baile, Kitty sentia que a multidão ficava ainda mais hostil. Ela procurou um rosto amigável – *qualquer* rosto amigável – em que pudessem se refugiar, já que o espaço vazio ao redor delas dava a impressão de que as duas tinham uma doença contagiosa. Tentou fazer contato visual com o Sr. Pemberton ao passar por ele, mas o homem a evitou, fingindo estar numa profunda conversa com a Srta. Fleming.

– Devemos ir embora, Kitty? – sussurrou Cecily.

Sua natureza sonhadora e dispersiva geralmente ajudava a evitar que a irmã percebesse esse tipo de menosprezo, mas até ela parecia nervosa.

– Não, não podemos recuar.

Mas que outras opções elas tinham? Faça como eles fazem, era o que sua mãe teria dito, e a aristocracia estava prestes a dançar. Mas, com a partida do Sr. Stanfield, Kitty não tinha certeza de que algum de seus outros pretendentes viria em seu socorro. Naquele bando de ovelhas, quem poderia não se importar com a sua súbita desgraça?

Do outro lado do salão, seus olhos pousaram em Radcliffe. Bom... não era exatamente um rosto *amigável*. Ela avançou, acompanhada por Cecily, ignorando todos aqueles que se encolhiam ou se afastavam das duas.

– Lorde Radcliffe, capitão Hinsley, boa noite – disse ela, num tom profissional.

– Srta. Talbot. – O capitão Hinsley curvou-se, saudando-a e abrindo um sorriso como se fossem velhos amigos.

– Tenha cuidado, Hinsley. Ela pode estar armada – alertou Radcliffe.

– Nenhum dos dois está dançando? – perguntou Kitty diretamente, ignorando o comentário. – Acho que já estão formando os pares.

Foi uma jogada óbvia, desprovida de qualquer sutileza. Os dois homens arquearam as sobrancelhas.

O capitão Hinsley foi o primeiro a se recuperar, curvando-se de maneira galante.

– Seria muito esperar que ainda não esteja prometida para essa dança, Srta. Talbot?

– É claro que não – disse ela, pousando a mão na dele.

Kitty encarou Radcliffe com um ar desafiador. Estava pensando no favor que ele lhe devia e sabia que ele pensava o mesmo. Radcliffe ergueu ainda mais as sobrancelhas. Kitty levantou o queixo e desviou os olhos para Cecily, deixando claro o que queria dizer. Ele suspirou.

– Srta. Cecily, me daria a honra da próxima dança? – perguntou Radcliffe.

Cecily não tinha acompanhado a interação silenciosa entre sua irmã e Radcliffe – embora o capitão Hinsley tivesse assistido a tudo muito intrigado –, mas sorriu, agradecida. Eles foram até a pista.

– O senhor sabe qual é a dança? – perguntou Cecily.

– Acredito que seja a quadrilha – respondeu Radcliffe.

– Em francês, a pronúncia correta seria *quadrii* – corrigiu Cecily, ensinando-o a falar com um sotaque carregado.

Radcliffe fez uma pausa. Não havia nada a fazer além de dizer:

– Obrigado, Srta. Talbot.

Radcliffe havia dançado apenas duas vezes durante aquela temporada. Numa ocasião com a mais velha das irmãs Talbots, e na outra com a mãe. Todos sabiam que ele costumava ser teimoso como uma mula nesse ponto, por isso a aristocracia observou, surpresa e interessada, o modo como ele conduzia a Srta. Cecily Talbot pelo salão, para sua terceira dança do ano. Kitty viu como os dois eram observados e esperou que isso bastasse para lembrar a todos o motivo que os levara a aceitar as Talbots.

Kitty sentia-se tão agitada que não conseguiu pensar numa única coisa para dizer ao capitão Hinsley enquanto assumiam suas posições, mas, por sorte, ele parecia perfeitamente capaz de cuidar da conversa sozinho.

– Srta. Talbot, sinto que devo agradecê-la – disse ele. – Esta com certeza já é a temporada mais interessante que tivemos em muitos anos.

– Verdade? – perguntou ela, tentando esquadrinhar a multidão discretamente.

– E a senhorita ainda conseguiu levar Radcliffe a dançar... Ele é ótimo nisso, quando se permite fazê-lo. Olhando para ele, ninguém diria, não é?

Com essas palavras, ele abriu um sorriso maroto para Kitty, como se a convidasse a depreciar Radcliffe também.

– Não é? – repetiu ela, ainda distraída. – Basta vê-lo numa montaria para saber que é gracioso.

A música começou antes que Hinsley pudesse responder – embora suas sobrancelhas estivessem um pouco mais elevadas do que antes –, e logo os dois estavam ocupados demais com *chassés* e *jettés* para conversarem. A quadrilha durou apenas seis minutos, mas, quando acabou, Kitty tinha certeza de que a posição das duas na sociedade estava bem menos precária. Radcliffe entregou Cecily a lorde Montagu – que acabara de chegar –, e Kitty aceitou a escolta de Hinsley até a mesa de bebidas. Ele a deixou ali com um sorriso que Kitty não conseguiu interpretar, sendo conduzido de volta à pista de dança por lady Derby. Aliviada, Kitty aceitou uma limonada de um cavalheiro novo, conseguindo respirar com mais tranquilidade.

– Acredito que não tenhamos sido apresentados – disse ela ao estranho, sorrindo.

Kitty estava disposta a tratar qualquer cavalheiro com gentileza agora.

– Ainda não, embora eu desejasse muito conhecê-la, Srta. Talbot. Sou Selbourne – disse ele, num tom arrastado. – Devo dizer que sou um admirador do seu trabalho.

– Meu trabalho? – repetiu ela, franzindo a testa.

– Deixe disso – disse ele num tom de repreensão. – Não há mal nenhum em falar abertamente. Sou amigo do Sr. De Lacy, e ele me contou tudo sobre você, embora o rapaz não perceba, é claro, como a história de vocês dois soa para alguém como eu.

– Tenho certeza de que não sei do que está falando, milorde – disse ela, devagar.

– Eu a reconheço como uma alma gêmea, sabe? – disse ele com suavidade. Com *muita* suavidade. – Nós dois, às margens de tudo isso – ele gesticulou para o salão –, fazendo o melhor para vencer, apesar de tudo.

– É mesmo? – perguntou ela educadamente, embora começasse a sentir calafrios. – Terei que acreditar em sua palavra, milorde, embora eu não consiga ver a semelhança.

Ele sorriu com ar de aprovação.

– E também sabe dar boas respostas. Srta. Talbot, sinto que a conheço desde sempre.

Ela não respondeu, sem querer encorajar essa conversa tão perturbadora, mas Selbourne perseverou.

– Eu gostaria que pudéssemos conversar melhor, sabe? Acredito que poderíamos ser... extremamente úteis um para o outro.

– Quisera eu poder dizer o mesmo – respondeu Kitty, com frieza –, mas acho que o senhor me confundiu com outra pessoa.

Ele sorriu, ainda imperturbável.

– Vejo que está determinada a não falar comigo. – Ele se curvou com um pequeno floreio enquanto a música terminava para os dançarinos. – Mas pense nisso, Srta. Talbot. Há muitas maneiras de se fazer fortuna nesta cidade... e não precisa fazer tudo sozinha.

Kitty deixou-o assim que pôde e ficou aliviada ao finalmente pôr os olhos em tia Dorothy.

– Onde você estava? – indagou ela.

– Vamos embora, querida? – retrucou tia Dorothy, parecendo preocupada demais com um fio solto no punho do vestido para responder.

Kitty concordou, e chamou Cecily. Não seria bom insistir mais naquela noite. Enquanto esperavam para receber suas capas, Radcliffe surgiu atrás delas.

– Já pensou no que vai fazer quando eu tiver retornado para Devonshire e a senhorita não puder mais me obrigar a dançar sempre que quiser? – perguntou ele em voz baixa.

– Suponho que terei que encontrar outros meios – disse ela ironicamente. – Ou então terei que aprender a controlar minha língua um pouco melhor.

– Ah, refere-se ao seu gesto de desprezo ao repreensível Arden? – Ele a olhou de soslaio. – A senhorita lhe deu uma boa resposta?

Seus lábios se contraíram.

– A melhor de todas – admitiu ela. – Mas causou muito alvoroço. Por um momento, temi que pudéssemos estar completamente destruídas.

Ele deu de ombros – um gesto tão informal que não combinava com o salão de baile, um gesto que ela nunca o vira fazer antes. Kitty teve uma visão súbita de como ele devia parecer passeando a cavalo pelas terras de Devonshire. Estaria bem mais à vontade por lá, com toda a certeza, embora não menos impressionante.

– É um bando de gente sem princípios e cheia de caprichos quando se trata de títulos e riqueza – disse ele, num leve tom de condenação, antes de acrescentar: – *Eu* não gostaria de dançar com ele.

Radcliffe dissera isso como se fosse motivo suficiente para uma recusa. A simplicidade daquelas palavras ajudou a apaziguar um pouco da ansiedade que Kitty sentia.

– Sim, exatamente – concordou ela, um pouco surpresa por encontrá-los tão alinhados.

Ele a deixou com um sorriso, e Kitty subiu na carruagem atrás da irmã. Enquanto voltavam para casa, ela tentou explicar toda a situação a tia Dorothy, mas se magoou ao descobrir que a tia também não compreendia.

– Mas todas as mulheres têm que dançar com alguém de que não gostam pelo menos uma vez, não é? – perguntou tia Dorothy, um pouco perplexa por toda a confusão.

– Isso não quer dizer que esteja certo – murmurou Kitty, obstinada.

– Talvez eu devesse ter apenas dançado com ele – sussurrou Cecily, no canto. – Talvez não fosse tão ruim.

Kitty pegou a mão da irmã na escuridão e a apertou, dizendo apenas:

– Não.

Capítulo 22

Lorde Radcliffe chegou à Grosvenor Square ao anoitecer. Era o aniversário de Archie, e a família se reunira para comemorar a ocasião com um jantar. Quando Radcliffe entrou, já era possível ouvir o eco de vozes vindas da sala de jantar, e ele sorriu diante de tamanha balbúrdia. Os De Lacys adoravam comemorar aniversários – Lady Radcliffe achava que era importantíssimo registrar aqueles momentos de forma adequada –, mas Radcliffe não estivera em Londres para comemorar o aniversário de Archie nos últimos dois anos. Ainda parecia estranho para James não encontrar o pai junto aos outros na sala de jantar.

Radcliffe permaneceu no corredor um pouco mais do que o necessário, arrebatado por aquele estranho sentimento. Ninguém se acostuma com isso, pensou ele, ironicamente. Ele havia passado mil vezes por aquela porta – cem mil vezes, talvez – sabendo que seus pais estariam lá dentro. E agora deveria simplesmente aceitar que isso não era mais verdade? Parecia impossível. É claro que se o pai estivesse vivo, sem dúvida já estaria repreendendo Radcliffe por algum motivo, lembrando-o de uma tarefa que deveria ou não deveria ter sido feita, recriminando-o por algum delito que ele não deveria ter cometido, mas cometera. Ou *ainda* cometeria? Radcliffe achou que não dava para ter certeza. O pai tinha ficado furioso quando o primogênito se recusara a voltar para a Inglaterra depois que a guerra recomeçou – mais furioso do que quando havia despachado o filho para longe, pelo crime duvidoso de levar uma vida frívola. Radcliffe esperara que ele amolecesse. O que para seu pai tinha sido outra falta grave cometida contra as obrigações familiares tinha sido para Radcliffe a única atitude honrosa a tomar, e ele achava que o pai acabaria concordando com ele. Mas os dois nunca tiveram a oportunidade de conversar depois de Waterloo. O pai morreu antes que Radcliffe voltasse para casa. Por isso Radcliffe nunca saberia se lutar em uma guerra o redimira aos olhos do pai, finalmente provando que ele era um filho digno.

– Milorde? – A voz de Pattson interrompeu seu devaneio, e Radcliffe voltou ao presente com um sobressalto.

O rumo de seus pensamentos devia estar claro em seu rosto, porque a expressão fria de profissionalismo de Pattson se suavizou um pouco. Era uma mudança que muitos não registrariam, mas Radcliffe conhecia Pattson havia muito tempo, e tão bem como se fosse um membro da família.

– Estão todos na sala de jantar – disse Pattson baixinho, observando-o com olhos bondosos e sábios.

– Sim, claro, irei agora mesmo para lá.

Ao passar, Pattson apertou seu ombro brevemente, em uma violação muito rara do decoro, algo que ele não costumava se permitir. Radcliffe pousou a mão sobre a dele, sem erguer os olhos, e os dois ficaram parados em silêncio por um momento antes que ele seguisse em frente sem dizer uma palavra.

– Feliz aniversário, Archie!

Radcliffe segurou o braço de seu irmão com carinho. Archie apertou sua mão, dando um sorriso fraco. Parecia um tanto pálido, pensou Radcliffe.

– Você está bem? – perguntou baixinho, sem se conter.

– Sim, sim – disse Archie, com um sorriso descorado que rapidamente sumiu de seu rosto. Houve uma pausa, e então ele continuou, de forma abrupta: – Você estava certo sobre a Srta. Talbot, sabe?

– Ah. – Radcliffe sentiu uma pontada de culpa.

Ele havia esquecido que Archie poderia estar sofrendo por causa da história da Srta. Talbot. Pelo menos não era nada sério que o estava incomodando, pensou James com alívio.

– Sim, ela se esqueceu de mim – disse Archie com uma amargura incomum. – Está dando atenção a todos, menos a mim, ao que parece. Graças a Deus por Selbourne, ele está…

– Você tem certeza de que não quer uma festa, Archie? – interrompeu lady Radcliffe, gesticulando com impaciência para que os filhos tomassem seus lugares. – Não é tarde demais, sabe? Afinal, a maioridade é um momento importante. Todos nós queremos comemorar!

– Eu não quero – disse lady Amelia com amargura. – Por que devo comemorar o fato de Archie estar recebendo sua herança?

– Não, mamãe – disse Archie com firmeza, ignorando a irmã. – Estou muito cansado de… Quero dizer, estou muito cansado. Esta está sendo uma temporada… muito movimentada.

Radcliffe o olhou com um pouco de desconfiança. Isso não parecia característico de Archie, que tinha um histórico de sempre adorar aniversários, a temporada ou qualquer desculpa para uma comemoração. Mas talvez isso não fosse mais verdade. Radcliffe deu de ombros, e não demorou muito para que o costumeiro rebuliço da família se sobrepusesse às suas preocupações. Quando o jantar foi servido, Archie pareceu recuperar a cor, e soava mais como ele mesmo. Radcliffe ficou feliz.

Quando chegou o segundo prato, lady Radcliffe e Amelia discutiam se Amelia teria permissão para comparecer a seu primeiro baile nessa temporada, tema recorrente entre as duas.

– No próximo ano – insistiu lady Radcliffe. – Você ainda é muito jovem.

– Todas as minhas amigas vão comparecer a pelo menos um baile nessa temporada – queixou-se Amelia ruidosamente. – Elas não estão fazendo suas apresentações à sociedade, apenas experimentando. Serei considerada *muito* inexperiente se eu for a única que ainda não foi a um baile. Unzinho com certeza não faria mal, não é? Afinal de contas, sou apenas um ano mais nova que Cecily, e ela já participou de um monte.

Lady Radcliffe parecia dividida. Não achava o pedido uma má ideia, mas não conseguia deixar de ficar assustada com a perspectiva de ter todos os filhos participando da vida social ao mesmo tempo – e, sem dúvida, aprontando das suas. Ela hesitava, sem conseguir tomar uma decisão. A vida parecia estar cheia de decisões importantes naquele ano, e, desde a morte de seu marido, ela não tinha com quem conversar sobre elas. Exceto que, agora, Radcliffe se encontrava bem ali. Ela se voltou para o filho mais velho, cheia de esperanças.

– James, o que você acha?

Radcliffe parou enquanto levava um talo de aspargo até a boca.

– O que eu acho… de quê? – perguntou ele, cauteloso.

– Devo ou não devo permitir que Amelia vá a um baile nessa temporada? Talvez não fizesse mal algum… Mas então qual seria o problema de esperar?

Ela o observava com grande expectativa. Do outro lado da mesa, Amelia o fitava, implorando com o olhar. Ele encarou uma, depois a outra.

– Gostaria de saber sua opinião, James – insistiu lady Radcliffe enquanto ele permanecia em silêncio.

Radcliffe sentiu que começava a suar. Não sabia bem qual era a sua opinião e não se sentia minimamente qualificado a opinar, mesmo se soubesse. Seria uma má ideia? Amelia tinha apenas 17 anos, ainda parecia muito jovem. No entanto, teria sido esse tipo de opinião bem rigorosa que o pai teria dado? Uma opinião rigorosa seria o melhor? O nó de sua gravata começou a parecer terrivelmente apertado.

– A decisão é sua, mamãe – disse ele por fim, puxando o colarinho. – Presumo que eu mesmo não seria capaz de tomar uma decisão melhor.

Lady Radcliffe pareceu um pouco abatida ao receber a responsabilidade de volta com tanta facilidade.

– Vou pensar no assunto, Amelia – disse ela para a filha.

Radcliffe sabia que havia fracassado naquele teste. Mas por que diabos a mãe desejaria sua ajuda para tais questões, quando ele tinha apenas dez anos a mais que Amelia? O fato de ter recebido o título não significava que tinha mais experiência ou sabedoria do que nos tempos em que seu pai estava vivo. O falecido lorde Radcliffe teria uma opinião, é claro, e eles a ouviriam soar com a mesma clareza que os sinos da igreja de St. Paul, pensou James com amargura. Ele teria se importado com o que era apropriado ou não, com o que as outras famílias estavam fazendo e o que pensavam. Ao passo que Radcliffe não conseguia ter a mínima noção do que pensar nem de como agir, embora estivesse claro que isso seria exigido dele cada vez mais enquanto permanecesse em Londres. Não pela primeira vez, o desejo de partir, de escapar, competia com o desejo de permanecer. A vida era mais simples em Radcliffe Hall, onde ele estava livre das pressões familiares. Porém... a temporada de Londres nunca o cativara tanto. Uma das responsáveis, ele admitia, era a Srta. Talbot, e a dimensão de imprevisibilidade que ela trazia. Agora que ele havia começado a temporada, desejava ver como tudo terminaria, como ela terminaria.

O resto da noite foi agradável, com a troca de presentes e votos de felicidade. A comida estava divina como sempre, e a comemoração foi encerrada com um bolo enorme, devorado por Archie com muita disposição. Radcliffe sorriu e deu gargalhadas, mas não conseguia deixar de ruminar as perguntas da mãe – aquela que ela realmente fizera e a outra, que ficara nas entrelinhas –, embora não estivesse mais próximo de chegar a uma resposta para nenhuma das duas quando chegou a hora de partir. Ele e Archie se dirigiram juntos à porta. Archie voltou a lhe agradecer pelo presente.

– Você vai me procurar se tiver necessidade, não vai, Archie? – perguntou Radcliffe de forma abrupta quando Archie estava prestes a subir a escada. O irmão pareceu desconcertado, e Radcliffe sacudiu o chapéu nas mãos, sem jeito. – Talvez não precise, é claro, mas... se precisar. Sei que não temos passado muito tempo jutos nos últimos anos. Talvez pudéssemos sair a cavalo em breve, voltar a Wimbledon... Ou podemos ir mais longe, se você quiser.

Archie assentiu, com o maxilar cerrado.

– Eu gostaria disso – disse ele, enfim. – Eu gostaria muito.

Ele fitou o irmão por alguns segundos, e Radcliffe retribuiu o olhar, um pouco balançado pelo estranho peso emocional daquele momento.

– James... – começou Archie, dando um passo à frente.

Mas, antes que pudesse dizer qualquer coisa, Amelia apareceu no saguão, interrompendo-os.

– Ainda está por aqui? – perguntou ela ao irmão mais velho, num tom rude.

– Já estava de partida, criatura sem consciência – disse ele, imperiosamente.

Mas o momento entre ele e Archie havia passado. Passara tão depressa que Radcliffe chegou a perguntar a si mesmo se não teria imaginado a vulnerabilidade no rosto de Archie, que agora parecia bem natural. Radcliffe se recriminou um pouco por ter criado um momento tão sério no que deveria ser um dia despreocupado. Esse tipo de interferência desajeitada era exatamente o motivo pelo qual era melhor deixar essas coisas para sua mãe, pensou James.

Capítulo 23

Uma mulher de menos fibra teria considerado o calendário social de Kitty para as semanas seguintes um pouco estressante. Mas Kitty, sempre preocupada com o prazo de que dispunha, estava determinada a preencher seus dias com quantos bailes, jantares, teatros, passeios, exposições e recitais fossem possíveis. Mesmo que fosse meio assustador olhar para sua agenda de eventos naquela manhã, nada poderia abalar seu bom humor *naquele dia*, pois ela e a família tinham sido convidadas para visitar a casa da Sra. Stanfield. Para Kitty, esse era um ótimo sinal.

– É claro que se ele quiser se casar comigo, isso não me obriga a aceitar na hora – disse ela, alegre, para Cecily enquanto caminhavam, com Sally logo atrás. – É óbvio que teria que ser a melhor proposta.

Cecily apenas murmurou em resposta. A tia não as acompanhava por causa de uma dor de cabeça. Tia Dorothy andava tendo muitas dessas dores ultimamente, embora os motivos estivessem longe de ser misteriosos, dada a farta quantidade de champanhe que ela consumia todas as noites.

Quando chegaram, encontraram vários convidados já distribuídos pelo grandioso salão. Kitty, porém, sentiu-se grata por receber atenções constantes da Sra. Stanfield assim que entrou pela porta. Era um bom sinal, com toda a certeza, e Kitty conteve um sorriso satisfeito. Do outro lado da sala, o Sr. Stanfield piscou para ela. Enquanto conversava com a dama, cuja postura era calorosa e acolhedora, Kitty não podia deixar de imaginar uma vida em que pudesse ter as duas coisas: a felicidade para si mesma e uma fortuna para as irmãs. Seria... maravilhoso. E Kitty mal podia acreditar em como isso estava próximo de realmente acontecer.

É fato que tudo ia bem até que a conversa da Sra. Stanfield começou a seguir um caminho bem conhecido. Primeiro, ela fez perguntas sobre a família de Kitty – de onde eles vinham, a localização de sua residência –, mas, embora a postura da Sra. Stanfield permanecesse animada, o sorriso de Kitty perdeu um pouco de seu brilho.

– O ar! – exclamou a Sra. Stanfield, animada, referindo-se a Dorsetshire. – As *colinas*. Simplesmente lindo!

Tecer comentários sobre o ar e as colinas parecia seguro, pensou Kitty, pois a maioria dos condados possuía os dois.

– Precisa me dizer onde fica a casa de sua família, minha querida. Posso até já ter estado por lá... Sei que é perto da propriedade da família de lorde Radcliffe, não é? – A Sra. Stanfield fez a pergunta com um tom de suprema e falsa casualidade.

Ela desejava descobrir a situação financeira das Talbots, como se isso importasse, quando sua família já era tão rica. Mesmo assim, tinha insistido na pergunta.

– Nosso chalé não fica muito longe de Devonshire – respondeu Kitty, devagar. – Um dia de cavalgada, no máximo.

– Chalé? – repetiu a Sra. Stanfield, servindo-se de um pedaço de bolo, mas mantendo o olhar no rosto de Kitty, depois da pergunta bem clara.

Mentir era tentador. Muito tentador.

– Um chalé – repetiu Kitty com firmeza –, onde moro com quatro irmãs.

– Quatro! *Que maravilha!* – exclamou a Sra. Stanfield com entusiasmo excessivo. – Simplesmente adorável. Um chalé... Que *bênção*, de fato. Preciso dar atenção a meus outros convidados, querida, mas espero que experimente o bolo de maçã. Está delicioso.

Ela se afastou antes que Kitty pudesse pronunciar outra palavra. Kitty a observava, sem saber exatamente o que acontecera. Viu a Sra. Stanfield movimentando-se pelos grupos de convidados e passando pelo filho por um breve momento. Os dois não conversaram, mas a Sra. Stanfield devia ter feito algum tipo de gesto para o filho – talvez um olhar cheio de significado, um movimento mínimo das mãos –, pois o Sr. Stanfield olhou imediatamente na direção de Kitty e sorriu para ela. Não foi aquele sorriso brincalhão e malicioso que Kitty costumava pensar que era só para ela. Dessa vez, parecia um pedido de desculpas. Ela sabia que o jovem não voltaria a visitá-la. Kitty respirou fundo, tentando controlar o impacto do golpe que sentira no fundo do estômago, e voltou a se ocupar com as sutilezas sociais. Quando ela e Cecily se despediram, o Sr. Stanfield estava entretido numa conversa com a Srta. Fleming, e os dois pareciam estar se divertindo.

O maravilhoso clima de primavera que vinham desfrutando havia algumas semanas mudou completamente naquela noite. Nuvens baixas cobriram o horizonte, extinguindo toda a luz e lançando uma neblina cinzenta sobre a cidade. Esse clima descrevia com perfeição como Kitty se sentia. Ela colocou os diamantes falsos de tia Dorothy, preparando-se para outro evento e ignorando, resoluta, a dor intensa que se acomodara em seu peito desde que voltara da casa dos Stanfields. Não podia ceder ao desânimo agora, não quando a única culpada por esse estado de espírito era ela mesma. Tinha sido uma tolice manter qualquer tipo de pretensão romântica, e ali estava a prova do que sempre temera. Só lhe restava seguir em frente. Havia muito a ser feito. Kitty ainda não tinha nenhuma proposta de casamento, e não podia ficar feliz com uma situação em que suas principais esperanças estavam depositadas no Sr. Pemberton.

Ainda ruminava sobre tudo isso no baile daquela noite, na extremidade da pista de dança, quando Radcliffe apareceu a seu lado. Ele lhe ofereceu uma taça de champanhe, que ela aceitou com um discreto agradecimento, disparando:

– Esta noite não estou com disposição para discutir.

O inocente arquear da sobrancelha de Radcliffe comunicava sua descrença e até mesmo mágoa por ela suspeitar que ele guardaria tais intenções. Mas, ao notar a expressão de Kitty, ele pareceu se compadecer.

– Pode deixar – disse ele, também se virando para olhar o mar de dançarinos, acompanhando com os olhos os volteios. – Como vai a caçada?

Kitty prestou atenção ao tom de voz dele e, sem encontrar indícios de zombaria, decidiu responder com sinceridade.

– Imagino que será fácil concluir minha tarefa. O Sr. Pemberton é rico o bastante para satisfazer nossas necessidades.

– Não está mais considerando o Sr. Stanfield entre os pretendentes principais? Imaginei que fosse o seu favorito.

Ela examinou o leque, procurando defeitos. Aquilo era um rasgão na renda?

– Ele era – sussurrou ela. – Mas temo que esteja dedicado a buscar uma esposa rica.

– Ah – disse ele, num tom sério. – Creio que não é nenhuma surpresa. Os Stanfields são ricos esbanjadores... Suas despesas são tantas que eles dependem da entrada de novas fortunas a cada aliança que fazem.

– Não importa – disse ela com um pouco de amargura. – Pemberton tem dinheiro suficiente para sustentar minha família e permitir que fiquemos com nossa casa... embora eu precise de outra opção, por segurança.

James refletiu por um momento.

– Admito que considero surpreendente essa sua determinação de conservar a residência da família.

– Como assim? – perguntou ela, decidida a aguardar a resposta dele antes de se sentir ofendida.

– Bem, é óbvio que a senhorita se sente bem à vontade aqui, na cidade. Por que não ficar em Londres?

– Meu Deus, lorde Radcliffe – disse ela maliciosamente –, e eu pensando que o senhor mal podia esperar para se livrar de mim.

Ele ignorou suas palavras.

– Por que não se desfaz de Netley? Poderia criar um lar em outro lugar.

– É verdade, gostei de Londres bem mais do que eu imaginava – admitiu Kitty. – É um lugar bastante divertido, mas Netley tem sido um lar para mim e para minha família durante toda a nossa vida. Não tenho pressa em abrir mão de nossa casa. Além do mais, sua venda não cobriria toda a extensão de nossas necessidades.

– Então é um motivo sentimental – disse ele, dando um ligeiro sorriso. – E eu pensando que a senhorita estivesse acima de tais emoções...

Ela corou, mas ergueu o queixo.

– E se for? Perdemos muito, milorde. O senhor venderia Radcliffe Hall em caso de grande necessidade?

– *Touché* – declarou ele. – Não venderia, é verdade, por mais tentador que pudesse parecer. Mas Radcliffe Hall está na minha família há gerações. Faz parte de quem eu sou.

Kitty deu de ombros.

– Então não somos tão diferentes assim.

– Talvez não – disse ele, devagar.

– Isso o surpreende muito, milorde? – perguntou ela com um brilho perverso no olhar, que revelava que ficaria bem satisfeita caso ele se surpreendesse.

– Esta conversa é surpreendente. Não estou acostumado a discutir propriedades com mulheres.

Kitty zombou.

– O senhor está tão acostumado com mulheres que não possuem propriedades que imagina que elas não tenham gosto por isso, não é?

James inclinou a cabeça em reconhecimento.

– Mas, quando se casar, dificilmente a senhorita continuará a viver em Netley.

– E por que acha isso?

– Não consigo imaginar o Sr. Pemberton desistindo da casa da família para residir na sua.

– Talvez não. Mas uma de minhas irmãs pode querer morar no chalé quando atingir a maioridade. Uma casa é algo caro, lorde Radcliffe, e eu gostaria que minhas irmãs não fossem obrigadas a se casar para ter uma. – Ela deixou a frase pairar por um momento antes de suavizar a voz e dizer, cheia de atrevimento: – Além disso, quem disse que eu não conseguiria convencer Pemberton a morar lá, se eu quisesse?

Ele bufou. Toda a sua simpatia se foi depois desse novo lembrete da natureza manipuladora da jovem.

– Tenho certeza de que a senhorita é mais do que capaz. Afinal, que importância terá a vontade do seu marido? Ele poderá muito bem ser uma bolsa em tamanho natural, com toda a liberdade que a senhorita permitirá a ele.

Kitty estreitou os olhos, irritada com aquele tom.

– E onde imagina a *sua* futura esposa morando, milorde? Numa casa que pertença a ela... ou em Radcliffe Hall?

James franziu o cenho.

– Não é a mesma coisa, e a senhorita sabe disso. Se eu me casar, não haverá manipulação.

Kitty murmurou, evasiva.

– Não é a mesma coisa – repetiu ele.

– Ah, não há necessidade de ficar na defensiva, milorde – disse Kitty com altivez. – Afinal, isso não o torna uma pessoa má... apenas hipócrita.

Kitty pousou a taça em uma bandeja que passava, fez uma reverência de despedida e o deixou. Já havia se demorado o suficiente. Não olhou para trás. Se tivesse olhado, teria visto que lorde Radcliffe ainda a fitava com uma expressão indecifrável.

Kitty caminhou pelo salão com um olhar de águia, à procura de novos cavalheiros. No entanto, quem capturou sua atenção não foi um possível pretendente, mas uma jovem, sozinha e com um ar um pouco perdido. Talvez tenha sido pela conversa com Radcliffe sobre as irmãs, mas havia algo naquela jovem que fez Kitty se lembrar de Beatrice de repente – talvez a testa um tanto reluzente –, com uma pontada dolorosa de saudade. Depois de notar tal semelhança, ela não conseguiu deixar de se aproximar.

– Creio que não tenhamos sido apresentadas – disse Kitty com suavidade, ao se aproximar o suficiente para ser ouvida apesar da música.

A garota ergueu os olhos, assustada.

– Eu sou a Srta. Talbot.

As duas prestaram as devidas reverências.

– Eu sou a Srta. Bloom – disse a garota numa voz estridente. – Prazer em conhecê-la.

A jovem voltou a ficar em silêncio, olhando ansiosamente para o outro lado do salão. Kitty seguiu seu olhar até um jovem cavalheiro rígido que observava os dançarinos. Era muito ossudo – com cotovelos, ombros e joelhos um tanto proeminentes, apesar da elegância de seu colete escuro e de sua calça – e completamente desconhecido para Kitty.

– A senhorita conhece aquele rapaz, Srta. Bloom? – perguntou Kitty.

A jovem corou. Ah...

– Não mais, embora nos conhecêssemos bem no passado – disse a Srta. Bloom com hesitação. – Mas gostaria de conhecê-lo melhor agora, se fosse possível.

– Por que não seria possível? – perguntou Kitty, confusa. – Os dois estão aqui, não é?

A jovem balançou a cabeça com tristeza, como se o problema fosse grande demais para ser discutido em voz alta.

– Os dois estão aqui – repetiu Kitty, um tanto brusca. – O rapaz não é rico o suficiente para você?

A jovem pareceu um pouco chocada.

– N-não é isso – gaguejou ela. – Acredito que o Sr. Crawton seja muito rico. Dizem que tem uma renda de sete mil libras por ano, pelo menos.

– Então qual é o problema? – perguntou Kitty, com impaciência.

– Meus pais estão determinados a me casar com um homem que possua um título – explicou ela em voz baixa. – Por isso mamãe não vai me apresentar ao Sr. Crawton. Diz que eu posso me apaixonar por um homem com título ou por um sem título com a mesma facilidade. – Ela encarou Kitty com tristeza. – Nós nos conhecíamos quando éramos crianças. Ele era tão gentil. Compartilhamos muitos interesses em comum. Somos tímidos, mas, quando estávamos juntos, isso não parecia fazer diferença. Gostaria que ele reparasse em mim.

– Pelo visto, não a ponto de fazer com que as coisas aconteçam – comentou Kitty, ácida. – Como ele vai reparar em você se está num canto do salão conversando comigo?

– O que mais eu deveria fazer? – perguntou a Srta. Bloom, indignada. – Simplesmente ir até ele e começar a conversar?

– Seria tão ruim assim?

– Seria! Não é assim que as coisas funcionam... O que eu poderia dizer? Eu iria parecer muito oferecida – disse ela, infeliz, torcendo as mãos.

– Ora, pense numa desculpa – disse Kitty, zangada. – Será que ele sabe onde é a mesa das bebidas? Será que ele viu sua mãe, pois você a perdeu de vista? Deixe seu leque cair e peça ajuda para encontrá-lo. Minha querida, existem milhares de opções. Basta escolher uma!

A Srta. Bloom lhe lançou um olhar de alarme.

– Não posso – disse ela, com a voz fraca.

Kitty suspirou. A Srta. Bloom realmente não seria capaz de superar um obstáculo tão simples quanto a extensão daquele salão? No entanto, sete mil libras por ano representavam uma fortuna muito tentadora. Olhou para a Srta. Bloom por mais um momento. Deveria insistir até convencê-la a cuidar do futuro com as próprias mãos? Deveria se esforçar mais para que ela não deixasse escapar essa oportunidade? Parecia um tanto brutal, até mesmo para Kitty, tomar o Sr. Crawton para si depois de ouvir as confidências da jovem.

Mas elas viviam num mundo brutal, e fechar os olhos não ajudaria ninguém. Kitty se voltou para o salão com um farfalhar decisivo de sua saia, olhando para trás para se despedir da Srta. Bloom. Estava na hora de deixar um leque cair no chão.

Chalé Netley, quarta-feira, 22 de abril.

Querida Kitty,

Lemos sua última carta pelo menos três vezes esta semana, e ela nos deu grande ânimo. Harriet não anda se sentindo bem e não está nem um pouco satisfeita com meus esforços para reconfortá-la. Ao que parece, não sou uma enfermeira tão talentosa quanto você.

Suas histórias cintilantes sobre Londres nos alegraram. Talvez já pareça um lugar comum para você, mas, para nós, é como se você tivesse viajado para outro mundo. É como se você vivesse cercada por admiradores, e tenho certeza de que logo conseguirá um pedido de casamento. Espero, no entanto, que entre seus pretendentes você possa encontrar alguém que tenha tanto caráter quanto dinheiro.

Esta talvez seja nossa última carta. Os reparos no telhado já começaram, conforme suas instruções, mas temo que o dinheiro enviado não vá cobrir todas as despesas. Temos o suficiente para nos manter, mas não teremos mais condições de pagar o custo da entrega de uma carta. Não se preocupe, vamos ficar perfeitamente bem!

Estamos enviando todo o nosso amor a você e a Cecily. Ficamos muito encantadas com o poema que Cecily incluiu em sua última carta – embora, infelizmente, nenhuma de nós tenha entendido bem o seu significado.

Até que possamos nos falar de novo, continuarei sendo sua amada irmã,
Beatrice

Capítulo 24

O noivado do Sr. Stanfield e da Srta. Fleming foi anunciado na semana seguinte. E estava tudo bem, absolutamente bem, porque nada mudaria para Kitty, não importava o que o Sr. Stanfield fizesse. Ainda tinha Pemberton como pretendente - ele se tornara seu par quase constante nos últimos tempos -, além do Sr. Crawton, que Kitty vinha perseguindo com insistência e sucesso desde o primeiro encontro. Na verdade, o episódio do Sr. Stanfield tinha servido apenas para ensinar-lhe algo útil. Ela aprendera que a renda anual de um homem não era a estatística confiável que ela sempre imaginara. O risco de quase ter se comprometido com o Sr. Stanfield ignorando sua dificuldade financeira, apesar da renda de seis mil por ano, causou-lhe considerável inquietação, e ela aprendera uma lição valiosa. Precisava ter certeza da real situação financeira de cada pretendente, *além* da sua renda. A questão era que este tema não era muito abordado em uma conversa romântica: não era possível simplesmente *perguntar* sobre o assunto. Então como conseguiria investigar as finanças do Sr. Pemberton - e do Sr. Crawton -, para averiguar se poderia apostar em algum desses cavalos? A solução parecia ser inevitável demais para ser ignorada. Kitty olhou para o relógio de pedestal no canto da parede. Faltavam quinze minutos para as nove da manhã. Devia esperar um pouco mais... mas Kitty descobriu que não queria esperar. Quando chegasse, já passaria das nove e meia, pelo menos.

- Como o senhor sabe... - disse Kitty, conversando com Radcliffe em seu tom mais apaziguador, pois, ao chegar a St. James's Place, ela o encontrara de péssimo humor, antes de ser interrompida pela entrada de Beaverton com uma bandeja.

Ele serviu café quente para os dois, com o rosto congelado numa expressão de compaixão silenciosa, bem adequada para um funeral. Radcliffe aceitou a xícara como se fosse um homem esfomeado e encarou a Srta. Talbot por trás da fumaça com um olhar de desconfiança. Ela voltou a falar.

– Como o senhor sabe, estou prestes a escolher entre meus pretendentes.

– Ah, por favor, aceite os meus parabéns – disse Radcliffe, com sarcasmo.

– Mas me ocorreu que seria uma tolice me comprometer quando tudo o que tenho como prova de suas fortunas são declarações de outros membros da aristocracia.

James olhou para ela.

– E isso não basta?

– De modo algum. E se por acaso ele tiver uma dívida significativa apesar da renda?

Radcliffe tossiu de leve, e Kitty entendeu que fora com o objetivo de chamar atenção para a ironia dessa objeção.

– Sim, tenho consciência de que tenho muitas dívidas – replicou ela, contrariada. – Mas não adianta nada se nenhum de nós dois for rico. Preciso de provas antes de ir adiante com um dos meus pretendentes. Há muitas coisas em jogo.

– Provas? – Ele olhou o relógio com um ar de desespero. – E onde exatamente eu entraria nessa história?

– Eu estava esperando que o senhor pudesse descobrir. Precisa entender que tais investigações seriam impossíveis para mim.

Radcliffe parecia horrorizado.

– Eu entendo. Porém, não vejo por que *eu* deveria fazer tal coisa, ou por que a senhorita acha que será mais fácil para mim.

– O senhor tem muito mais contatos do que eu! – respondeu Kitty, de imediato. – Afinal de contas, descobriu meu segredo com muita facilidade. Seria tão difícil assim fazer algumas perguntas às pessoas certas? Como o senhor agiria se fosse Amelia quem estivesse lhe pedindo?

– Eu diria a Amelia que ela sabe que não deve me incomodar antes das 12 horas num sábado – resmungou ele.

– Não está falando sério, lorde Radcliffe.

– Ah, acredite em mim, Srta. Talbot, estou falando muito sério.

– Não há nada que eu poderia lhe dar em troca para fazer com que valesse a pena? – insistiu ela. – Se não fará esse gesto por caridade, então o que o senhor quer? Sabe que tenho pouco dinheiro, mas não sou totalmente desprovida de valor.

Radcliffe fechou os olhos e respirou fundo de um modo bem audível. Por um instante, a teatralidade de seu sofrimento lembrou-a de lady Radcliffe, e Kitty teve de se esforçar para manter uma expressão neutra.

– Talvez eu possa curar a próxima doença de sua mãe – sugeriu ela.

Ele fechou a cara.

– A senhorita sabe muito bem que minha mãe vai permanecer em ótimo estado de saúde até o último baile da temporada.

Ela abriu a boca para fazer outra sugestão.

– Muito bem. – Radcliffe interrompeu-a antes que ela pudesse dizer qualquer coisa. – Muito bem! Vou investigar. Em troca, a senhorita fica me devendo um favor.

– Um favor? – Kitty o olhou com desconfiança. – Que tipo de favor?

– Será um "favor da minha própria escolha, na ocasião em que eu decidir" – citou ele, começando a se divertir.

Kitty abriu a boca para discutir.

– Por favor. – Ele ergueu a mão, implorando que parasse. – Vamos ficar por aqui. Pensarei em algo quando estiver um pouco menos cansado, prometo.

– Muito bem – concordou ela com relutância. – Mas não pode me pedir que saia da cidade antes que eu arranje um casamento.

– Não vou pedir – prometeu ele com a voz fraca.

– Também não pode ser nada que afete minha posição na sociedade de algum modo.

– Tudo bem.

Outra pausa.

– Talvez fosse mais fácil se simplesmente decidíssemos agora qual seria esse favor.

– Não.

– Então temos um acordo – disse Kitty depressa. – Quando posso esperar que consiga essas informações para mim?

– Por favor, vá embora – disse James, se queixando. – A senhorita é exaustiva demais. Quanto antes partir, mais depressa eu conseguirei.

– Maravilhoso!

Kitty abriu um sorriso angelical. Ela se levantou para partir, mas hesitou, lembrando-se de sua outra tarefa. Então tirou um envelope do bolso.

– Eu gostaria de saber – disse ela, insegura – se poderia pedir mais uma coisa ao senhor... Gostaria de escrever para minhas irmãs, mas é tão caro receber a correspondência e... bem, todas as moedas do nosso orçamento já têm um destino. Eu poderia pedir ao senhor que franqueasse uma carta para mim?

O rosto dela estava em chamas – esse pedido, embora muito menos audacioso do que o anterior, parecia bem mais difícil de ser feito. Os membros da nobreza tinham o direito de enviar cartas sem pagar tarifas, ao simplesmente assinar o envelope, embora Kitty imaginasse que apenas a família de Radcliffe e seus amigos mais próximos teriam coragem de pedir isso a ele. Ela se preparou para ouvir uma negativa. Mas não deveria ter se preocupado. Sem dizer nada, Radcliffe sustentou seu olhar e estendeu a mão – não estava usando luvas –, e Kitty depositou a carta, sentindo-se grata. Enquanto os dedos dele se fechavam sobre as pontas cuidadosamente, ela sentiu o roçar de seu toque em sua mão enluvada.

– Vou enviar hoje mesmo – prometeu James.

E Kitty acreditou.

Archie hesitava nas imediações de St. James's Place. Mesmo naquele momento, não sabia ao certo se aquilo seria totalmente necessário. Afinal de contas, não era como se Selbourne tivesse se comportado mal em relação a ele – muito pelo contrário! No começo da amizade, Archie tinha levado em conta o alerta de Gerry. Ele chamara Selbourne – Selby, como este fazia questão de ser chamado – de salafrário da pior espécie. No entanto, como Selby garantira a Archie com toda a convicção que *não era* um salafrário da pior espécie, Archie tendia a acreditar nele. E, até agora, ele não poderia ter sido mais gentil, convidando-o para festas e casas de apostas e conduzindo-o pelas noites mais empolgantes e decadentes que Archie já havia experimentado.

O problema... O problema era que Archie começara a ponderar se aquela vida mundana era mesmo para ele. Andava cansado, sentindo-se mal tanto física quanto mentalmente. E, até seu aniversário, ele não tinha nenhum tostão, pois gastara toda a sua mesada do trimestre na companhia de Selby. Só podia agradecer por passar a ter livre acesso à sua herança.

No meio de todas essas incertezas, Archie acreditava que o irmão saberia o que fazer. Mais uma vez resoluto, Archie deu um corajoso passo à frente, com os olhos fixos na porta do número 7. A porta se abriu, e o rapaz se apressou. Não era do feitio de Radcliffe estar acordado e sair tão cedo, mas Archie não queria perder a oportunidade. Tinha que falar com o irmão naquele dia. Mas... não, a figura era inconfundivelmente feminina. Archie diminuiu a velocidade mais uma vez, erguendo as sobrancelhas. Não pôde deixar de pensar em como isso era impróprio! Um segundo depois, outra figura feminina emergiu da casa: uma criada, ao que parecia, por causa da touca. Graças a Deus. Isso tornava as coisas mais apropriadas – uma visita oficial em vez de um arranjo clandestino. A primeira mulher se virou na direção de Archie. Seu estômago se revirou quando ele percebeu que se tratava da Srta. Talbot. Era a Srta. Talbot que saía da casa de seu irmão. A mesma Srta. Talbot que ele, poucas semanas atrás, achava que seria sua esposa. Archie ficou completamente imóvel, observando enquanto ela se afastava. Então era *isso* que havia entre aqueles dois.

Não era de admirar, pensou ele, num humor sombrio muito pouco característico, que Radcliffe não quisera que ele se casasse com a jovem. Como devem ter rido juntos, seu irmão e a Srta. Talbot. Riram do jovem bobo e apaixonado, que não fazia ideia de como era tolo. Archie se virou, afastando-se devagar de St. James's Place. A vida no círculo social de Selbourne podia ser estranha, podia fazer com que ele se sentisse cada vez mais distante de si mesmo, mas nunca o fizera se sentir daquela forma.

Capítulo 25

Com a chegada de maio, o primeiro gostinho do verão tornou-se bastante palpável. Embora a mudança não fosse tão dramática quanto seria no chalé Netley – onde os campos e bosques ao redor explodiam de repente, cheios de vida, como se alguém tivesse acendido um fósforo num quarto escuro –, a proximidade da mudança de estação não passava despercebida na cidade. As flores já se exibiam, com o desabrochar dos pequenos botões. E ainda era possível sentir o cheiro inconfundível de solo morno secando depois da chuva da noite.

A atmosfera era igual à de Biddington em maio. Os britânicos, ao que parecia – em Dorsetshire, em Londres, no Norte, Sul, Leste ou Oeste –, sempre se alegravam com o calor e com o sol, mesmo que fosse apenas pela novidade de reclamar de algo diferente. Embora a semelhança devesse ter agradado Kitty, ela começava a sentir muita saudade de casa. A 160 quilômetros de distância, Beatrice, Harriet e Jane talvez estivessem ocupadas na horta, ou caminhando até o mercado. Kitty não saberia até que recebesse outra carta, e era como se vivesse com uma dor constante.

Kitty aproveitara o tempo bom para combinar passeios tranquilos com Pemberton e Crawton, um depois do outro, esperando que a ilusão de privacidade pudesse incentivar uma declaração de amor de algum deles, embora tia Dorothy e Cecily caminhassem apenas alguns passos atrás. Mas ela ficaria decepcionada. Pemberton havia passado uma hora fazendo um relato minucioso do último sermão de seu pastor – um discurso muito desinteressante sobre os tópicos igualmente enfadonhos da paciência e da humildade – e reconstituindo também, ponto a ponto, a conversa que ele e a mãe haviam compartilhado em seguida. Kitty tinha ouvido dizer que a mãe de Pemberton era uma mulher reservada, que preferia não se misturar à sociedade a não ser para ir à igreja. Kitty tinha certeza de que a Sra. Pemberton também devia ser muito enfadonha.

Ela deixou Pemberton tagarelar enquanto sua mente planejava o piquenique que faria com as irmãs assim que ela e Cecy voltassem para casa.

– O orgulho, porém, também é importante, e eu e minha mãe concordamos – dizia Pemberton. – Ter orgulho da família e do sobrenome, sabe? É por isso que ela está tão decidida a me ver casado com uma mulher cristã, que tenha a criação certa para ajudar a lançar minha carreira política.

O termo "criação", na opinião de Kitty, deveria ser usado apenas em referência a gado, jamais a mulheres.

– Eu entendo – disse ela com doçura. – Gostaria muito de conhecê-la.

E era verdade. De que outra forma poderia demonstrar àquela mulher que ela dispunha da "criação" certa para agradá-la? Estava claro que a dama tinha grandes expectativas que deveriam ser atendidas, mesmo que de uma forma superficial. Se esse era o motivo da demora no pedido de casamento, Kitty estava convencida de que poderia impressionar a Sra. Pemberton com... ah, citações bíblicas ou algo assim.

– Talvez – ponderou Kitty, com uma virtude serena – possamos assistir a um culto juntos.

Pemberton sorriu.

– Ela gostaria muito disso, tenho certeza. Qual é a igreja que a senhorita frequenta?

Ai, droga.

– Ah, fica perto da casa da minha tia – disse Kitty de forma vaga. – Muito pequena, sabe, embora seja muito bonita.

Ela o distraiu pedindo que identificasse uma flor para ela, e o resultado foi uma palestra sobre a etimologia em latim de toda a flora e a fauna pelas quais passaram, que abrangeu o resto da caminhada. Kitty teve apenas alguns momentos de descanso antes da chegada do Sr. Crawton. Embora fosse um pretendente mais recente do que Pemberton, Kitty tinha certeza de que poderia extrair de Crawton pelo menos uma declaração. Ele parecia sempre tão surpreso quando eles conversavam, tão lisonjeado cada vez que ela aceitava uma dança.

– Mais um? – perguntou Cecily em estado de desânimo. – Agora?

– Calma, querida, Kitty está em negociações – repreendeu a tia suavemente. – Por que não me conta aquela historinha maravilhosa sobre Shakespeare? Eu gostaria de ouvir de novo.

Se o maior desafio ao lidar com Pemberton era sua tagarelice, com Crawton era a timidez. Ele caminhava ao lado de Kitty em silêncio, de olhos sempre arregalados, que o deixavam com uma expressão de quem havia acabado de provar algo com sabor muito forte. O homem estava mais do que feliz em deixar Kitty conduzir a conversa. Isso com certeza era um avanço em relação ao Sr. Pemberton, mas também não aumentava a probabilidade de Crawton reunir coragem para declarar suas intenções. Kitty suspirou.

– Precisa me falar sobre seu lar. – Kitty o instruiu, calorosamente, querendo que ele se manifestasse um pouco. – O senhor me disse que era em Bedfordshire, não é? Confesso que nunca estive por lá.

Crawton não respondeu. Kitty virou-se para ele e descobriu que sua atenção viajara para outro lugar. Estavam prestes a passar por um grupo de moças tagarelas, e o olhar do Sr. Crawton se fixara nelas. Era uma grosseria que Kitty não esperava dele... até que viu a jovem Srta. Bloom entre as moças. Ela olhava para a frente, ignorando Kitty e Crawton com todo o cuidado, mas havia um rubor intenso em suas bochechas que denunciava a Kitty que, na verdade, ela havia reparado bem neles. Crawton não conseguia tirar os olhos dela, chegando a virar a cabeça para segui-la enquanto desapareciam na distância. Kitty pigarreou, e ele teve um visível sobressalto.

– Minhas desculpas, Srta. Talbot – disse ele, apressadamente. – Minhas mais sinceras desculpas... De que estávamos falando?

– De Bedfordshire – afirmou ela com gentileza.

Uma onda de culpa começou a consumir seu peito, um sentimento totalmente inútil, é claro, mas saber disso não parecia afastá-la. Kitty lembrou que a Srta. Bloom tinha riqueza e berço, e – pelo que Kitty sabia – milhares de outros homens poderiam torná-la tão feliz quanto se a moça se casasse com o Sr. Crawton. O fato de Crawton parecer compartilhar a mesma afeição era totalmente irrelevante e não tinha o menor significado para Kitty.

Mesmo assim, o sentimento de culpa permaneceu.

– Nada a relatar – disse ela à tia e à irmã com um suspiro enquanto voltavam para casa. – Nenhum dos dois chegou a dizer que me ama.

– Você não pode se demorar muito mais, minha querida – declarou tia Dorothy. – O tempo está se esgotando.

– Eu sei disso – disse Kitty, tensa. – Não sou eu que estou demorando.

Tia Dorothy emitiu um som do fundo da garganta, sem parecer muito convencida, mas, antes que Kitty pudesse questioná-la, Cecily começou a falar.

– E você ama algum deles? – perguntou.

– Isso de novo? – indagou Kitty com irritação. – Acho que os dois são ótimos cavalheiros e donos de boas fortunas. Está satisfeita?

Cecily fez uma careta de desgosto.

– Isso não é amor de jeito nenhum – disse ela, um pouco angustiada. – Pelo menos eu não acredito que seja. O que acha, tia Dorothy? A senhora já se apaixonou alguma vez?

A tia pareceu surpresa com o rumo da conversa.

– Ah, uma vez. Embora tenha sido há muito tempo.

– O que aconteceu? – perguntou Cecily, emocionada.

– Fomos felizes por um tempo – respondeu tia Dorothy. – Aí ele se casou com uma jovem da mesma classe social, e ela naturalmente se opôs à nossa amizade. E então tudo acabou.

Os olhos de Cecily começaram a brilhar de forma ameaçadora. Mas Kitty não podia deixar de apontar, de modo infantil:

– Veja bem, Cecily, amor nem sempre é sinônimo de felicidade.

– Se eles a amassem e você não, Kitty, então você estaria negando a eles algo lindo – disse Cecily. – Eu acharia um pouco triste.

Essa declaração alimentou a culpa no peito de Kitty, tornando-a ainda mais desconfortável e deixando Kitty ainda mais irritada.

– Não, não é nada triste. Não temos tempo para ter pena deles. Sinta-se triste por nós, se precisa ficar triste por alguém. Eles são homens, além de ricos. Podem ter o futuro que quiserem, e pelo menos têm o direito de escolha. *Nós* não temos. Não podemos ter quem… *aquilo* que queremos!

Cecily pareceu chocada com tanta veemência, e até a própria Kitty ficou um pouco perturbada.

– Eu só estava *opinando* – disse Cecily.

– Vamos embora – interrompeu tia Dorothy. – Não adianta discutirmos.

Não voltaram a falar enquanto caminhavam para casa. Mesmo assim, Kitty ainda se sentia desconcertada. Ocupou-se ensaiando, em sua cabeça, argumentos e defesas para si mesma. Imaginava-se dirigindo-os a Cecily e – por algum motivo – a Radcliffe, alternadamente. Nenhum dos dois compreendia suas razões. Não precisavam se preocupar com o que aconteceria a Jane, Harriet e Beatrice. Também não precisavam pensar na facilidade com que a vida de uma moça pode se tornar sombria diante da falta de dinheiro, nem sofrer com diversos medos e visões de futuros horríveis, caso Kitty perdesse o controle por um único momento. Mas Kitty se preocupava, Kitty sempre se preocupava. E estava ocupada demais para desperdiçar seu tempo com sentimentos como culpa.

Kitty se vestiu com movimentos espasmódicos e ríspidos naquela noite. Não tinham condições de comprar mais roupas de baile. Por isso criavam a ilusão de novos trajes por meio de mudanças inteligentes, do uso generoso de penas e da troca de vestidos entre as irmãs quando a ocasião exigia. Era uma questão de economia defendida por Kitty. Mesmo assim, ela não conseguia deixar de se sentir como um ganso com a gola de babados no vestido rosa esvoaçante que tia Dorothy comprara tendo Cecily em mente (baixaram a bainha, que ganhou bordados com uma estampa de botões de rosa em seda), enquanto Cecily usava o vestido favorito de Kitty, de crepe azul (subiram a bainha, que agora resplandecia com elaborados enfeites de renda, também acrescentados nas mangas).

Quando Kitty terminou de pentear o cabelo, porém, sua agitação havia se transformado em melancolia, e ela se dirigiu ao quarto da tia. Isso se tornara uma espécie de ritual nas últimas semanas, pois Kitty tinha um sentimento indescritível de tranquilidade quando se sentava na cama da tia, observando Dorothy pintar os lábios com maestria.

– Você acha que sou uma boa pessoa? – perguntou.

– Hum. Quer que eu diga que sim?

– Só se acreditar nisso.

Pelo espelho, tia Dorothy fez uma expressão um pouco vaga.

– Muito reconfortante – ironizou Kitty.

– Ser bom é algo subjetivo, querida – disse tia Dorothy, pegando o rouge.

– Muitas pessoas me considerariam uma pessoa ruim, simplesmente por causa de minha antiga profissão. Isso importa a você?

– Claro que não! – disse Kitty, indignada. – Você não estava machucando ninguém.

– Nunca de propósito, com certeza – concordou tia Dorothy com um sorrisinho que Kitty não entendeu bem. – O mais importante é o que você pensa de si mesma, não as outras pessoas.

Houve uma pausa.

– Mas você acha... Quer dizer, o que acha que mamãe pensaria de mim? – perguntou Kitty em voz baixa.

Tia Dorothy olhou-a pelo espelho.

– O que ela pensaria sobre o que você está tentando fazer aqui em Londres?

Kitty assentiu.

– Bem, você conhece o passado de sua mãe. Ela era uma mulher muito prática – disse tia Dorothy. – Tenho certeza de que entenderia perfeitamente.

Kitty refletiu sobre essas palavras, desejando que a tranquilizassem... mas não soavam muito verdadeiras. A Sra. Talbot, com toda a certeza, tinha sido uma mulher prática e muito astuciosa. Kitty gostava de pensar que as duas compartilhavam essa qualidade. No entanto, a mãe nunca teria adotado o comportamento insensível de Kitty nos últimos tempos. Não conseguia imaginá-la agindo para prejudicar deliberadamente a felicidade de outra pessoa. Pelo contrário. A Sra. Talbot jamais deixava de ver o lado bom das pessoas e sempre se envolvia em planos mirabolantes para ajudar algum vizinho – como quando providenciara para que o pobre Sr. Swift, tão atormentado depois da guerra, conhecesse a Srta. Glover, pelo simples palpite de que os dois se entenderiam bem. Eles se casaram no último verão, embora a Sra. Talbot não tivesse vivido para ver o casamento.

– Acho que ela poderia ficar um pouco decepcionada por eu não ter sido mais gentil – disse Kitty, devagar.

Dorothy não comentou a declaração por algum tempo, sem concordar nem discordar, ponderando francamente sobre essas palavras e sobre Kitty.

– Você fez uma bagunça com seu cabelo – disse ela por fim, uma resposta que Kitty não esperava.

– Fiz?

A agitação talvez não combinasse com arranjos de cabelo elegantes.

– Venha cá – resmungou tia Dorothy.

Ela se levantou, sentando Kitty à sua frente na cadeira, e começou a desembaraçar os cachos com suavidade. Deixou que os grampos tilintassem, um a um, num prato de prata, e Kitty fechou os olhos, permitindo-se acalmar graças ao calor das mãos da tia e ao seu perfume de baunilha.

– Talvez – disse tia Dorothy com suavidade, puxando um pente devagar pelo cabelo emaranhado – nós devamos ser um pouco mais gentis. Talvez seja isso que "ser bom" significa: tentar transmitir a bondade, mesmo quando não é conveniente. Tenho certeza de que você poderia começar agora mesmo, se quisesse.

Kitty absorveu isso em silêncio, recuperando por fim um pouco da tranquilidade.

– Pronto.

As mãos de tia Dorothy estavam imóveis. Kitty abriu os olhos e viu um coque elaborado no alto da cabeça, preso por um pente com joias, e cachinhos – feitos com rolinhos de papel na noite passada – caindo com elegância nos dois lados de seu rosto. Tia Dorothy tinha tanto talento para essas coisas que era quase uma alquimia. Kitty segurou a mão pousada em seu ombro.

– Obrigada – disse ela com simplicidade, referindo-se a todo o resto.

A tia devolveu o aperto.

– Está pronta, minha querida?

Capítulo 26

Havia um sentimento palpável de urgência entre os integrantes da aristocracia naquela noite, como se todos estivessem cientes – assim como Kitty – de que o tempo estava se esgotando. Talvez ela não fosse a única a ter consciência das despesas crescentes e das baixas oportunidades no restante da temporada londrina. As danças estavam mais rápidas, bebia-se o champanhe mais depressa e os risos soavam mais altos. Uma espécie de energia frenética permeava todo o salão.

Kitty vagou pelas salas, fingindo para si mesma que estava procurando Pemberton, embora seus olhos buscassem entre as damas. Ela encontrou a Srta. Bloom sozinha como da outra vez, com um ar desamparado. Kitty soltou um profundo suspiro, ajeitou a saia e se aproximou da jovem em passos rápidos.

– Srta. Bloom! – cumprimentou-a, talvez num tom alto demais, pois a garota deu um pulo.

Minha nossa, a sensibilidade dessas jovens de Londres era realmente excessiva.

– Srta. Talbot – respondeu a Srta. Bloom, olhando para Kitty com frieza. – Veio se gabar?

Ah. Kitty supôs que a Srta. Bloom tinha o direito de ficar um pouco aborrecida, depois de ter relatado sua história de amor infeliz e ver sua confidente perseguindo o objeto de sua afeição com muita persistência.

– O que está achando da temporada? – perguntou Kitty, ignorando as palavras da Srta. Bloom. – Eu a vi dançando com o Sr. Gray. Ele é um bom homem.

– Ah, *muito* bom – disse a Srta. Bloom, com um sarcasmo trêmulo. – O único problema é que, depois que a senhorita conquistou com tanta determinação o afeto do Sr. Crawton, não tenho mais motivo para resistir aos planos de meus pais para me casar com lorde Arden.

O espanto de Kitty fez com que ela perdesse a compostura.

– Lorde Arden? – disse Kitty, horrorizada. – Mas ele é terrível... e tem quase o dobro da sua idade!

– Sim, como todos nós sabemos, a senhorita deixou bem clara sua opinião sobre lorde Arden – disparou a Srta. Bloom. Ela suspirou, e seu rosto e sua voz se suavizaram com uma melancolia desesperada. – Mas não adianta protestar. Não é como se eu pudesse contar com o apoio de alguém.

Quando seu olhar percorreu o salão de baile, Kitty sabia o que procurava. O destino da garota não era problema dela – essa menina que desfrutava de um bom início de vida e que, apesar de tudo, estava perdendo uma luta que as mulheres pareciam não ter sido feitas para vencer.

Kitty suspirou de novo. Isso não era justo. Ela estendeu o braço e segurou o cotovelo da jovem, arrastando-a consigo.

– O que está fazendo? – perguntou a Srta. Bloom, alarmada.

– A senhorita não está se sentindo bem – declarou Kitty.

– Não é verdade – protestou ela, tentando ficar parada no lugar sem chamar muita atenção para as duas.

– A senhorita *está* se sentindo mal – corrigiu Kitty. – Está se sentindo mal, tonta e precisa de ar fresco. Por favor, tente me acompanhar.

– Não entendo. Para onde está me levando? – indagou a Srta. Bloom, reclamando.

– Sr. Crawton! – exclamou Kitty, imperiosa.

O homem em questão tirou os olhos de uma obra de arte pendurada no alto da parede. Estava aturdido – o que era bem normal para ele –, mas, ao ver Kitty e a Srta. Bloom, seus olhos se arregalaram ainda mais do que o normal.

– Srta. Talbot? – balbuciou ele, muito inseguro.

Seus olhos dispararam de novo na direção da Srta. Bloom, como se ele fosse incapaz de acreditar que a moça estava bem na sua frente.

– Sr. Crawton, precisa nos ajudar. Minha querida amiga, a Srta. Bloom, está se sentindo muito fraca. Poderia levá-la para tomar um pouco de ar fresco enquanto busco sais aromáticos e procuro a mãe dela? Depressa! Será que ela poderia se apoiar em seu braço?

O Sr. Crawton deu um salto à frente. Kitty ficou feliz em ver que, por trás da fachada tímida, havia com toda a certeza um forte senso de cavalheirismo.

– Claro! – disse ele, olhando para a Srta. Bloom com um ar protetor e preocupado. – Srta. Bloom, está se sentindo bem?

– E-estou – afirmou a dama, com a voz fraca.

O rosto translúcido funcionava bem para aquela história, como Kitty ficou feliz em perceber.

– Voltarei o mais rápido possível – prometeu ela antes de se aproximar da Srta. Bloom e dizer num tom confidencial, mas bem audível: – Não deve se preocupar, Srta. Bloom. Sei que não deseja se casar com lorde Arden, mas estou convencida de que deve haver um jeito de evitar isso!

Ela deu um passo para trás, satisfeita ao notar que o Sr. Crawton tinha sido tomado pelo ultraje ao ouvir essas palavras. Era sempre bom recordar como os homens gostavam de desempenhar o papel de herói, principalmente com damas bonitas como a Srta. Bloom. Ela observou o Sr. Crawton acompanhar a moça com cuidado até o jardim, permanecendo próximo da porta, é claro, por uma questão de decoro, mas talvez fora do alcance dos ouvidos daqueles que estavam dentro do salão. Era a situação perfeita: inteiramente apropriada e, ao mesmo tempo, de uma intimidade maravilhosa. Kitty ficou satisfeita com seu trabalho e deslizou até a mesa das bebidas – sem se preocupar com os prometidos sais aromáticos. Tinha certeza de que o Sr. Crawton poderia cuidar de tudo a partir dali. Embora seu gesto a tivesse livrado do melhor pretendente entre os que restavam, ela não se arrependia. Talvez ainda fosse agressiva como um furão, mas esperava ser um pouco mais bondosa também.

Kitty estava prestes a decidir se devia ou não mordiscar um doce – para recobrar as forças tão necessárias antes de procurar o Sr. Pemberton – quando ouviu uma voz baixa em seu ouvido.

– Achei que estava ocupada demais orquestrando o próprio noivado para ter tempo de juntar outros pares – murmurou Radcliffe.

– Realmente não sei de que está falando – disse Kitty, inocente, escolhendo um bolo delicioso e indo se posicionar sob um retrato do rei George II.

Radcliffe a seguiu, observando-a com curiosidade.

– Não precisava ter feito aquilo – disse ele, com uma voz estranha. – Pelo Sr. Crawton. Pensei que ele fosse um de seus admiradores.

Kitty assentiu.

– O coração dele pertence a outra. Não parecia certo tirar proveito da timidez de duas pessoas... não quando eu poderia fazer algo a respeito.

– A senhorita me surpreende, Srta. Talbot – disse Radcliffe com honestidade. – Pensei que fosse desalmada demais para esse tipo de gentileza.

Era um insulto e um elogio ao mesmo tempo, mas ela não se ofendeu. As palavras dele estavam tão próximas da linha de raciocínio de seus pensamentos que Kitty, de repente, soube que nessa noite ele tinha entendido o preço de seus atos e o esforço que lhe custara resistir a seus instintos naturais. Ela se sentiu exposta, e não era uma sensação desagradável.

– Eu também pensava – respondeu ela com simplicidade.

Antes que pudessem continuar, os dois foram interrompidos. Uma jovem alta, com uma intrincada torre de cabelo trançada no topo da cabeça, esbarrou com força na Srta. Talbot ao passar. Kitty esperou que ela seguisse, mas, infelizmente, a dama reconheceu Radcliffe com um sobressalto. Quando a lembrança do valor de seu patrimônio e de seu título tomou conta do rosto da dama de uma forma bem clara, ela se curvou numa reverência vacilante. Era linda, mas, ao se erguer meio cambaleante, também parecia um pouco bêbada. Kitty olhou para Radcliffe pelo canto do olho. Era esse o tipo de mulher a quem ele estava destinado? Ela era obviamente rica e muito elegante, e o cabelo e o vestido eram de um estilo tão audacioso que só os nascidos em berço de ouro poderiam se arriscar a usar. Se Radcliffe se sentiu feliz pelo encontro, escondeu o fato maravilhosamente bem.

– Milorde, já faz tanto tempo! – declarou ela, oferecendo uma mão enfeitada com joias para Radcliffe e ignorando a Srta. Talbot.

Radcliffe fez uma reverência rasa e deu um murmúrio educado em saudação, mas seu olhar era frio. Lembrando-se com um arrepio de seu primeiro encontro com Radcliffe, a Srta. Talbot ficou feliz por não ter sido exposta a esse olhar, embora os dois tivessem mantido um bom número de brigas. A mulher tentou, em vão, começar uma conversa, mas Radcliffe recusou-se a participar de forma obstinada, respondendo às perguntas com frases tão breves que estava a apenas uma sílaba de ser considerado rude.

– Já faz muito tempo desde que nos vimos pela última vez – disse a dama. – Ouvi dizer que teve uma participação admirável em seu uniforme no Continente. *Precisa* me contar sobre Waterloo.

Ao que parecia, Radcliffe não se sentia inclinado a satisfazer sua curiosidade, pois não deu nenhuma resposta, e, em vez disso, abriu um sorriso tortuoso. Mas a dama não se deteve, mantendo o mesmo tom lisonjeiro.

– Minha irmã esteve por lá, sabe? No baile da duquesa de Richmond. Ela me contou que a visão de todos os soldados partindo para a batalha foi magnífica.

– Estou certo de que a visão de nossa volta foi bem menos magnífica – disse ele com frieza –, se levarmos em conta que tantos morreram naquele dia.

Isso finalmente pareceu convencer a desconhecida de que ela não era bem-vinda. A dama saiu com uma reverência apressada, lançando um olhar desagradável a Kitty, como se a falta de sensibilidade com que fora tratada fosse culpa dela. Os dois a observaram sair em silêncio, e, como a expressão fria não havia deixado o rosto de Radcliffe, Kitty se virou para examinar o retrato acima deles.

– Deve ser estranho – disse ela, baixinho – ter estado lá e agora estar de volta aqui.

Os dois mantiveram os olhos grudados na pintura. Ela não virou a cabeça para dar voz a esse pensamento. O momento parecia frágil demais, como se estivessem sob um feitiço que, por um breve instante, permitia que ficassem imóveis e fossem sinceros um com o outro em vez de rosnarem como gatos de rua.

– Muito estranho – concordou ele, também baixinho. – Levei algum tempo para recuperar minha paz, depois... depois de tudo.

– Teve pesadelos? – perguntou Kitty.

Radcliffe virou-se bruscamente ao ouvir isso, examinando o rosto de Kitty como se procurasse uma zombaria.

– Sim – respondeu ele finalmente. – Como sabe?

– O Sr. Swift, em Biddington, serviu na Marinha. Ele sofria muito.

Radcliffe assentiu, e o silêncio voltou, mas não havia tensão. Por isso Kitty não sentiu nenhum nervosismo em rompê-lo.

– Londres mudou muito desde sua partida?

– Sim e não – disse ele, parecendo ponderar. – De muitos modos, Londres permaneceu intocada. Como se nada tivesse ocorrido. E há momentos, quando estou por aqui, em que eu quase acredito nisso também.

Ele falou, desarmado, com nada além de sinceridade na voz. Era como se, em algum instante dos últimos minutos, eles tivessem cruzado uma espécie de barreira e se encontrassem num território onde podiam desnudar suas vulnerabilidades enquanto o baile e seus convidados inconsequentes desapareciam na periferia.

– E isso serve... de consolo? – perguntou Kitty.

Mas a pergunta foi seguida por uma pausa tão longa que parecia que ele nunca responderia.

– Por muito tempo, eu odiei tudo isso. E foi por esse motivo que me mantive afastado. Eu costumava adorar toda a frivolidade... Amava jogar, beber e flertar. Mas, depois, eu descobri que estava farto de todas essas tolices, de todas as regras ridículas que temos que seguir. Como se tudo isso importasse depois... depois das coisas que aconteceram por lá. Das pessoas que perdemos.

Ele gesticulou para o outro lado do salão, onde o capitão Hinsley girava com os dançarinos.

– Hinsley é o homem mais corajoso que conheço. Eu só lutei cem dias, enquanto ele passou anos no Continente. Mesmo assim, foi ele quem me manteve são quando voltamos para a Inglaterra. Porém, num salão de baile, nada disso parece importar. Sua vida é ditada apenas por sua riqueza ou pela falta dela, não por seu mérito.

– É mesmo injusto – concordou Kitty sem dizer mais nada, embora ela pudesse ter facilmente apontado a hipocrisia dele por se compadecer da situação de Hinsley quando não tinha demonstrado qualquer sentimento pela sua.

Kitty descobriu que não a importava mais levar a melhor sobre Radcliffe.

– O senhor disse que odiou. Ainda odeia?

– Menos do que imaginei – admitiu ele. – Não tinha percebido como sentia falta de minha família, nem como eu os negligenciava ao me manter afastado. E tem sido... divertido, confesso, observar como a senhorita se movimenta e abre seu caminho entre eles. Um lobo em pele de cordeiro.

Suas cabeças se viraram enquanto ele falava. Os olhares deixaram os retratos, e, quando a boca dele esboçou um ligeiro sorriso, ela sentiu que fazia o mesmo. Como no primeiro encontro, Kitty ficou impressionada ao notar como o rosto de Radcliffe mudava quando ele sorria.

– Ah, então foi por isso que concordou em me ajudar, não foi? Pelo *divertimento*.

– Não tenho certeza de que podemos dizer que "concordei" em ajudá-la – retrucou ele imediatamente, com um sorriso torto. – Fui coagido, fui *chantageado*. Não tive escolha.

Ela deu uma risada suave. Estavam reescrevendo a memória para transformá-la em uma parte divertida da história que compartilhavam, como se nunca tivesse sido vergonhosa ou tensa, como se eles nunca tivessem entrado em um conflito de verdade, nem por um momento.

– O senhor teve escolha – argumentou ela, batendo levemente no braço dele com o leque fechado.

– Ah, não tenho tanta certeza disso.

As palavras – embora devessem ter tido um significado leve, ela sabia – soaram muito sérias quando ditas em voz alta, e, pela surpresa nos olhos de Radcliffe, isso também o pegara desprevenido. Eles se entreolharam por um longo e reflexivo instante – olhos cinza encarando olhos castanhos, olhos castanhos devolvendo o olhar – até que ele pigarreou, quebrando a tensão. Kitty tomou um gole apressado de limonada.

– Aliás, a senhorita vai ficar feliz em saber que o Sr. Pemberton é tão rico quanto dizem – disse ele depois de um segundo.

– É? – disse ela, obrigando sua voz a parecer animada. – Posso perguntar quais são suas fontes?

– Seu gerente financeiro, seu criado e o alfaiate. As contas são sempre pagas em dia, seus empregados não relataram problemas com salários e seu gerente financeiro... depois de beber duas ou três canecas de cerveja, se orgulhou de ter o retorno de um investimento muito favorável. O seu Pemberton está tão limpo quanto parece: oito mil por ano. Meu cavalariço, Lawrence, descobriu tudo. É um espião muito talentoso.

– É uma boa notícia – afirmou Kitty.

E era mesmo, embora ela não se sentisse tão satisfeita quanto esperava.

– Isso deixa seu caminho livre? – perguntou ele.

– Quase. Ainda preciso superar as dúvidas finais da Sra. Pemberton sobre meus valores. Mas espero que em breve haja apenas o "onde" e o "como" da proposta a ser considerada.

– Ah, só isso? – perguntou Radcliffe. – Suponho que a senhorita dará a Pemberton o privilégio de decidir por si mesmo o que ele vai lhe dizer?

Ela fez uma careta.

– Sim, é claro que vou.

Kitty deu de ombros com desdém, mas Radcliffe estava imune a tais desprezos agora.

– Eu imagino que tipo de pedido iria preferir, se dependesse da senhorita. "Querida Srta. Talbot, sendo de mente sã, embora de personalidade irritante, prometo à senhorita que sou podre de rico e pagarei todas as dívidas de sua família." – Ele fez uma imitação passável do tom cheio de si do Sr. Pemberton. – Pode imaginar isso, Srta. Talbot? O romance! A paixão!

– Se o senhor já se divertiu o suficiente – disse ela sem conseguir deixar de rir também –, vou seguir o meu caminho. Ainda tenho muito que fazer, sabe?

Radcliffe ofereceu a mão enluvada.

– Posso acompanhá-la até sua tia, então? – sugeriu ele, galante.

Dessa vez, Kitty aceitou. E o mais ligeiro dos rubores cobriu suas bochechas.

Capítulo 27

– É muito preocupante, James, não importa o que você diga – insistiu lady Radcliffe. – E, por mais que eu tente, não consigo fazer com que ele fale do assunto.

– Nem posso imaginar a razão – resmungou Radcliffe.

Lady Radcliffe lhe lançou um olhar meio gélido. Radcliffe evitou-o, virando a cabeça para olhar a Strand Street pela janela da carruagem, na esperança de que isso desencorajasse a conversa. Se soubesse, quando a mãe requisitara sua companhia para a exposição de arte anual da Academia Real, que ela usaria essa oportunidade para fazer um sermão sobre o comportamento de Archie, teria evitado o programa. Deveria ter suspeitado antes que havia algum interesse oculto. Em que outra ocasião a mãe havia expressado interesse por arte?

– É muito fácil se sentir tão superior a tudo – disse a viúva, zangada, ignorando todas as tentativas de Radcliffe de encerrar a conversa –, mas acredito que Archie está mesmo tomando um verdadeiro gosto pelo baralho!

– Assim como no ano passado, quando desenvolvera um verdadeiro gosto pelo boxe, e como no ano anterior, quando tivera um verdadeiro gosto pelas corridas de cavalos.

– Não é a mesma coisa – declarou lady Radcliffe. – Escuto cada vez mais histórias de garotos arruinados por causa de apostas. Você sabe que o irmão caçula de lady Cowper fugiu para Paris por esse motivo... Abafaram a história, é claro, mas todo mundo sabe. E, antes deste ano, eu nunca tinha visto um rapaz menos interessado por jogos de cartas do que Archie!

– Nem Archie poderia arranjar *tantos* problemas assim no jogo – murmurou Radcliffe.

Estava perguntando a si mesmo se esse era o tipo de conversa que seus pais tinham sobre ele no passado, antes de o pai decidir despachá-lo para o Continente.

– Achei que você poderia ter uma conversa séria com ele – disse lady Radcliffe, ignorando o comentário. – Para que ele não perca o rumo, sabe? Assustá-lo um pouquinho.

A carruagem entrou no pátio da Somerset House bem a tempo, para a sorte de Radcliffe.

– Não vou fazer isso, mãe – disse ele abruptamente, sem olhá-la. – Archie está bem do jeito que está.

Os dois não se falaram enquanto desembarcavam e passavam pela entrada. Depois de pegar o catálogo da exposição sem nenhum entusiasmo, o ânimo de Radcliffe diminuiu mais ainda quando percebeu que os salões já estavam repletos de membros da aristocracia, todos mais interessados em serem vistos admirando as pinturas no dia da abertura do que em admirá-las de fato. Que tolos insípidos eles eram! Radcliffe tinha quase se esquecido disso nas últimas semanas. A Srta. Talbot – com seus planos, seus favores e suas visitas matinais à casa dele – o deixara tão ocupado que ele não tivera tempo de pensar em muito mais. Ao perceber que procurava distraidamente por ela na multidão, começou a folhear o catálogo.

– O que gostaria de ver primeiro, mamãe? – perguntou Radcliffe. – O *Retrato da Sra. Gulliver em seu 104º ano*, do Sr. Ward? Ou acha que *Interior de uma igreja*, do Sr. Hodgson, pode ser mais animado?

Pelo silêncio gélido com que sua pergunta foi recebida, ficou claro que lady Radcliffe não estava nada satisfeita com ele – e era provável que estivesse duplamente irritada, por ter que suportar uma tarde tão chata depois de fracassar em seu objetivo principal com Radcliffe. Foi um alívio quando, ainda na segunda sala, ouviram seus nomes. Eles encontraram a Sra. Kendall acenando, acolhedora, junto da Srta. Talbot, lady Montagu e o Sr. Fletcher. Todos haviam desistido totalmente das pinturas, com exceção da Srta. Cecily.

– Não posso acreditar nesse calor, e ainda estamos em maio! – disse lady Montagu, cumprimentando-os e abanando-se com vigor. – Eu não teria vindo se soubesse que estava tão abafado. Embora, claro, o *Dordrecht*, de Turner, seja *imperdível* – acrescentou ela rapidamente.

Nesse momento, Pemberton apareceu segurando bebidas, que entregou com orgulho à Srta. Talbot e à tia. Porém, quando viu que Radcliffe se juntara ao grupo, seu prazer diminuiu. Radcliffe lembrou que provavelmente ainda estava em desgraça com Pemberton, depois da conversa que tiveram no Tattersall's. Para ele, parecia que tudo já se passara havia muito tempo. Mas, pela expressão de contrariedade no rosto de Pemberton, ficou claro que para o homem o ressentimento estava mais vivo do que nunca. Céus, a Srta. Talbot ia realmente se casar com esse paspalho?

– Ouvi dizer – declarou Pemberton, superando a irritação com Radcliffe – que o duque de Wellington voltou a Londres. Acham que o veremos no Almack's essa semana?

– Wellington sempre gostou de dançar – disse Radcliffe sem pensar, recebendo, de imediato, o castigo de ter todos os olhos do círculo voltados para ele.

Pemberton fez uma careta por ter sido tão ofuscado.

– Você o conhece bem? – perguntou Pemberton, mal-humorado.

– Um pouco.

Radcliffe disse apenas isso, na esperança de que fosse o fim da conversa.

Pemberton o observou por um momento; sua antipatia por Radcliffe entrava em conflito com seu amor por discutir as guerras napoleônicas – um assunto no qual ele se considerava um especialista. Como era previsto, foi o último que venceu.

– Eu, pessoalmente – proclamou ele com modéstia –, estudei a fundo as campanhas de Wellington. Na verdade, Waterloo é minha especialidade.

– É mesmo? – O sorriso de Radcliffe tornou-se levemente zombeteiro.

E o que era aquilo? Seria um vislumbre de constrangimento no rosto da Srta. Talbot?

– Sabe, a batalha teve seus defeitos – informou Pemberton a todos, num tom confidencial. – Tenho certeza de que Wellington seria o primeiro a admitir os erros cometidos. Ora, basta olhar para o uso da cavalaria...

Parecia – parecia muito – que Pemberton pretendia, de fato, dar uma palestra sobre Waterloo a Radcliffe. Era tão ridículo que quase chegava a ser divertido. Quase. Mas, quando Pemberton começou a enumerar em detalhes torturantes todas as suas ideias sobre como a batalha poderia ter sido mais bem conduzida, Radcliffe sentiu que seu senso de humor se dissipava e seu gênio começava a querer se manifestar.

– Claro que, se estivesse no lugar de Wellington, *eu* teria...

– Eu imagino se... – A Srta. Talbot tentou interrompê-lo, mas não adiantou.

Pemberton apenas subiu o tom energicamente, abafando a voz dela.

– Mas, realmente, isso é o que acontece quando se recruta gente das classes mais baixas. Não há um grama de disciplina entre eles.

A arrogância, a ignorância, a pura afetação daquele homem eram de tirar o fôlego. Como ele ousava falar em disciplina? Como ousava menosprezar aqueles com quem Radcliffe lutara lado a lado? Como se a classe social tivesse alguma relação com a coragem manifestada num campo de batalha tão sangrento quanto Waterloo. Radcliffe sentiu que os dedos de sua mão esquerda começavam a tremer.

– Ora, que pena que um homem com a sua sabedoria não tivesse estado por lá para nos salvar – disse ele com frieza enquanto Pemberton fazia uma pausa para respirar.

O escárnio em sua voz tinha se tornado bem audível para todos, menos para Pemberton, ao que parecia, pois ele bufou de prazer enquanto o resto do grupo se encolheu um pouco.

– Isso eu não sei – contestou Pemberton –, embora eu reconheça que teria gostado de ver a batalha com meus próprios olhos.

– Posso garantir que a visão não melhora com a proximidade – afirmou Radcliffe.

Pemberton não pareceu ouvi-lo.

– É de supor que isso talvez tivesse feito toda a diferença do mundo – disse Pemberton ao grupo, lamentando e balançando a cabeça com um pouco de tristeza. – Meu professor sempre me disse que eu devia ter seguido minha vocação de general.

– Ah, *sem dúvida* – disse Radcliffe.

– Radcliffe, talvez... – Lady Radcliffe pousou a mão em seu braço, mas ele a afastou.

A educação que Radcliffe tinha mantido na temporada até então, sempre precária quando a guerra era mencionada, começava realmente a mostrar rachaduras.

– Embora, é claro, seja muito mais fácil apreciar a guerra depois que a luta terminou, não é? – disparou ele.

Por fim, o tom antagônico pareceu atingir Pemberton. Ele enrubesceu de raiva, e seu desgosto anterior pela companhia de Radcliffe recuperou a força.

– O que está insinuando, milorde? – perguntou Pemberton.

À sua volta, atraídas pelo faro bem apurado da nobreza para o drama e o espetáculo, as pessoas começavam a fitá-los. Lady Kingsbury – diante da pintura *As fofoqueiras*, do Sr. Carse – tapou a boca com falsa consternação, mas não fez qualquer esforço para esconder a avidez em seu olhar. Radcliffe odiava a todos, mas ninguém se comparava àquele estúpido pomposo.

– Peço desculpas, Sr. Pemberton, por apenas insinuar o que eu pretendia deixar muito claro – disse ele.

Radcliffe enxergava a palidez e a angústia no rosto da mãe. Também notou que a Srta. Talbot mantinha a boca fechada numa linha firme, vagando os olhos ao redor da sala. Mas, diante da sua cólera, tudo parecia muito distante.

– O senhor... – prosseguiu ele, com um sorriso transtornado – não passa de um...

– Ai meu Deus! – exclamou a Srta. Talbot. – Vou desmaiar com esse calor!

Depois de emitir o alerta, ela mergulhou graciosamente nos braços de um aturdido Sr. Fletcher, provocando ofegos de todos os espectadores.

– Ah, céus! Srta. Talbot? – O Sr. Fletcher a pegou na mesma hora, mas parecia muito chocado, com os bigodes prateados tremendo de preocupação. – Srta. Talbot, está se sentindo bem? Pemberton... vá buscar uma bebida para ela agora mesmo! Ela precisa tomar um pouco de ar.

A conversa foi esquecida, e todos correram para ajudar. Pemberton desapareceu em direção à mesa com as bebidas. Sugeriram que a Srta. Talbot se apoiasse no braço solícito do Sr. Fletcher enquanto a Sra. Kendall a abanava suavemente e lady Montagu começava a conduzi-las para a porta. Radcliffe foi deixado de lado, esfriando sua ira lentamente, observando os acontecimentos com a testa franzida. Pela experiência com o caráter e o comportamento da Srta. Talbot até agora, ele não tinha razões para acreditar que ela era do tipo que desmaiava, e, embora a jovem estivesse aceitando as atenções com um sorriso pálido e débeis expressões de agradecimento, sua cor estava saudável como sempre.

Enquanto a conduziam para fora, ela se virou para Radcliffe. Ele ergueu uma única sobrancelha e ganhou uma discreta piscadela da dama em resposta.

Levou algum tempo até que voltassem a conversar, e Radcliffe já havia recuperado a calma àquela altura. Como sua mãe tinha ido procurar a mais recente obra-prima de Turner junto a lady Montagu, e Pemberton não estava em parte alguma, Radcliffe foi se sentar ao lado da Srta. Talbot em um sofá vermelho, onde ela "descansava".

– Suponho que, pela sua piscadela, aquela pequena atuação foi para me ajudar? – perguntou ele, baixinho.

– Para ajudar o senhor e a sua mãe – concordou ela.

– Não sei bem se era necessário.

– Tenho certeza de que era. O senhor parecia prestes a dar um murro na cara de Pemberton, o que teria acabado com a noite... de todos, menos dos fofoqueiros. Além disso, eu lhe devia um favor.

– Perdoe-me, pensei que o favor seria de minha escolha, não da sua... embora talvez essa fosse uma suposição bastante audaciosa, não?

– Eu acredito – disse ela com altivez – que a resposta correta seria dizer "obrigado".

– Reconheço que a intervenção foi inesperada – admitiu ele, sorrindo um pouco. – Minha mãe já estava decepcionada comigo quando chegamos, então teria sido muito pior se eu tivesse começado uma briga. – Ele a olhou de soslaio. – Embora eu tivesse preferido algo um pouco menos dramático.

– Ah, isso é porque lhe falta imaginação – explicou a Srta. Talbot, com uma expressão séria, mas o humor estava evidente em seus olhos escuros, tão singulares e tão expressivos. – Por que sua mãe se decepcionou com o senhor?

Ainda irritado com o episódio anterior, Radcliffe ficou tentado a dar uma resposta contundente, mas, ao perceber que ela não parecia julgá-lo, apenas soltou um grande suspiro.

– Ela acha que estou sendo muito negligente em relação a Archie. Ou, melhor, suponho que ela gostaria que eu assumisse um papel mais ativo em conduzir a família.

– E o senhor não quer isso? – perguntou a Srta. Talbot, intrigada.

Ele balançou a cabeça de leve.

– Suponho... – disse ele lentamente. – Suponho que seja porque não sei bem como fazê-lo. Meu pai era... Ele teria assumido uma linha muito dura com Archie. Eu sei, porque ele foi linha dura comigo. E se é assim que um chefe de família age, não tenho certeza de que sou capaz de fazer isso.

A Srta. Talbot absorveu suas palavras por um tempo.

– Ele era um pai rígido? – perguntou com cautela.

James soltou uma gargalhada.

– Pode se dizer que sim. Ele não gostava de... muita diversão, de excessos. Meu pai pensava que o dever de uma pessoa era manter a reputação da família, a cada minuto do dia. E ele protegia a nossa com ferocidade!

– Então, quando ele o mandou para Viena com Wellington – disse a Srta. Talbot em voz baixa –, foi porque...

– Porque ele achou que eu colocaria em risco o sobrenome da família? Sim. Quando jovem, eu queria aproveitar tudo que o mundo tinha a oferecer... o jogo, a bebida, tudo em excesso. Meu pai achava perigoso. Pensou que, se eu tivesse um trabalho, me obrigaria a aprender um pouco de humildade, e como Wellington lhe devia um favor... eu me tornei seu adido.

A Srta. Talbot inspirou devagar.

– Claro, ele não esperava que a guerra recomeçasse – disse Radcliffe, num tom pesado. – Ninguém esperava. Quando aconteceu, ele exigiu que eu voltasse... mas aí eu não consegui mais partir. Teria sido o cúmulo da covardia. Achei que ele compreenderia algum dia. Que ele poderia acabar... se orgulhando de mim. Mas, quando voltei para casa, depois do fim da guerra, ele já estava morto.

James nunca tinha falado tanto sobre o pai – sobre o relacionamento deles – com outra pessoa, e foi um alívio dizer tudo aquilo em voz alta. Ainda mais porque a Srta. Talbot não sentia necessidade de proferir trivialidades ou falsos confortos, e permitiu que sua confissão pairasse intocada no ar entre os dois. Talvez devesse estar ainda mais chocado por ter escolhido a Srta. Talbot – não Hinsley, ou a mãe – para desabafar, mas Radcliffe descobriu que não estava surpreso com o rumo que a conversa havia tomado. Nas últimas semanas, parecia que em todas as ocasiões em que se encontravam, ele e a Srta. Talbot acabavam assim: nos cantos, compartilhando estranhas intimidades. Talvez ela pudesse lhe fazer quase qualquer tipo de pergunta sem que ele hesitasse em responder.

Radcliffe tomou um gole de limonada, mas estremeceu ao descobrir que era singularmente insípida, e baixou o copo.

– Esse tipo de conversa vai muito melhor com conhaque – disse ele, num tom de voz mais leve.

– Imagino que sim – respondeu a Srta. Talbot, com uma suavidade inesperada. – Era a bebida favorita de meu pai.

– Ele bebia?

– O jogo era seu maior vício. Não era um problema em seus tempos de solteiro... O jogo parece ser aceito como parte da vida de um cavalheiro. Mas, depois de ser deserdado, ele nunca conseguiu se adaptar à mudança de vida. As dívidas aumentaram bem depressa a partir daí.

– E foi então que ele começou a beber?

– Não. Ele já bebia antes. Mas, depois da morte de mamãe, ele não conseguiu parar. Tenho certeza de que a bebida acabaria por matá-lo, se o tifo não o tivesse levado antes.

Radcliffe assentiu.

– E a partir daí ficou tudo nas suas costas?

– Suponho que seria possível dizer isso – disse a Srta. Talbot, pensativa. – Mas eu tenho Beatrice, que é apenas um pouco mais nova. Então não é tão ruim assim. E, apesar de terem nos deixado numa grande encrenca, sinto-me grata a meus pais pela infância feliz que tivemos. Havia muito riso em nossa casa... e música e amor.

– Deve me considerar muito fraco – disse ele num tom casual – por tentar escapar de uma responsabilidade que a senhorita vem enfrentando há anos.

– Não. Embora eu creia que seria melhor se o senhor pensasse em tudo isso com mais simplicidade.

– O que quer dizer? – perguntou ele, franzindo a testa.

– O senhor tem o título, o dinheiro e a influência. Tem uma família que o adora, e, embora isso tenha me irritado no passado, sabe muito bem como protegê-los quando tenta. Sinto que o senhor é mais do que capaz de escolher o tipo de cavalheiro que gostaria de ser.

– Mas como se escolhe tal coisa? – Radcliffe não conseguiu se conter.

Ela deu de ombros.

– A pessoa simplesmente escolhe.

Ele olhou para Kitty. Kitty olhou para ele. Por um momento, parecia que os dois eram as únicas pessoas de verdade no mundo, sentadas ali, se fitando, enquanto o resto de Londres se agitava. Então o encanto acabou.

– É melhor eu ir – disse a Srta. Talbot, e sua voz pareceu um tanto sem fôlego, de repente. – Vejo que Pemberton está me procurando.

– Ah, sim, o general em pessoa – retrucou Radcliffe com um traço irônico nos lábios. – Faça o possível para mantê-lo longe de mim.

– Comporte-se – disse ela, travessa. – Lembre-se de que, se tudo der certo, está falando do meu futuro marido

– Como se eu pudesse me esquecer disso.

Chalé Netley, terça-feira, 5 de maio.

Querida Kitty,

Que surpresa receber sua carta com a franquia de lorde Radcliffe no envelope. O menino do correio ficou muito ansioso para entregá-la, e, infelizmente, no final da manhã, a cidade inteira já estava sabendo do assunto. Naturalmente, várias pessoas encontraram motivos para nos visitar esta tarde. Mas fique tranquila, pois não lhes dissemos nenhuma palavra, embora tenha sido mais porque ficamos confusas do que pela discrição. Eu sabia que você e Radcliffe estavam em termos mais amigáveis, mas como ficaram tão próximos a ponto de lhe pedir que franqueasse sua carta?

Tenha certeza de que estamos todas bem. Harriet recuperou todas as suas forças (e nada poderia incomodar Jane, é claro). O tempo, embora esteja ruim agora, não está tão inclemente a ponto de nos manter dentro de casa, o que é ótimo, pois o número de jogos de cartas para três jogadores é limitado!

Nossas reservas estão um pouco baixas, embora eu tenha certeza de que vamos administrá-las até você voltar. Também incluí uma carta que recebemos do Sr. Anstey e do Sr. Ainsley. Espero que você me perdoe por ter lido. Eles escrevem para confirmar a intenção de nos visitar, o mais tardar em primeiro de junho. Eles repetem que, se não tivermos a garantia dos fundos até então... Bem, está igualzinha à última carta deles.

Sua amada irmã,
Beatrice

Capítulo 28

Já estavam no dia 11 de maio. Kitty tinha três semanas e duas libras sobrando. A corte do Sr. Pemberton se tornava cada vez mais firme, mas ela ainda não havia conseguido obter um pedido de casamento do sujeito – um fardo que ela sentia como se fosse uma presença física, uma pressão persistente sobre o delicado lugar entre seu pescoço e o ombro. O que ela não daria para se livrar desse fardo apenas por um único momento abençoado... mas isso não poderia acontecer até que tudo estivesse definido.

A mãe do Sr. Pemberton – uma matriarca rígida, que parecia ser a única pessoa a quem ele dava ouvidos – ainda não estava convencida de que as Talbots eram boas o bastante. Como Kitty havia sido franca com seu pretendente, como sempre, em relação à situação financeira da família, sua austera mãe nutria algumas dúvidas sobre a mulher que seu filho cortejava, e o encontro tão antecipado ainda não havia ocorrido. Kitty não tinha muita certeza – ainda – sobre seu próximo passo. Tinha sido aceita na aristocracia – por mais inviável que isso parecesse, a princípio –, e conversava com lordes e ladies como se pertencesse ao mundo deles. O que mais precisava fazer?

Durante o café da manhã, ela ouvia a tagarelice de Dorothy, sem prestar muita atenção, enquanto vistoriava a correspondência da manhã e ruminava sobre a questão da Sra. Pemberton, quando uma palavra no cartão diante dela a deixou assombrada, fazendo-a soltar uma sonora exclamação: Almack's.

– O que foi, Kitty? – perguntou tia Dorothy, curiosa.

– Recebemos convites para o Almack's amanhã à noite – disse Kitty, segurando o cartão com mãos trêmulas. – Almack's! Da Sra. Burrell! Eu não posso acreditar.

– Ah – disse Cecily, vagamente, sem tirar os olhos do livro. – Sim, ela disse que os enviaria.

– O quê?! – Kitty soltou um grito. – Quem disse... De que você está falando?

Cecily ergueu os olhos com relutância.

– A Sra. Bussell, ou Biddell... sempre esqueço o nome dela. Eu estava falando com ela sobre Safo no baile, na noite passada. Descobri que temos um interesse em comum por literatura. Ela disse que nos enviaria ingressos, pois gostaria de voltar a conversar comigo. – Concluída a explicação, Cecily voltou para sua leitura.

– Cecily! – exclamou Kitty. – Sua criatura magnífica!

Ela se levantou e deu um beijo na testa de Cecy.

– Kitty! – Cecily se esquivou.

– Ora, vejam só – disse tia Dorothy, contornando a mesa para olhar os ingressos com os próprios olhos. – Que reviravolta, de fato.

– É tão importante assim? – perguntou Cecily, com um ar de dúvida.

– Cecy, fica mais fácil para conseguirmos uma apresentação na corte – exclamou Kitty, exultante. – Isso deve acabar com todas as dúvidas da Sra. Pemberton sobre o nosso berço... Com o selo de aprovação do Almack's, ela não terá mais dúvidas. Você se saiu muito bem, Cecy, muito bem mesmo.

Na noite seguinte, elas se vestiram com mais apuro do que o normal, e os dedos de Kitty tremiam ao fechar os botões. Para a ocasião, deveriam usar seus melhores vestidos de noite, de mangas compridas, em gaze branca. O vestido de Cecily era decorado com rosas bordadas em cetim e o de Kitty caía sobre uma anágua de cetim listrado, que ela sentia ser a mistura perfeita de recato e audácia. Como seu rosto já estava muito corado, não havia necessidade de Kitty beliscar as bochechas, e, em vez disso, ela colocou as mãos frias contra a pele para tentar se acalmar.

Elas partiram para King Street com tempo de sobra, porque naquela noite Kitty não queria deixar nada ao acaso. O Almack's era conhecido por suas regras rígidas de vestuário, comportamento e *horários*. As portas se fechavam às 11 da noite em ponto, e dizia-se que o próprio Wellington já tinha sido barrado ao se atrasar. Embora uma carruagem de aluguel não levasse mais de trinta minutos, mesmo nas noites de maior movimento, Kitty não suportava a ideia de ver as portas se fechando antes de entrarem. Mas essa tragédia não aconteceu, e as três mulheres deslizaram para os salões de festa sem problema: com os nomes na lista e os ingressos aceitos. Foram recebidas pela gentil condessa Lieven e juntaram-se à multidão com toda a tranquilidade, como se fizessem isso todas as semanas.

Muitos rostos já eram familiares às Talbots, mesmo assim era maravilhoso estar ali, entre eles, naquele lugar que chamavam de coração palpitante da sociedade. Havia três salões espaçosos no interior, o primeiro elegantemente decorado com lustres pendurados e cadeiras junto às paredes para aqueles que não dançavam, embora, depois do esplendor dos bailes particulares a que Kitty havia comparecido durante a temporada, o ambiente não parecesse tão maravilhoso. Mas não era a aparência do Almack's que traduzia seu poder, e ela ficou satisfeita em ver seus efeitos em ação imediatamente. Quando o Sr. Pemberton a avistou do outro lado do salão, ficou boquiaberto de surpresa e correu em direção a elas.

– Srta. Talbot – disse ele, encantado, saudando-a. – Não pensei que a veria por aqui essa noite.

Ela sorriu misteriosamente.

– A Sra. Burrell teve a gentileza de nos enviar convites – disse ela, com leveza, e observou os olhos do homem se arregalarem.

Como Kitty agora sabia, aquela mulher, de todas as formidáveis *patronesses*, era conhecida por seu esnobismo e sua arrogância.

– De fato! Preciso contar a mamãe. Sabe, ela é uma grande amiga da Sra. Burrell e ficará muito feliz em saber que compartilham de tal contato. Na verdade, mamãe estava dizendo que gostaria de conhecê-la. A senhorita vai ao baile dos Jerseys amanhã à noite?

Agora, sim, pensou Kitty, presunçosa.

– Estarei lá – respondeu ela.

– Muito bom – disse ele em aprovação. – Eu poderia esperar que reserve para mim a primeira dança dessa noite, Srta. Talbot? Gostaria muito que me concedesse a valsa, se as *patronesses* permitirem.

Ele a olhou com um ardor inconfundível nos olhos.

– Eu também – disse ela, com a voz fraca.

Uma jovem só poderia valsar no Almack's depois de ter sido especificamente convidada para fazê-lo por uma das *patronesses*, e o convite não era garantido. Embora Kitty devesse estar ansiosa por essa honra, não pôde deixar de estremecer com o pensamento. Por mais que tentasse se obrigar a superar essa fraqueza, Kitty ainda se sentia bastante avessa à ideia de ficar tão perto assim de Pemberton. Ela entendia o apelo da dança, é claro, mas não podia negar que, quando se imaginava dançando a valsa, não era Pemberton o seu par.

Enquanto caminhavam em direção à sala de jantar, o Sr. Pemberton começou a enumerar todos os relacionamentos que sua família mantinha – por mais distantes que fossem – com as demais *patronesses* do Almack's, um discurso que durou a ceia inteira. Kitty ficou meio desapontada ao descobrir que, em vez dos banquetes suntuosos dos bailes particulares que se acostumara a frequentar, a comida no Almack's consistia apenas em fatias finas de pão e bolo inglês. Mas, como os rostos ao seu redor não estavam surpresos, ela supôs que isso devia ser normal – os hábitos das pessoas ricas ainda eram um grande mistério para ela –, e sorriu ao pensar que estava ficando muito mimada.

Kitty conseguiu escapar do Sr. Pemberton logo após a refeição, empurrando-o para a Srta. Bloom. Na verdade, a garota lhe devia algum tipo de recompensa pelo noivado anunciado recentemente. A Srta. Talbot circulou às margens da pista de dança com tia Dorothy até serem saudadas por lady Radcliffe, acompanhada de lorde Radcliffe.

– Sra. Kendall! – A condessa viúva vibrou de empolgação, ignorando Kitty, que aceitou o desprezo distraído sem se ofender enquanto lady Radcliffe puxava tia Dorothy para uma conversa em voz baixa.

– Srta. Talbot. – Radcliffe se curvou para saudá-la. – Eu expressaria meu espanto em vê-la por aqui, mas acho que não estou tão surpreso. Existe alguma coisa que a senhorita não seja capaz de fazer?

Ela aceitou o elogio com um sorriso.

– O senhor acredita que foi tudo obra de Cecily?

Ela explicou a história para ele, e Radcliffe ergueu as sobrancelhas.

– A poesia veio a ser útil depois de todo esse tempo? Por Deus, quem diria.

– E pensar que eu me ressentia da educação dela – disse Kitty, arrependida. – Muita estupidez da minha parte. Eu não sabia que a Sra. Burrell tinha tantos interesses acadêmicos.

– E o que acha desses grandiosos salões? – Ele fez um gesto largo com os braços para abarcar a sala. – Eles correspondem às suas altas expectativas?

– É claro que sim – respondeu ela. – Não posso acreditar que estou aqui.

– A comida é meio decepcionante, eu sei.

– *Não é?* – disse ela com grande emoção, e os dois riram juntos.

– O que tem na agenda esta noite, então? – perguntou Radcliffe. – Mais um desmaio falso?

– Desde que o senhor controle seu temperamento, isso não será necessário.

– Não se preocupe, já prometi à minha mãe que falaria apenas sobre o tempo e sobre minha saúde – assegurou ele. – Mas, caso o seu Pemberton se aproxime, serei testado, imagino eu.

– Poderia pedir desculpas a ele – sugeriu Kitty. – O senhor foi muito rude.

– Eu nunca poderia pedir desculpas a alguém com um bigode tão vil – informou Radcliffe, com afetação. – Seria inaceitável. Além disso, foi ele quem se comportou como um idiota, não eu.

Kitty suspirou.

– Espero aprimorar os talentos dele para a conversa, se nos casarmos – confessou ela. – Ele seria muito mais agradável se fosse menos...

– Narcisista? – sugeriu Radcliffe, com um ar travesso. – Perigosamente iludido?

– Se ele *ouvisse* mais – corrigiu ela.

– Ah, receio que esteja tentando alcançar as estrelas – disse ele, num tom solidário.

– Ah, então não acredita que eu esteja à altura da tarefa? Sabia que eu estava preparada para me casar com alguém muito, muito pior do que Pemberton?

O sorriso dele diminuiu um pouco.

– Eu acredito – respondeu ele, por fim. – E não acho que não esteja à altura da tarefa. Mas confesso desejar que todo esse esforço fosse... desnecessário.

Kitty vacilou, um pouco desconcertada por ele ter estragado a diversão com uma declaração tão pesada.

– Seria um mundo bem diferente, de fato – murmurou ela por fim, pigarreando um pouco e olhando para baixo, com medo de que o momento se tornasse perigosamente íntimo.

– A senhorita espera ser convidada para valsar essa noite? – perguntou ele após uma pausa, e ela ficou grata pela mudança de assunto.

– Suponho que teremos de esperar para ver, embora eu ache que essa noite seria improvável – disse ela, tentando persistir na leveza. – Teme que uma das *patronesses* possa sugerir que seja meu par? Não me esqueci de sua recusa categórica da última vez que perguntei. Sem dúvida, lady Jersey ficaria chocada com sua fuga súbita do salão...

Seu tom era brincalhão, mas o olhar de Radcliffe era intenso quando encontrou o dela.

– Na verdade, creio que minha resposta seria bem diferente se me convidasse para dançar agora, Srta. Talbot – disse ele lentamente.

Kitty ficou em silêncio. Ela o fitou, pela primeira vez sem conseguir pensar em nada para dizer. Em vez disso, se permitiu roubar um instante para imaginar como seria dançar uma valsa com Radcliffe em vez de Pemberton. Seria muito diferente, ela sabia. Muito diferente, de fato.

Ela não tinha certeza de quanto tempo ficaram ali, no rastro daquelas palavras, mas não teve a oportunidade de descobrir, pois o som de alguém pigarreando interrompeu o momento. Pemberton estava diante deles, fazendo uma cara feia para Radcliffe.

– Srta. Talbot, acredito que havia me prometido essa dança – disse ele com arrogância. – É o cotilhão.

Kitty engoliu em seco. Obrigou-se a não olhar para Radcliffe.

– Sim... obrigada – disse Kitty, inexpressiva.

O Sr. Pemberton tomou seu braço e a levou, para que assumissem suas posições.

Radcliffe também se virou abruptamente. Nem morto ficaria ali para olhar. Quando se afastava da pista, encontrou Hinsley.

– Harry! – Ele agarrou o braço do amigo para saudá-lo. – Que bom ver você. Está se sentindo bem?

– Para falar a verdade, não. – Hinsley tinha uma expressão azeda. – Uma coisa horrível de se fazer, servir apenas limonada e chá. Como é possível manter uma conversa com Pemberton só com isso? Quase não escapei com vida.

– Bem, acredito que ele deve ficar bastante ocupado com a Srta. Talbot por algum tempo – disse Radcliffe. – Então você está seguro agora.

Radcliffe tinha certeza de que sua voz fora calma, e sua expressão, tranquila, e de que ele não havia transmitido nada fora do comum com sua postura. Mesmo assim, Hinsley o olhava como se tivesse acabado de chegar a uma grande conclusão.

– Ah, então é *assim* que as coisas estão – disse ele, começando a sorrir.

– Assim como? – perguntou Radcliffe num tom agressivo.

Hinsley ergueu as mãos, rindo.

– Não precisa morder meu braço! O que o está impedindo? Está preocupado pela forma como Archie reagiria?

– Harry, eu não tenho a menor ideia do que você está falando. – Radcliffe estava mentindo. – Se vai continuar a falar bobagens, imploro que vá para outro lugar.

James fingiu identificar alguém a distância.

– Com licença, acredito que lady Jersey precisa de mim.

– Espero vê-lo no Hyde Park amanhã! – exclamou Hinsley, com um sorriso torto. – Não se esqueça.

Ao ver lady Sefton se aproximando com olhos brilhantes, o capitão Hinsley bateu em retirada e deixou os salões mais cedo. Decidiu voltar para casa a pé, pois a noite estava bem iluminada pela lua. Virou à direita rumo à Mayfair… e trombou com Archie, que estava correndo na direção oposta.

– Vá devagar, meu velho – disse ele, brincando. – Por que está com tanta pressa?

– Prometi à minha mãe que a acompanharia. – Archie resfolegava. – Perdi a noção do tempo.

Hinsley fez uma careta para ele.

– Já passa das onze, Archie. Não vão deixar você entrar agora.

Archie desanimou.

– Droga! – exclamou ele.

Hinsley examinou-o com mais atenção. Será que o menino sempre fora tão pálido? Ele estava com o rosto úmido, suando, embora isso pudesse ser consequência de sua correria.

– Está se sentindo bem? – perguntou ele.

Archie fez um gesto de desdém.

– Sim, sim, estou ótimo. Temporada movimentada, você sabe como é.

Hinsley sabia, mas, agora que pensava no assunto, fazia semanas que ele não via Archie em baile algum.

– Talvez você devesse dormir – sugeriu ele. – Vou acompanhá-lo de volta. O ar fresco vai lhe fazer bem.

Por um momento, Archie pareceu tentado. Então balançou a cabeça.

– Eu tinha mesmo um compromisso mais tarde, de qualquer forma – disse ele, virando à esquerda na direção da cidade. – Boa noite, Hinsley.

Hinsley fitou-o por um momento, perguntando a si mesmo se deveria seguir o garoto para ver aonde ele ia, mas, depois de um momento de deliberação, deu de ombros e se virou para voltar para casa. Estava sendo um tolo paranoico.

É claro que se Hinsley soubesse exatamente o tipo de estabelecimento para onde Archie se encaminhava, ele o arrastaria de volta para Grosvenor Square, puxando-o pela orelha. Mas ele não sabia, então Archie não encontrou obstáculos para chegar ao Soho, nem para entrar no inferno de jogos onde ele sabia que encontraria Selbourne.

Capítulo 29

Se a Sra. Pemberton planejava ir ao baile dos Jerseys, Kitty precisava estar preparada. Afinal de contas, esse era o último obstáculo ao pedido de casamento, e já estava ficando em cima da hora. Junho se aproximava perigosamente, e o prazo estava apertado demais para o gosto de Kitty.

Os De Lacys convidaram a Sra. Kendall e as Talbots para se juntarem a eles no camarote do teatro Royale, para assistirem à matinê da peça *O libertino*, antes do baile daquela noite. Porém, quando a carruagem De Lacy chegou à Wimpole Street na tarde seguinte, Kitty saiu da casa apenas para se desculpar com lady Radcliffe.

– Estou muito cansada, milady, e minha tia me pediu que repousasse – disse Kitty à dama.

Radcliffe havia saído do veículo para ajudar Cecily e tia Dorothy a subir – o teatro era o único evento social a que sua irmã ficava muito feliz em ir –, e, ao ouvir o pedido de desculpas de Kitty, olhou-a, preocupado. Ele ergueu tia Dorothy com um movimento fácil e, enquanto ela se acomodava na carruagem, Kitty se inclinou para lhe dar uma explicação em voz baixa.

– A Sra. Pemberton vai ao baile dos Jerseys hoje à noite. Fui informada de que ela é uma mulher extremamente religiosa. Por isso vou passar a tarde estudando as escrituras.

– Ah. Desejo-lhe toda a sorte. Avise-me caso descubra algum trecho na Bíblia com referências a casamento por dinheiro. Fico imaginando se Cristo seria favorável ou contra.

Ela lançou um olhar eloquente na direção dele, para transmitir como o achava exaustivo. Ele deu um sorriso torto.

– A senhorita vai me deixar tentando proteger sozinho a virtude do Sr. Kemble dos olhos lascivos de minha mãe e de sua tia?

Ela riu. Na noite anterior, os dois ouviram por acaso a discussão travessa entre lady Radcliffe e a Sra. Kendall sobre a reputação "robusta" do ator principal.

– Tenho certeza de que está à altura da tarefa – disse Kitty, sorrindo.

– Fico muito lisonjeado.

Em seguida, James colocou Cecily na carruagem e parou por um momento.

– Tem certeza de que não posso convencê-la a sair? – perguntou ele, com uma inclinação persuasiva da cabeça.

– Tenho certeza – disse Kitty, com a voz um pouco fraca.

Ele lhe deu bom-dia e a carruagem desapareceu na esquina. Kitty observou-a enquanto se afastava, desejando por um instante ter ido junto. Não que ela estivesse com muita vontade de ver a apresentação, mas a companhia… Sem dúvida, teria apreciado a companhia. Não, disse Kitty a si mesma com severidade, obrigando seus pensamentos a se comportarem. Absolutamente não.

Então voltou para o quarto e se dedicou – pela primeira vez na vida – ao estudo da Bíblia. Era um livro muito longo, como Kitty descobriu depressa. E, como ela também percebeu, muito chato. Ponderou, sombria, se o Velho Testamento ainda tinha importância. Não seria possível simplesmente pular para o Novo e começar daí? Sem dúvida, para a devota e puritana Sra. Pemberton, o mais importante seria o Senhor Jesus, não? Ela folheou as páginas, desejando desesperadamente que houvesse um índice que pudesse consultar, para economizar algum tempo. Ela poderia simplesmente procurar as páginas sobre mulheres virtuosas e casamento e dar aquilo por encerrado.

Kitty se deu ao luxo de um cochilo à tarde – o estudo bíblico se mostrara bastante propício para o sono. Naquela noite, usou o vestido de noite mais casto que tinha – o branco marfim, de seu primeiro baile – e não usou joias dessa vez a não ser brincos, e arrancou as penas (certamente o mais diabólico dos acessórios) de seu penteado. O primeiro desafio da noite foi o atraso dos Pembertons, que gostavam de chegar tarde, o que deixou Kitty com os nervos ainda mais à flor da pele. O segundo desafio veio às nove horas, quando lady Radcliffe apareceu do nada para dar notícias muito indesejáveis.

– O que eu disse a você sobre dançar duas vezes com o mesmo homem? – sussurrou no ouvido de Kitty.

Kitty ficou confusa até que viu Cecily e Montagu envoltos no que só poderia ser a segunda dança da noite. Céus! Por que essa noite? Cecily estaria tentando matá-la?

Agradecendo a lady Radcliffe, Kitty se lançou sobre os dois assim que a dança terminou.

– Lorde Montagu, como vai o senhor? – disse ela rapidamente. – Receio que sua mãe esteja procurando-o de novo. Será que consegue encontrá-la? Minha nossa, não consigo ver nada com toda essa multidão.

– "Conceda-me, bondoso céu, a graça de encontrar um lugar mais feliz..." – citou lorde Montagu, solenemente.

– Sim, sim. – Kitty o interrompeu antes que ele pudesse ir mais longe. – É Shakespeare, não é? Muito sábio. Mas eu buscaria lady Montagu, se fosse o senhor.

Ele se afastou, obediente, e Kitty se virou para a irmã.

– Cecily, você se lembra do que eu disse sobre dançar demais com o mesmo homem, não é? – implorou ela.

O olhar vago no rosto de Cecily lhe dizia que essa conversa havia sido completamente esquecida.

– Cecily, você corre o risco de parecer muito oferecida. Sei que não tem essa intenção, mas as pessoas vão começar a dizer que você está investindo em lorde Montagu... E você não quer parecer uma idiota, quer?

– Por que não deveria parecer uma idiota, se é isso que você pensa de mim? – disparou Cecily com uma demonstração incomum de seu temperamento. – Você acha que eu não sei que é assim que você me vê?

Ela saiu, furiosa, enquanto Kitty a encarava. Bom, aquilo foi inesperado. Mas Kitty não tinha tempo para pensar muito no assunto, porque tia Dorothy apareceu a seu lado.

– Eles chegaram – sussurrou ela.

Kitty respirou fundo e foi encontrar a futura sogra. Seu primeiro pensamento foi que tia Dorothy devia ter se enganado, pois ela a conduzia até uma mulher coberta de joias da cabeça aos pés. Kitty nunca vira nada parecido em sua vida. Parecia que a dama havia mergulhado num poço de ouro, pois cada centímetro dela reluzia com pedras preciosas, desde a ponta dos dedos até a altura de seus seios, erguidos de forma impressionante. E, no entanto, lá estava o Sr. Pemberton, então devia ser a própria.

– Senhorita Talbot! – disse o Sr. Pemberton com alegria. – Posso apresentá-la à minha mãe?

Kitty se viu alvo de um olhar penetrante.

– É uma honra conhecê-la finalmente – disse ela, fazendo uma mesura.

– Hum. – A Sra. Pemberton a perscrutou sem disfarçar. – Sim, ela é bonita o suficiente, Colin. Embora um pouco sisuda.

Seu filho assentiu. Lady Radcliffe, que estava ao lado de tia Dorothy, tossiu educadamente para encobrir a estranheza da situação.

– Colin me disse que a senhorita gostaria de ir à igreja comigo – disse a Sra. Pemberton em seguida, com a mesma despreocupação.

– É uma das coisas de que mais gostaria – mentiu Kitty.

– Hum. Muito bem. A piedade é a maior qualidade que uma mulher deve ter. É preciso amar a Deus acima de tudo, sabe?

Kitty assentiu, embora essa senhora com certeza mantivesse seu joalheiro numa posição ainda mais elevada.

– Sabiam que o duque de Leicester está aqui essa noite? – disse Pemberton, esticando o pescoço para espiar a multidão.

– Leicester? – perguntou tia Dorothy bruscamente.

– Ah, Leicester está por aqui, é? – disse lady Radcliffe, feliz. – Eu o conheço há anos... Ah, sim, lá está ele. Leicester, venha cá!

Ela acenou para um cavalheiro alto e grisalho, que se aproximou e beijou sua mão com grande entusiasmo.

– Srta. Linwood, como está maravilhosa – disse ele com júbilo.

– Vossa Graça, por favor, já se passaram trinta anos. Deve começar a me chamar de lady Radcliffe! – respondeu ela num protesto brincalhão.

– Para mim, a senhorita sempre será a Srta. Linwood. Embora eu tenha ouvido que aquele seu garoto está de volta a Londres, é verdade? Seria bom se ele ocupasse seu lugar na Câmara dos Lordes, você sabe.

– Não vamos falar de política essa noite, Vossa Graça, senão todos vão pensar que o senhor é tedioso! Venha, devo apresentá-lo a minhas queridas amigas, Sra. Kendall e Srta. Talbot. E estes são o Sr. e a Sra. Pemberton, é claro.

– Como estão?

Os Pembertons pareciam muito impressionados. Kitty fez uma reverência em saudação a lorde Leicester.

– Perdoe-me, mas já nos conhecemos? – perguntou ele com um ar curioso.

– Acredito que não, Vossa Graça – respondeu ela, com um sorriso educado.

Ao lado dela, tia Dorothy se abanava com bastante vigor, e Kitty desejou que ela parasse. Além de produzir uma corrente de ar, segurava o leque muito perto do rosto, obscurecendo metade dele, o que parecia muito estranho.

– Tenho certeza de que a conheço – insistiu Leicester, com os olhos fixos no rosto da Srta. Talbot. – A senhorita me parece muito familiar. Sua família é de Londres? Talvez eu tenha conhecido algum parente.

Kitty olhou para tia Dorothy, esperando que ela pudesse ajudá-la, apenas para encontrar o rosto de sua tia quase totalmente escondido pelo leque. Um pensamento terrível ocorreu a Kitty. Tinha a sensação de que talvez soubesse quem aquele homem havia conhecido e em que circunstâncias.

– Costumam me dizer que tenho um desses rostos comuns – disse Kitty, amaldiçoando em silêncio o sangue de seu pai, que não foi forte o bastante para impedir sua notável semelhança com a mãe.

Ela procurou um novo tema para conversarem, mas, para seu horror, as palavras do duque haviam inspirado mais do que um pouco de curiosidade no grupo. Até lady Radcliffe a olhava com interesse.

– Talvez ela lembre a caçula das meninas Claverings? – sugeriu lady Radcliffe.

– Não, estou certo de que não é isso – insistiu Leicester. Ah, meu Deus. – Qual o seu nome mesmo, senhorita?

A mente de Kitty era um turbilhão de ansiedade. Não poderia negar seu nome àquele homem, ia parecer muito estranho. Mas se ela o revelasse, será que o cavalheiro chegaria a uma conclusão? Se ele havia conhecido sua mãe no passado, também seria capaz de se lembrar por que seu relacionamento tinha terminado?

– Srta. Talbot, Vossa Graça – disse ela, incapaz de manter o silêncio por mais tempo.

– Talbot... – Ele ponderou por um momento e se dirigiu a tia Dorothy. – E, perdoe-me, a senhora deve ser a Sra. Talbot, então?

Desesperada, Kitty encarou a tia, que estava com o rosto coberto pelo leque. Tia Dorothy teria que baixar o leque para responder. Pareceria muito estranho e seria imperdoavelmente rude fazer algo diferente. Ele a reconheceria, como ela temia? A mente de Kitty estava vazia de ideias. Ela não conseguia pensar em nada para salvá-las. Não havia nenhum plano se formando em sua mente, nenhuma maneira de sair dessa bagunça. Só podia assistir, com uma fascinação mórbida, a como o mundo inteiro estava prestes a desabar sobre as duas, bem na frente dos Pembertons. Kitty abriu a boca para dizer algo – qualquer coisa que pudesse ajudar –, mas não precisou.

– O senhor sem dúvida conheceu os Talbots de Harrogate quando esteve em Yorkshire, milorde. – A voz de Radcliffe se fez ouvir quando ele se materializou do nada. – A semelhança é fantástica, eu mesmo percebi.

– Os Talbots de Harrogate? – Todas as desconfianças desapareceram do rosto de Leicester. Ele estalou os dedos. – É isso, sem dúvida. É incrível, mas fico muito incomodado com esse tipo de coisa. Fico muito agradecido, Radcliffe. E seja bem-vindo de volta, senhor! Eu estava dizendo à sua mãe que espero que possamos contar com sua presença na Câmara dos Lordes um dia desses!

Radcliffe deu uma pitada no rapé.

– Ficarei feliz em comparecer, Vossa Graça, mas não acho que vá gostar de como eu voto.

Leicester soltou uma gargalhada. Na confusão que se seguiu, Kitty e tia Dorothy pediram licença para sair, em silêncio. Kitty lançou um olhar de agradecimento na direção de Radcliffe, que respondeu com uma piscadela quase imperceptível.

– Foi por pouco – murmurou tia Dorothy enquanto corriam para um canto seguro.

– Entendi que lorde Leicester conheceu mamãe e você... quando eram mais jovens. É isso? – perguntou Kitty.

– Sim, intimamente. – Tia Dorothy suspirou, agitada. – Graças a Deus por seu Radcliffe. Leicester é um daqueles demônios da pior espécie, um homem terrivelmente imoral em sua vida privada, mas um perfeito moralista em público. Se ele tivesse me reconhecido, estaríamos em grandes apuros.

Kitty sentiu uma pontada de culpa por nunca ter levado a tia a sério quando ela mencionara tal risco no começo daquela empreitada. Ela levou a mão ao coração, desejando que se acalmasse um pouco.

– De todas as pessoas possíveis – disse ela com a voz fraca. – De todos os *momentos*. Embora eu suponha que tenhamos sorte por ter sido a única ocasião em que você foi reconhecida.

Tia Dorothy não respondeu, parecendo bastante distraída.

– Foi a única, não é? – pressionou Kitty, franzindo a testa.

– Preciso de uma bebida para acalmar os nervos – disse tia Dorothy com fervor. – Vou esconder meu rosto pelo resto da noite. Venha me encontrar quando pudermos ir embora.

Ela desapareceu. Kitty se sentiu extremamente tentada a fazer o mesmo, mas sabia que precisava voltar para os Pembertons assim que fosse seguro. Ela ficou de olho, esperando que saíssem do lado de Leicester, embora parecessem estar demorando muito. Supôs que Pemberton estaria empolgado demais para contar ao homem suas opiniões políticas para partir tão cedo. Ela suspirou.

– Que som melancólico... As coisas com Pemberton não estão indo de acordo com o plano?

Kitty se virou rapidamente, sem reconhecer a voz.

– Ah. Boa noite, lorde Selbourne. – Kitty fez a menor reverência que conseguiu executar.

Ele reconheceu o desprezo com um movimento imperturbável dos dedos.

– Já pensou sobre a minha oferta? – perguntou ele.

– Não – respondeu ela, com sinceridade. – Mas não tenho certeza de que o senhor realmente fez uma oferta.

– Que negligência da minha parte – disse ele, com seu sorriso de tubarão. – Muito bem, Srta. Talbot. Acredito que poderíamos ser muito úteis um ao outro. Seria uma pena desperdiçar seus talentos com Pemberton, quando poderia fisgar coisas bem melhores. Eu poderia ajudar, sabe?

– E eu teria que fazer o que em troca? – perguntou Kitty, erguendo as sobrancelhas.

Embora ela não conseguisse entender o que aquele cavalheiro queria exatamente, não havia dúvida de que ele era um canalha inescrupuloso.

Selbourne estendeu as mãos com uma inocência afetada.

– Você negaria uma fatia da torta a um amigo?

– Mas não somos amigos – respondeu Kitty com frieza, virando um ombro desdenhoso na direção dele.

Mas, antes que ela pudesse sair, ele a pegou de leve pelo braço.

– Talvez a senhorita se sinta mais confortável discutindo isso em particular. Estarei em Wimbledon neste fim de semana. Receberei convidados no sábado, mas, fora isso, estou livre. Vamos discutir o assunto com mais profundidade. Estou alugando Hill Place, perto da Worple Road. Não tem como errar.

O sujeito já estava aborrecendo Kitty, e os Pembertons finalmente haviam deixado Leicester de lado. Ela fez outra reverência insignificante.

– Muito bem, devo ir agora.

– Boa caçada – disse ele, sorrindo com todos os dentes.

Kitty reuniu todo o seu charme e sua perspicácia, decidida a impressionar a Sra. Pemberton com cada grama de seu corpo pelo resto da noite. A senhora era inescrutável, uma estranha mistura de virtude, esnobismo e vaidade, o que significava que encantá-la era parecido com tentar pegar um gato muito arisco. Mas, quando se despediram, Pemberton apertou sua mão com grande intensidade.

– Tenho negócios para resolver amanhã, mas será que vou vê-la no sábado, no baile dos Hastings? Tenho algo muito importante para lhe perguntar.

Capítulo 30

Na última vez que estivera tão convencida de que receberia um pedido de casamento, Kitty ficara exultante. Mas, por mais que tentasse, não conseguia reproduzir aquele sentimento empolgante. Sentou-se com tia Dorothy naquela noite, dividindo um bule de chá apesar da hora. Tentou planejar o que escreveria para Beatrice de manhã, para dar as boas-novas, mas não conseguia imaginar o que diria. Como ela poderia transformar tudo em alegria, quando na verdade estava sofrendo o mais severo ataque de tristeza?

– Então a noite foi um sucesso? – Dorothy a cutucou, depois de terem passado longos minutos em silêncio.

Kitty assentiu.

– Muito bem. No entanto, preciso fazer uma pergunta – prosseguiu a tia. – Você tem certeza de que está preparada para o que vem depois do noivado?

– Em que sentido? – perguntou Kitty.

– Bem, eu sei que você se conformou com a ideia de ficar noiva de um homem que não ama... mas está pronta para se casar com ele? Com tudo que isso implica?

Kitty se sentiu um pouco perdida com todas as conotações da pergunta.

– Acho que vou ter que estar pronta – disse ela por fim.

Tia Dorothy voltou a fazer um sinal positivo com cabeça, embora estivesse com um ar um pouco triste. Kitty tentou, por um instante, imaginar o dia do seu casamento. Sua mãe sempre falara desse dia, declarando-o um dos melhores de sua vida – apesar do sigilo, apesar de todas as coisas desagradáveis que se sucederam com a família do Sr. Talbot. *Éramos tão felizes*, costumava dizer ela, com os olhos úmidos e nostálgicos. Kitty sempre soube que seu casamento seria bem diferente, mas a perspectiva parecia pior do que nunca. Desde que... Bom, desde que tinha experimentado um gostinho do que estaria perdendo.

– Como era minha mãe quando você a conheceu? – perguntou Kitty de repente, quebrando o silêncio.

– Antes de conhecer seu pai, você quer dizer? – retrucou tia Dorothy.

– Sim.

Tia Dorothy parou para pensar.

– Era corajosa – disse ela depois de um momento. – Faria absolutamente qualquer coisa por aqueles que amava.

Kitty não tinha certeza de sua expressão, mas algo nela fez a tia erguer as sobrancelhas.

– Você não concorda? – perguntou tia Dorothy.

– Concordo, é claro – respondeu Kitty. – Decerto, é verdade, mas suponho que andei... um pouco zangada porque ela e papai... porque sempre conseguiram fazer o que queriam. Enquanto eu... – Kitty se interrompeu.

– Você não pode – concluiu tia Dorothy por ela.

– Mamãe não tinha irmãs – declarou Kitty. – Talvez tivesse sido diferente se ela precisasse sustentar uma família.

– Talvez – concordou tia Dorothy. – Nem todos nós podemos seguir o coração.

Kitty tomou um grande gole de chá. Aquela era a mais pura verdade.

– A vida deles não foi isenta de sacrifício, no entanto – lembrou tia Dorothy com delicadeza. – É claro que gostaríamos que eles tivessem sido um pouco mais prudentes do ponto de vista financeiro – Kitty deu uma risada seca –, mas, para se casarem, tiveram que deixar tudo para trás. Para seguir seus corações, eles precisaram pagar um preço.

– É verdade – disse Kitty, dando de ombros com amargura.

– Falei com a Sra. Ebdon hoje cedo – disse tia Dorothy, esperando que uma mudança de assunto aliviasse o humor sombrio de Kitty. – Eu já a mencionei antes a você. Rita administra a casa de apostas na Morwell Street. Eu estava querendo lhe contar.

– Ah, é mesmo? – Kitty fingiu interesse.

– Ela deixou escapar que o jovem Sr. De Lacy está se envolvendo com uma turma horrível. Estava apenas fofocando, você sabe... É claro que não contei a ela sobre a relação entre nossas famílias, mas, pelo jeito, ele foi visto desfilando pelo Soho na companhia daquele Selbourne. Sujeito terrível, do tipo que Rita não deixa entrar em seu estabelecimento. Ele trapaceia na mesa de jogo. E parece que costuma usar ópio também, segundo me disseram.

– O Sr. De Lacy apostando?

Kitty ficou bastante surpresa. Achava que isso não combinava com a personalidade do jovem. E, embora Selbourne tivesse dito que eram amigos, ela supôs que isso fosse parte de suas manipulações.

– E não achou necessário contar isso à sua querida amiga, lady Radcliffe? – perguntou Kitty, incisiva.

Sua tia a olhou como se ela fosse a criatura mais tola que já existira.

– E como eu explicaria meu relacionamento com a Sra. Ebdon a lady Radcliffe? Eu só pensei que, considerando sua... amizade com Radcliffe, você gostaria de avisá-los.

– Sim, obrigada – disse Kitty, distraída.

Quando tinha sido a última vez que havia conversado com o Sr. De Lacy? Fazia várias semanas, pelo menos. Conforme pensava sobre o assunto, reparou que ele fizera apenas as mais fugazes das aparições em eventos sociais, *quando* comparecia. Embora Kitty não quisesse mais se casar com o rapaz, não queria que ele se tornasse vítima do vício no jogo, ou que se envolvesse com más companhias. Ele tinha um bom coração e demonstrava suas emoções. Ela, mais do que ninguém, deveria saber como isso o tornava fácil de manipular.

Kitty jurou alertar Radcliffe do perigo o mais rápido possível, o que – inesperadamente – acabou sendo na noite seguinte. Kitty não o procurou – parecia nunca haver necessidade –, mas, assim que o relógio bateu 11 horas, ele apareceu ao seu lado.

– Para a senhorita – anunciou ele, oferecendo a ela uma taça que brilhava mesmo na luz fraca.

– Está envenenada? – perguntou ela, com falsa desconfiança.

– Não, não. Se eu quisesse matá-la, poderia pensar em meios bem mais eficientes – disse lorde Radcliffe, inclinando a cabeça e ponderando.

– Sim, suponho que o senhor poderia simplesmente me dar uns empurrões – sugeriu Kitty. – Menos elegante, mas possivelmente mais simples, e não faltam lugares convenientes para se livrar de um corpo indesejado em Londres.

James a olhou de soslaio.

– Estou assustado em saber que andou pensando tanto no assunto. Talvez seja eu quem deva se preocupar, não?

Ela balançou a cabeça, sorrindo, e tomou um gole do champanhe para reunir coragem.

– Na verdade, eu queria falar com o senhor sobre uma coisa.

– É mesmo? E como foi o confronto com os Titãs? – perguntou Radcliffe. Kitty o olhou, questionando-o, e ele explicou: – Conseguiu encantar a Sra. Pemberton até subjugá-la?

– Ah, deu tudo certo – disse Kitty com toda a vivacidade possível. – É uma mulher muito estranha, com certeza, mas, no final de nosso encontro, ela deu sua aprovação. Pemberton me disse que, no fundo, ela é uma romântica e que está feliz por ver que ele encontrou o amor.

Radcliffe engasgou.

– Amor? – perguntou ele, incrédulo. – Srta. Talbot, anda de fato exagerando!

– Que seja! Pelo menos é verdade da parte dele, o que acaba sendo a mesma coisa – insistiu Kitty com apenas um leve rubor nas faces.

Radcliffe apreciou seu desconforto por um momento. Isso quase nunca acontecia, e devia ser desfrutado como uma rara iguaria.

– Pemberton vai fazer o pedido amanhã – disse ela, levantando o queixo.

Ele sentiu que parte de seu bom humor se dissipava.

– É mesmo? – murmurou, tentando parecer desinteressado.

O que era verdade, é claro.

– Sim, no baile dos Hastings.

Radcliffe assimilou a notícia por um instante.

– Talvez eu devesse parabenizá-la – disse ele, por fim.

Ela balançou a cabeça, olhando para ele com um ar zombeteiro.

– Seria um pouquinho prematuro. Nunca se sabe, talvez o irmão do Sr. Pemberton chegue na última hora para me chantagear. Eu não gostaria de comemorar ainda, só para garantir.

– É claro – concordou Radcliffe, suavemente. – Muito sensato. Embora eu não ache que existam muitos homens no mundo que sejam corajosos o suficiente para enfrentá-la.

Ela riu.

– Apenas um, na verdade. – Kitty fez uma pausa. – Ainda não lhe agradeci por nos ajudar ontem com lorde Leicester. Foi muito gentil da sua parte. Sem sua intervenção, eu não poderia imaginar Pemberton querendo se casar comigo.

Kitty agradeceu sinceramente, mas Radcliffe não parecia nem um pouco disposto a aceitar sua gratidão, dando uma risada curta e amarga. Ela franziu a testa, sem saber como o havia ofendido.

– A senhorita quer mesmo se casar com alguém que não ama? – perguntou ele, abruptamente.

A mão de Kitty vacilou quando ela levou a taça à boca.

– As pessoas se casam sem amor o tempo todo – declarou ela, lembrando-o, com a voz endurecida. – Não é tão raro. O senhor acha que meu passado indigno me torna mais mercenária, mas os casamentos por conveniência são uma criação de sua classe social, não da minha.

– Nunca foi o seu passado que me causou incômodo, Srta. Talbot – disse Radcliffe, ofendido. – Apenas sua vontade de sacrificar a felicidade de Archie para seus próprios fins.

Kitty observou-o, avaliando.

– E se eu realmente estivesse apaixonada por ele? E aí?

– Eu não entendo…

– Se meus sentimentos por De Lacy fossem verdadeiros, teria aceitado nosso relacionamento, nosso noivado, mesmo com os meus antecedentes?

– Se eu tivesse certeza de que sua afeição era real, e a dele também, não vejo por que não – disse Radcliffe lentamente, sentindo que havia uma armadilha, mas incapaz de detectar qual era.

– Mentiroso – disse ela, quase carinhosamente. – Nunca teria permitido. O senhor diz que o problema era a minha falsidade, mas a lacuna em nossa posição social sempre teria impedido sua aprovação. O senhor nunca aceitaria, mesmo se acreditasse que meus sentimentos eram verdadeiros.

– E como eu poderia acreditar que seus sentimentos eram verdadeiros? – perguntou ele com aspereza. – Como poderia, quando a senhorita está tão claramente disposta a se casar com qualquer um que seja rico o suficiente, ignorando os sentimentos?

– Diga-me, então: o senhor poderia ter ignorado minha classe social? Esquecido minhas condições? Poderia realmente não ter se importado?

Sua voz estava impregnada de mais intensidade do que a discussão justificava, mas Kitty não se importou. Tinha que saber. Radcliffe não respondeu, fitando-a com uma emoção indecifrável nos olhos.

– Eu… – começou ele, mas não conseguiu terminar.

Então ela terminou a frase por ele:

– O senhor não conseguiria.

Agora os dois falavam sobre mais do que apenas Archie, e sabiam disso.

– A sua necessidade de dinheiro sempre seria maior do que seus sentimentos por Archie – disse ele com a voz rouca.

– E isso é tão importante assim? – perguntou ela. – Desejar é mais importante do que precisar?

– *Muito* mais importante – afirmou ele com a voz áspera.

– Eu entendo.

E entendia.

Kitty olhou para baixo e pigarreou bem alto duas vezes.

– Na verdade, eu tinha algo muito diferente para lhe dizer – disse ela, superando a seriedade daquele diálogo com pura força de vontade.

Houve uma longa pausa enquanto James parecia se controlar.

– Sim? – perguntou ele por fim.

– Achei melhor avisar: parece que Archie *está* com problemas. Ele foi visto na companhia de lorde Selbourne, frequentando as piores casas de apostas de Londres.

Radcliffe piscou, perplexo. Não esperava por aquilo.

– Obrigado por sua preocupação – disse ele com desdém –, mas Archie está bem. É dever de qualquer jovem cavalheiro correr alguns perigos em algum momento de sua vida.

Foi a vez de Kitty de ficar perplexa, pois ela não esperava *aquilo*.

– O senhor acha que é dever dele desenvolver o vício em jogo? Pois foi sobre isso que minha tia alertou. Ele passa as noites na companhia de homens que são barrados até mesmo em casas de apostas.

Radcliffe contraiu os lábios.

– Perdoe-me, mas eu confio no meu entendimento da situação, não no da Sra. Kendall.

– Por que acha o seu tão superior? – retrucou ela. – Receio que seu preconceito esteja se manifestando, milorde.

– Fique calma, Srta. Talbot. Considere seu aviso transmitido, mas eu garanto que Archie não corre perigo. A senhorita não acha, talvez, que sua experiência com seu pai esteja influenciando seu julgamento?

Ela recuou, como se tivesse levado um tapa. Kitty havia contado sobre o pai, achando que podia confiar em Radcliffe, numa de suas conversas tranquilas – aquelas em que sentia que poderia dizer qualquer coisa e que estaria segura. Aparentemente não era verdade.

– Talvez sua experiência com seu pai esteja cegando *você* – disparou ela. – Talvez ele tivesse bons motivos para despachá-lo para fora do país, se você estava seguindo o mesmo caminho de Archie.

– Como se a senhorita se importasse com meu irmão – rosnou ele. – Peço que o chame de Sr. De Lacy. Perdeu há muito tempo o direito de chamá-lo pelo primeiro nome. E, como estamos trocando conselhos, talvez devesse dedicar mais atenção à sua própria família, não à minha.

– E o que isso quer dizer?

– Não acha que é um pouco imprudente permitir que a Srta. Cecily e Montagu levem adiante um romance com tanta ousadia?

– Cecily e lorde Montagu?

Kitty ficou tão aturdida que se esqueceu da raiva por um momento, voltando-se para olhar a irmã. A dupla estava de pé, perto da mesa de bebidas, com as cabeças inclinadas. Mais uma vez sozinhos – o que, com toda a certeza, não era algo muito sábio. Ela teria que conversar com Cecily de novo. Sua pobre irmã não fazia ideia do que aquilo parecia. Voltou-se para Radcliffe.

– São amigos, nada além disso. Compartilham de muitos interesses intelectuais.

Ele zombou.

– A senhorita está cega e não enxerga a verdade. Os dois se consideram muito apaixonados. Qualquer um consegue perceber.

– O senhor está zangado comigo e tentando causar um problema – desdenhou ela. – Acha que eu não ia reparar se minha irmã estivesse apaixonada?

– Acha que eu não ia reparar se meu irmão estivesse em perigo? – devolveu ele, incisivo.

Os dois trocaram olhares furiosos, com mais frieza do que nunca.

– Sabe de uma coisa? – disse ela, sem conseguir conter as palavras. – Quando nos conhecemos achei que o senhor era orgulhoso, teimoso, rude e com um senso de superioridade do tamanho da Inglaterra. Estava começando a achar que eu me equivocara, mas agora percebo que devia ter confiado na minha primeira impressão.

– O sentimento é mútuo – respondeu ele, áspero.

Os dois deram meia-volta e se afastaram. Não olharam para trás.

Capítulo 31

Lorde Radcliffe deixou o baile, furioso, sem se preocupar em se despedir dos anfitriões ou de sua mãe. Irrompeu tão depressa escada abaixo que trombou com o capitão Hinsley, que acabava de chegar.

– James, vá devagar! Qual é o problema? – perguntou Hinsley, parecendo preocupado.

– Nenhum – retrucou Radcliffe.

Ele tentou seguir em frente, mas Hinsley segurou seu braço.

– Nenhum? Você está tremendo de raiva, deixe-me acompanhá-lo até sua casa – pediu ele, virando-se para se juntar ao amigo.

Radcliffe tentou se livrar dele, mas Hinsley não deixou.

– Sou perfeitamente capaz de ir para casa sem escolta, Harry – disse Radcliffe, com uma voz sombria e ameaçadora.

– Claro que é – disse Hinsley suavemente, sem nenhuma intenção de lhe dar ouvidos.

Ele subiu na carruagem depois de Radcliffe, sentando-se de frente para o amigo e o observando com olhos vigilantes.

– O que o deixou tão perturbado? – perguntou ele de novo.

– E-eu tive uma discussão com a Srta. Talbot – admitiu Radcliffe por fim. – Tudo começou com… com uma coisa, mas acabou virando uma discussão sobre Archie. Ela fez uma acusação ridícula, disse que Archie tem andado em más companhias… que estou tão cego pela forma como meu pai tratava minhas aventuras quando era rapaz que não consigo ver o que está bem na minha frente. Ela está *errada*.

Hinsley franziu a testa.

– Com quem o garoto fez amizade para deixá-la tão preocupada?

– Lorde Selbourne e sua turma – disse Radcliffe, impaciente. – Mas você não está entendendo, Harry...

– Selbourne? Não gosto muito disso, James. Faz um tempo que você não vem a Londres, meu caro. O velho Selby conquistou uma bela reputação.

– Selbourne? Ele é inofensivo. Ora, eu conhecia muito bem o homem... Certamente gostava de jogar e de beber, mas não era perigoso.

Hinsley não parecia convencido.

– Pelo que ouvi, é um pouco mais do que isso. Vou investigar e ver se consigo descobrir alguma coisa.

– Eu imploro que não faça isso – disparou Radcliffe. – Não há nada para descobrir. Archie não está com problemas, e eu agradeceria a todos se parassem de me dar conselhos que eu não pedi.

– E se ele estiver? – perguntou Hinsley, parecendo não se ofender com o tom de voz do amigo. – Tanto ela quanto eu achamos que algo de estranho está acontecendo... Eu diria que vale a pena dar uma olhada.

– Meu pai lidava com essas hipóteses – disse Radcliffe. – Não farei o mesmo tipo de interferência com Archie. Querer se divertir um pouco não faz de ninguém uma pessoa ruim, pelo amor de Deus. Archie deveria ser capaz de viver, de cometer erros e de crescer sem se preocupar com obrigações e fofocas.

Hinsley ergueu as mãos, rendendo-se.

– Tudo bem, tudo bem – disse ele, olhando para o amigo com mais atenção. Então, com astúcia, perguntou: – Sobre o que mais você e a Srta. Talbot discutiram?

– Não tem nenhuma importância – disse Radcliffe, encerrando o assunto. – Demorei muito tempo em Londres, muito tempo... Partirei para Radcliffe Hall amanhã.

Eles pararam em St. James's Place, e Radcliffe abriu a porta da carruagem imediatamente, sem esperar por um lacaio.

– Isto é um adeus, Hinsley. Vou escrever.

E assim ele entrou em casa, batendo a porta ao passar.

Kitty controlou suas emoções durante todo o baile – dançando uma quadrilha, três danças campestres e um cotilhão, tomando duas taças de champanhe e voltando de carruagem para casa – até a hora de ir para a cama. Foi só quando Cecily começou a roncar baixinho ao lado dela que Kitty libertou o soluço preso em sua garganta por tantas horas, permitindo que se derramasse silenciosamente na noite como um segredo.

Era tão injusto, muito injusto. Que homem horrível. Que homem preconceituoso, privilegiado e terrível. Ela o odiava. Desejava nunca mais vê-lo, nem nenhum outro De Lacy, pelo resto de sua vida.

Ela se revirou durante a noite toda, incapaz de sossegar o suficiente para dormir, mas o alvorecer lhe trouxe alguma calma. Ela se levantou antes de Cecily e se ocupou pelo quarto, abrindo o baú sob a janela, que não usavam desde sua chegada, e arrumando alguns de seus pertences dentro dele. Houve um gemido e um farfalhar atrás dela quando Cecily começou a acordar.

– O que você está fazendo? – perguntou ela com olhos turvos enquanto Kitty embalava o vestido de noite de que menos gostava.

Com toda a certeza, ele não seria necessário depois daquela noite.

– Estou botando algumas coisas na mala – murmurou, distraída. – Odeio deixar as coisas para o último minuto.

– Fazendo as malas? – Cecily se sentou. – Para onde vamos?

– Para casa, é claro – disse Kitty. – Depois desta noite, não devemos ficar por aqui mais de uma semana antes de podermos partir. Tenho a intenção de persuadir o Sr. Pemberton a se casar rapidamente. Não deve ser tão difícil. A família dele é pequena. Aposto até que vai achar romântico. Podemos passar a lua de mel em Biddington.

– Na próxima semana? – repetiu Cecily com a voz fraca.

– Estou achando estranho que esteja surpresa, Cecily – disse Kitty, exasperada. – Certamente, você sabia disso. Fico dizendo a você para prestar mais atenção no que os outros dizem… Se fizesse isso, não se surpreenderia o tempo todo.

Cecy parecia transtornada.

– Eu *não sabia*. Gostaria que tivesse me dito antes. Não podemos ficar mais um pouco?

– Por que você iria querer ficar? Achei que odiava Londres. Pelo menos, passou bastante tempo reclamando da cidade.

Houve silêncio por alguns segundos, e então, de repente:

– Estou apaixonada! – exclamou Cecily tão alto que Kitty levou um susto.

– Minha nossa, Cecy! Não precisa gritar. O que está dizendo? Apaixonada? Não pode ser.

– Eu estou – insistiu Cecy. – Por lorde Montagu... E ele também está apaixonado por mim.

Kitty pôs a mão na testa.

– Céus – gemeu ela. – Cecy... sinto muito, mas não temos tempo para isso.

– Não temos tempo...? Kitty, eu disse que estou apaixonada!

– Eu ouvi. – Kitty tentava desesperadamente manter a paciência. – Mas a questão é simples: não temos como arcar com os custos de ficar aqui por mais tempo. Nosso dinheiro praticamente acabou.

– Há coisas mais importantes do que o dinheiro! – declarou Cecy com paixão. – Lembre-se da mamãe e do papai.

– E como ficamos nessa história toda? – protestou Kitty. – Papai escolheu o amor em vez do dinheiro, e isso trouxe *consequências*, Cecy! Isso me deixou... *nos* deixou numa situação muito difícil.

– Mas...

Cecy tentou argumentar, mas Kitty não permitiu, deixando vir à tona seu temperamento forte.

– Não somos destinadas a ter quem queremos, Cecy! Como posso fazer você entender isso? – Kitty explodiu. Ela respirou fundo, tentando se acalmar. – Eu sei que é difícil, mas realmente temos que pensar nos objetivos maiores. Você precisa me escutar dessa vez.

– *Você* nunca me escuta! – gritou Cecy para Kitty. – Você diz que eu não escuto, mas você *nunca* me escuta, e já estou farta. Você está sempre me ignorando e me descartando, e nunca me ouve. Mas Rupert, sim. Ele está interessado no que tenho a dizer e... valoriza minha opinião. Você não! Você não se importa com o que eu penso.

Kitty ficou totalmente abalada. Essa fora a frase mais longa que Cecily já falara sem mencionar William Wordsworth em muitos anos.

– Muito bem... *O que* você acha? – perguntou Kitty.

Cecy a encarou, boquiaberta, por um segundo.

– Essa não é a questão! – exclamou ela. – Não consigo pensar em nada agora.

– Nesse caso – retrucou Kitty, com seu temperamento em ebulição outra vez –, não tenho tempo para chiliques. Cresça, Cecy! Se você não quer ajudar, o mínimo que pode fazer é me deixar salvar nossa família da ruína financeira em vez de puxar meu tapete no último minuto.

Cecy saiu, furiosa, do quarto, batendo a porta.

As irmãs não voltaram a se falar até muito mais tarde naquela noite. Cecily saiu de casa logo depois do café da manhã para um passeio com lady Amelia, segundo disse à tia Dorothy, embora Kitty estivesse na sala. Tia Dorothy, que estava prestes a deixar Londres durante o fim de semana para visitar uma amiga em Kent, gargalhou com as bobeiras de suas sobrinhas.

– Você deveria fazer as pazes com ela logo – instruiu a Kitty assim que Cecily saiu. – E vocês duas definitivamente não devem brigar na frente da Sra. Sinclair hoje à noite.

Como tia Dorothy estaria ausente, a Sra. Sinclair seria a dama de companhia das Talbots.

– Deve achar que fui dura demais – resmungou Kitty, que ainda não estava pronta para entender o lado de Cecily.

– Acho que você foi tola – disse tia Dorothy. – Ela é uma jovem vivendo seu primeiro amor. E é sua irmã. Converse direito com ela.

Ela beijou a bochecha de Kitty ao se despedir.

– Boa sorte esta noite – disse ela suavemente, apertando a mão de Kitty. – Estarei pensando em você. E... deseje-me sorte. Na viagem – acrescentou ela depressa, ao ver a testa franzida de Kitty. – Faz muito tempo que não viajo para tão longe.

– É claro – murmurou Kitty, despedindo-se da tia. – Divirta-se com sua amiga.

Tia Dorothy assentiu, pegou a mala e saiu. Kitty se aninhou na poltrona, emburrada. Supôs que tinha sido muito antipática, mas havia sido pega totalmente desprevenida. Cecily nunca havia expressado qualquer interesse por sentimentos românticos, e, como Kitty a considerava jovem demais para pensar em casamento, havia descartado essa possibilidade. E, por Deus, seria impossível mirar em alguém mais impróprio! Interessar-se por qualquer nobre seria perigoso – com todas as perguntas que a família se sentiria obrigada a fazer sobre os antecedentes de Cecily –, mas os Montagus eram conhecidos por protegerem sua linhagem nobre.

Mas isso não deveria importar. Era óbvio que Kitty vinha negligenciando Cecily, para que a irmã tivesse mantido tamanho segredo. Andara muito envolvida em seus próprios dramas para prestar atenção nela. Quando Cecily voltou para casa de sua caminhada, Kitty estava convencida de que talvez fosse a pior e mais cruel irmã que já havia existido. Tanto que, quando Cecily se declarou cansada demais para ir ao baile dos Hastings naquela noite, Kitty cedeu com bastante facilidade. Afinal, a viagem de carruagem até a mansão dos Hastings em Kensington era mais longa do que o normal. E, embora Kitty preferisse que Cecily estivesse com ela nessa noite importante, os Sinclairs bastariam como companhia. Além do mais, era o mínimo que poderia fazer depois de ter sido tão brutal com Cecily naquela manhã. A irmã precisava descansar.

É claro que se Kitty soubesse o que Cecily andara fazendo de fato naquela tarde, não teria sido tão gentil.

Capítulo 32

O problema desses vestidos elegantes era que eles deixavam a pessoa totalmente à mercê do clima, pensou Kitty com certa indignação ao se aproximar de Kensington na carruagem dos Sinclairs. Em Biddington, ela usava vestidos de algodão, como sempre, e tocava a vida, seja sob granizo, fogo ou enxofre. Mas ali, era preciso ter mais cuidado, especialmente quando uma tempestade estava se formando, como era o caso naquela noite.

Apesar de não sentir vontade nenhuma de comemorar, Kitty achou importante se vestir com esmero para seu pedido de casamento. Usava seu melhor vestido, de crepe azul, e suas luvas favoritas. Eram pouco práticas: cor de creme, feitas de tecido macio e com uma fileira de pequenos botões que iam do cotovelo ao pulso, e ela as amava ainda mais pelo ar de decadência da nobreza.

Procurando coragem em suas luvas, ela cambaleou para fora da carruagem depois da Sra. Sinclair, com uma das mãos sobre a cabeça para evitar que seu penteado fosse desarrumado pelo vento, e a outra apertando sua capa com força. A noite seria uma *provação.*

Pemberton a encontrou quase imediatamente.

– Srta. Talbot! – exclamou. Então, de maneira bem crítica, ele acrescentou: – Por que está tão desgrenhada?

– Está ventando muito lá fora – declarou ela, sem saber ao certo como poderia evitar parecer desgrenhada depois de caminhar no meio de uma forte ventania.

Ele franziu a testa. Em desaprovação ou descrença, ou ambos.

– Bem – disse ele, relutante –, suponho que não há nada a ser feito. Posso acompanhá-la pelos jardins? Eles são muito bonitos.

Ele estava prestes a fazer o pedido, sem mais delongas.

– Sim. – Kitty se ouviu falar, como se estivesse observando a cena de muito longe.

Ela pegou o braço dele, e os dois caminharam juntos até os jardins, que estavam bem iluminados e ainda movimentados, embora o ar noturno estivesse tão tempestuoso quanto antes. Ignorando isso – como se pudesse evitar o vento ao não percebê-lo –, Pemberton conduziu Kitty até um banco num canto isolado, onde os dois se sentaram lado a lado. Ele segurou a mão dela. Kitty lutou contra o desejo de afastá-lo. Não queria que ele a tocasse, pensou histericamente. Como poderia se casar com alguém que ela não queria que a tocasse?

– Srta. Talbot – disse ele com grande seriedade.

Estava na hora.

– Srta. Talbot – insistiu ele.

Era estranho, mas, apesar do vento, parecia haver uma espécie de eco no jardim, pois, embora a boca de Pemberton não estivesse se movendo, ela continuava a ouvi-lo chamar "Srta. Talbot" repetidas vezes, mais baixo.

– Srta. Talbot!

Não era um eco. Kitty ergueu os olhos e viu o capitão Hinsley correndo na direção deles. Que diabos…? Chegando mais perto, Hinsley olhou para Kitty para Pemberton, que também o encaravam.

– Ah, inferno! – disse ele, desesperado. – Peço mil desculpas por interromper… Poderia lhe falar por um instante, Srta. Talbot?

– Agora? – vociferou Pemberton, mas Kitty já estava se levantando.

– Uma emergência, não é? – perguntou ela ansiosamente enquanto o capitão a puxava um pouco para longe.

– A senhorita viu lady Radcliffe? – perguntou ele assim que Pemberton estava fora do alcance de sua voz.

– Lady Radcliffe? – perguntou ela, confusa. – Não, não a vejo desde a noite passada.

– Maldição! Pattson disse que ela estaria aqui, mas ainda não deve ter chegado. – Ele parou e praguejou, parecendo muito agitado.

– Que diabos está acontecendo, capitão?

– É Archie. É exatamente como a senhorita disse… ou pior. Ele tem andado em péssimas companhias. Andei fazendo perguntas por aí, e acredito que Selbourne o ludibriou a participar de um jogo de apostas altas. Esse diabo fez a mesma coisa com o filho dos Egertons e com o jovem Sr. Cowper. Dizem que ele deixa jovens ricos fora de si com a bebida e depois rouba todo o seu dinheiro com um baralho preparado. É assim que ele planeja recuperar sua fortuna. O sujeito está completamente endividado, sabe?

– Meu Deus – sussurrou Kitty, empalidecendo. – Radcliffe deve ser avisado agora mesmo.

– Ele partiu hoje para Devonshire! – respondeu Hinsley, infeliz. – Avisou-me ontem à noite... e Pattson disse que ele foi se despedir da família hoje de manhã. Não sei o que fazer. Nem sei para onde Archie foi. Não sei por onde começar.

Um fragmento de memória voltou à mente de Kitty.

– Mas eu sei... – disse ela lentamente, tentando capturar o pensamento. – Acho que sei para onde eles foram, pois o canalha tentou me convidar.

– Ele fez isso?! Que salafrário! O que ele disse? – perguntou Hinsley com urgência.

– Não consigo me lembrar direito... Eu não estava ouvindo com atenção – retrucou Kitty, quebrando a cabeça. – Era em Wimbledon, com certeza...

Ela se virou para Pemberton, que acenou com a mão, impaciente. Ela certamente deveria voltar para ele. Deixá-lo fazer o pedido. Aceitar. Era a coisa certa a fazer, Kitty sabia. Era simplesmente um daqueles momentos terríveis em que a coisa certa a fazer era também a opção egoísta. E, embora fosse doloroso para ela deixar o Sr. De Lacy à mercê de um destino tão terrível, ela não podia arriscar o destino de sua família por causa dele. Simplesmente não podia.

No entanto, sua mente se desviou para Radcliffe de forma espontânea: a meio caminho de Devonshire, sem dúvida amaldiçoando seu nome, e inconsciente do perigo que o irmão corria. Ele nunca se perdoaria se algo acontecesse com o Sr. De Lacy, isso era certo. Kitty mordeu o lábio.

– Sinto muito – disse ela, com a voz quase inaudível por causa do vento. – Tenho que ir.

Pemberton a olhou, boquiaberto, mas ela se voltou, determinada, para Hinsley. Seu coração estava batendo rápido, muito rápido, e ela tinha quase certeza de que estava cometendo um erro, mas era o que precisava fazer.

– Vou me lembrar do resto no caminho – disse ela. – Tenho certeza. Vamos logo.

Eles correram pelo saguão, Kitty recuperando a capa pelo caminho, e desceram os degraus da frente em direção às carruagens, onde um cavalariço olhava o cabriolé que Hinsley abandonara na pressa. Ela parou e olhou ao redor, para se certificar de que nenhum conhecido estava por perto, mas a entrada da garagem estava vazia e ela seguiu Hinsley.

– A senhorita tem certeza? – perguntou ele enquanto dirigia seus baios pela estrada. – Não sei se Radcliffe aprovaria...

– Ah, ninguém se importa com o que ele pensa – disparou Kitty. – O senhor apenas conduza... estou tentando me lembrar.

As rajadas implacáveis de vento açoitavam o cabelo de Kitty, soltando os grampos de seus cachos. Ela supôs que tinham sorte por não estar chovendo, pois com certeza já estariam encharcados, embora o vendaval bastasse para dificultar bastante o controle dos cavalos.

– Solte as rédeas – disse ela ao capitão Hinsley enquanto desciam a Worple Road, observando as mãos dele com um ar crítico.

– Não me diga o que fazer – disse ele com os dentes cerrados, embora tivesse afrouxado as rédeas de qualquer maneira.

– Eu não diria nada se você não parecesse tão necessitado de instruções – retrucou ela.

Não demorou muito para os dois abandonarem qualquer regra de etiqueta.

– Tem certeza de que este é o caminho certo? – indagou ele.

– Sim – disse ela com mais certeza do que realmente sentia. – Ele dissera algo sobre Hill alguma coisa, uma transversal da Worple Road.

– Não devemos estar longe, então. – Hinsley estreitou os olhos na escuridão.

– Que tipo de perversidades iremos encontrar por lá? – gritou Kitty, para que Hinsley conseguisse ouvir.

– Não sei – disse ele, sombrio. – Já ouvi histórias... Mesas com trapaças, ópio, mulheres e lutas privadas com prêmios. Só precisamos tirar Archie de lá antes que ele se comprometa demais. Selbourne tem sempre o mesmo esquema, pelo que me disseram. Atrai jovens fanfarrões e os deixa ganhar os primeiros dez jogos com ele. Quando se viciam na sensação, ele vira o jogo. Archie está em plena posse de sua fortuna no momento, e Selbourne está de olho nisso, ouça o que eu digo.

– Céus! – Kitty suspirou.

Como se convocada pela descrição de Hinsley, uma fileira de barras de ferro se ergueu de repente à frente deles – altas, feitas de aço e imponentes. Os portões principais estavam fechados, mas uma passagem menor, do tamanho de uma pessoa, estava entreaberta à esquerda.

– Certo – disse Hinsley, freando bruscamente.

Ele entregou as rédeas a Kitty.

– Fique aqui – declarou ele. – Ande com os cavalos. Devo voltar em 15 minutos.

– Eu vou com você – disse Kitty, indignada.

– Não vai – disse ele, com firmeza. – Eu a proíbo. É muito perigoso.

– Pode ser perigoso aqui fora – protestou ela. – Pode haver bandidos... ou criminosos!

– Teriam que ser bandidos corajosos numa noite como essa – disse ele, mas pareceu dividido.

Depois de um segundo, ele se inclinou sob o assento, tateando por ali, antes de se endireitar e puxar uma pistola.

– Tome cuidado com isso. Vou deixar no assento ao seu lado. Não toque nela a menos que esteja em perigo. Imagino que ninguém virá nesta direção, mas, se vier, alguém atire para o alto. Só vou demorar 15 minutos.

Assim, ele saltou da carruagem e, depois de alguns passos, foi engolido pela escuridão.

Capítulo 33

Radcliffe olhou para a rua vazia lá embaixo. Um vento forte afligira Londres ao anoitecer, lançando contra o vidro da janela chuva e folhas vermelhas das árvores próximas. Era a tempestade mais violenta que ele via em anos. Atrás dele, tudo estava empacotado. Pela manhã, ele partiria para Radcliffe Hall. Pretendera ir naquele mesmo dia, mas o tempo tornara a viagem bastante perigosa. Tentou visualizar a propriedade em sua mente – era uma fonte de conforto, o lugar onde ele se sentia mais à vontade no mundo inteiro –, mas o exercício o deixou totalmente frustrado. O isolamento não tinha o mesmo apelo que antes.

Uma batida educada veio da porta. Ele ergueu os olhos e viu Beaverton na soleira.

– Uma jovem deseja vê-lo, milorde.

Radcliffe olhou para o relógio. Seu primeiro pensamento foi ponderar se seria melhor que a Srta. Talbot tivesse escolhido aparecer às nove da noite em vez de pela manhã, mas então lembrou que não havia mais motivo para que ela o visitasse. No dia seguinte ela estaria noiva, talvez até já estivesse. A não ser que…

– Mande a Srta. Talbot entrar – instruiu ele, com a curiosidade aguçada e o coração batendo um pouco mais depressa.

Ele se levantou e caminhou até a lareira para se apoiar, fingindo indiferença… antes de se endireitar quase imediatamente, sentindo-se um tolo.

Beaverton fingiu não notar o movimento, como sempre desejando proteger a dignidade de seu senhor.

– Na verdade, quem está aqui é a jovem que sempre a acompanha.

– A empregada? – Radcliffe parou abruptamente.

Beaverton havia conduzido a jovem à biblioteca, e Radcliffe desceu a escada às pressas para encontrá-la. De fato, era a empregada que acompanhara a Srta. Talbot em suas diversas visitas. Radcliffe reconheceu o cabelo ruivo, bem como o olhar direto, tão desconcertante.

– Posso ajudá-la? – perguntou ele. – Está tudo bem?

– Espero que sim – disse ela, aflita. Mantinha a postura ereta, mas algo sugeria que estava nervosa. – Sei que é muito estranho que eu apareça sozinha por aqui, milorde, mas preciso de ajuda. A Sra. Kendall está em Brighton e a Srta. Kitty foi para Kensington, e... eu não sabia para onde ir.

– O que há de errado? – perguntou ele, incisivo.

– É a Srta. Cecy, milorde. Ela acabou de partir, fugiu para se casar – disse ela, desesperada, brandindo uma carta.

James a pegou, percebendo que já estava aberta.

– Está endereçada à Srta. Talbot – disse ele num tom neutro.

– Se o senhor acha que eu não abriria uma carta como essa, em que é evidente que há problemas, está completamente enganado – retorquiu ela, repentinamente feroz.

Ele examinou o conteúdo, e a expressão em seu rosto ficou mais sombria.

– A Srta. Talbot sabe disso?

– Não, milorde. Como eu disse, ela está no baile dos Hastings e, até que eu chegue lá, eles já estariam na metade do caminho para a Escócia. Eu vim procurá-lo diretamente.

Radcliffe assentiu, distraído, tamborilando na mesa. Podia ter perguntado à jovem por que ela sentiu a necessidade de procurá-lo. Podia protestar por envolvê-lo em uma confusão de outrem que não tinha *nada* a ver com ele, visto que a Srta. Cecily não era um membro de sua família, nem mesmo uma relação próxima. Por que ele deveria se importar? Mas de que adiantaria? Ele não ia deixar uma coisa tão desastrosa acontecer com a Srta. Talbot, não quando isso arruinaria tudo o que a corajosa criatura tinha feito até ali por sua família. Não adiantava discutir os porquês, não quando ele soubera que faria algo a respeito desde o primeiro segundo.

Ele caminhou até a porta, abriu-a imperiosamente e chamou o criado.

– Beaverton, envie um homem para os portões oeste e norte. Pergunte se eles viram a carruagem de Montagu passar. Ordene que voltem assim que tiverem notícias. E mande Lawrence entrar.

Com algumas frases curtas, já havia um exército sob seu comando. Lawrence chegou, apressado, vestindo uma jaqueta.

– Traga a carruagem, Lawrence, e sele meu baio. Estamos partindo para a Escócia em uma missão urgente.

Radcliffe se virou para Sally.

– Vai me acompanhar? – perguntou ele, curvando-se com cortesia.

– O que o senhor planeja fazer? – perguntou ela, desconfiada.

– Vou trazê-los de volta – respondeu ele, severo.

Eles viajaram para o norte o mais rápido que puderam, com o vento uivando nos ouvidos de Radcliffe. Lawrence conduzia a carruagem, com Sally sacudindo dentro dela, mas Radcliffe os ultrapassou quase de imediato na sela do baio. Não havia chance de se perderem na Grande Estrada do Norte, e, embora a carruagem e a companhia de Sally fossem essenciais para a viagem de volta com a Srta. Cecily, Radcliffe sabia que a única chance de pegar o casal seria a cavalo.

A carruagem dos Montagu tinha sido vista partindo para a Grande Estrada do Norte menos de duas horas antes – o tolo casal não teve sequer o bom senso de alugar um veículo sem identificação, mas, naquele caso, a imprudência fora muito útil para quem os procurava. Radcliffe não achava que a carruagem dos Montagu fosse páreo para seus cavalos, e não era impossível que eles a alcançassem. Ele cerrou os dentes, querendo torcer o pescoço do jovem Montagu. Que plano estapafúrdio! A família Montagu jamais aceitaria aquela união. Muito menos depois que a Srta. Cecily e lorde Montagu, ambos solteiros, passassem várias noites viajando juntos. Teria o casal imaginado que seria possível chegar à Escócia em apenas uma noite? Na melhor das hipóteses, a família poderia buscar silenciosamente uma anulação para abafar o escândalo, mas isso certamente destruiria o nome das Talbots, enquanto os Montagus seriam capazes de passar ilesos por tudo. O Sr. Pemberton, por vergonha, com certeza terminaria o noivado com a Srta. Talbot. E, embora ele não pudesse pensar em nada que desejasse menos do que ver aquele homem casado com a Srta. Talbot, não suportava imaginar que ela pudesse sofrer um destino tão cruel.

Ele dobrou uma esquina e diminuiu a velocidade do cavalo ao ver uma forma escura à sua frente. Radcliffe franziu os olhos na noite sombria, praticamente incapaz de enxergar além de alguns metros à sua frente. À medida que se aproximava, conseguiu ver o que parecia ser uma carruagem.

– Há alguém aí? – chamou na escuridão, mas seu grito foi carregado pelo vento com tanta facilidade que pareceu não passar de um sussurro.

Ele trotou até ela e, ao se aproximar, viu que o veículo estava danificado: uma roda estava caída a vários metros da carruagem, e a outra ainda estava presa, mas torta, com os aros esmagados. E pior, bem pior: quando Radcliffe se aproximou, sob o céu escuro como breu, o suficiente para ter uma visão completa do veículo, identificou o tronco de uma árvore partindo a carruagem ao meio. O veículo tinha sido esmagado pelo peso. Na porta, o brasão dos Montagu reluzia.

Radcliffe praguejou. Eles não podiam estar longe, disse a si mesmo.

Alguém devia ter retirado os cavalos. Eles estariam na estalagem mais próxima, com toda a certeza. Radcliffe esperava que Lawrence tivesse o bom senso de não deixar Sally ver o que restava da carruagem quando a alcançassem, então seguiu com seu cavalo. Ele não se permitiu imaginar em que estado estaria a Srta. Cecily Talbot quando fosse encontrada.

Kitty esperou 15 minutos inteiros antes de seguir Hinsley pela estrada. Bom, com certeza dez minutos haviam se passado, o que dava no mesmo. Ela sabia que Hinsley não a agradeceria por intervir… E se ele realmente precisasse de sua ajuda? Ela não ouviria um grito com aquela ventania – talvez nem ouvisse um tiro, pensando bem. Olhou para a escuridão atrás do portão, hesitante. Sabia que não poderia ficar nos bastidores por muito tempo. Deixou a segurança da carruagem e correu para encontrá-lo.

O caminho era mais curto do que esperara, e Kitty avançou na escuridão da melhor forma possível, chegando logo na casa. Era um solar que devia ter sido grandioso no passado, mas parecia um pouco decadente agora. A porta estava escancarada, com uma réstia de luz se derramando na escuridão. Ela respirou fundo e entrou.

Viu Hinsley primeiro. Estava no corredor, cara a cara com Selbourne, com um ar feroz.

– Está tudo ótimo, Hinsley – dizia Selbourne, com uma fala arrastada e enfurecedora –, mas temo que Archie esteja... hum... indisposto e não queira vê-lo.

– Deixe-me passar – retrucou Hinsley com uma ênfase sombria. – Senão eu o obrigarei.

Na opinião de Kitty, aquele era exatamente o tipo de baboseira que os homens começavam a pronunciar sempre que ficavam sozinhos por muito tempo. Não havia sutileza – e nenhuma eficiência também. Ora, se Hinsley não podia ir até Archie, Archie podia muito bem se juntar a eles.

Kitty soltou um grito estridente de desespero. Os dois homens deram um pulo, virando-se espantados para ela.

– Que diabos?! – retrucou Selbourne.

– Srta. *Talbot*! – Hinsley não parecia satisfeito.

– Ah, estou fora de mim! – exclamou Kitty, produzindo barulho suficiente para acordar os mortos, ou pelo menos os bêbados. – Socorro! Socorro! Preciso de ajuda!

Ela pisou no aposento e, desajeitada, trombou numa armadura que montava guarda na porta. A peça caiu com um grande estrondo, desabando no chão numa balbúrdia notável. Kitty ouviu passos acima dela, e uma porta se abriu no topo da escada. Nuvens de fumaça escapavam à frente de um grupo de homens muito desgrenhados, que corriam até a fonte do barulho. Os coletes estavam desabotoados, as gravatas, desamarradas, e um deles tinha uma mancha inconfundível de rouge na bochecha. Entre eles, como um querubim que entrou por engano no chá do diabo, estava Archie, piscando na escuridão.

– Srta. Talbot? – disse Archie, incrédulo, parecendo totalmente atordoado. – Hinsley? O que diabos estão fazendo aqui?

Selbourne tinha um ar contrariado.

– Parece que o capitão Hinsley e a Srta. Talbot acharam por bem invadir minha propriedade e a nossa noite. Ambos parecem achar que você precisa ser resgatado, meu garoto.

– Resgatado? – Archie olhou de Kitty para Hinsley. – Isso é verdade? Acham que sou mesmo tão patético a ponto de precisar ser resgatado de uma festa?

– Não é patético – disse Hinsley calmamente. – Apenas está sendo enganado. Vamos embora, Archie.

– Não, não vou – insistiu Archie. – Estou me divertindo e não sou uma espécie... uma espécie de criança que precisa ser levada para casa. Eu não vou a lugar nenhum.

– Exatamente – disse Selbourne, recuperando a postura presunçosa de costume. – Vamos voltar lá para cima. Hinsley, Srta. Talbot... saiam da minha propriedade antes que eu os coloque para fora.

– Archie, ele está tentando trapacear e tirar dinheiro de você – disse Kitty, com urgência. – Ele não é seu amigo...

– E você é? – Archie soltou uma risada zombeteira.

– Não vamos a lugar nenhum até que você venha com a gente – afirmou Hinsley, estendendo a mão para Archie de novo.

Selbourne já estava farto.

– Muito bem. Lionel? – gritou ele.

Outra porta se abriu, dessa vez de uma antecâmara, e três figuras grandes marcharam para fora. Archie os fitou, inseguro, assim como os outros convidados, que recuaram, perplexos. Hinsley ficou um passo à frente de Kitty.

– Eu não gostaria de obrigá-los a sair – disse Selbourne, num tom conciliador. – Não me force a fazer isso, Hinsley.

– Selby – disse Archie, um pouco chocado –, não acho que esse tipo de coisa seja necessária... é uma terrível grosseria. Na verdade, acho que vou embora, sabe? Sim, acho que devo ir... Isso não tem graça, de jeito nenhum.

– Archie, infelizmente não posso permitir que você saia no meio de um jogo. Seria muito indelicado – disse Selbourne suavemente, mas Kitty sentiu um arrepio percorrer seu corpo.

Archie olhou para o amigo, horrorizado.

– Selby, por que você me trouxe para cá? – perguntou ele, por fim. – Você ia mesmo me enganar?

– Volte para a mesa, Archie – disparou Selbourne. – Seu garoto estúpido, você não entende... Eu preciso que você volte para a mesa. Não me obrigue a pedir de novo.

Lorde Selbourne não parecia mais tão elegante, e seus olhos inquietos viajavam de Archie para Hinsley e Kitty. Na verdade, Archie se viu diante de um homem completamente desequilibrado.

– Lionel – chamou Selbourne de novo, e um dos homens corpulentos começou a avançar. – Leve Archie de volta ao seu lugar, certo?

– Ora, tire suas mãos de mim! – gritou Archie quando começaram a puxar seus braços.

– Já chega! – disse Kitty com firmeza.

Ela passou por Hinsley, puxou a pistola de debaixo da capa e apontou diretamente para Selbourne. Os homens ficaram imóveis.

– Ah, mas que droga – retrucou Hinsley. – Ela trouxe a pistola! Srta. Talbot, me dê essa arma.

– Que tal a gente se acalmar? – sugeriu Kitty com delicadeza, ignorando Hinsley. – Não há necessidade de tanta grosseria. Vamos sair agora, lorde Selbourne, todos nós... com pedidos de desculpas por interrompermos a noite.

A visão da pistola deixara todos em silêncio, e logo ficou claro que nenhum dos homens reunidos sabia muito bem o que fazer. Houve uma pausa constrangedora. Archie encarava Kitty, estupefato por ter uma cena tão vulgar se desenrolando diante de si. Hinsley lançou um olhar fulminante para Kitty e estendeu a mão, suplicante. E Selbourne, agitado, fitava Archie, Kitty e Hinsley, consternado por sua noite ter acabado tão mal.

– Srta. Talbot – Selbourne foi o primeiro a falar, numa imitação passável de seu tom calmo –, não espera que eu acredite que uma dama como a senhorita vai realmente atirar em mim.

Kitty manteve as mãos firmes.

– É um jogador, Selbourne. Está disposto a apostar?

Ele passou a mão úmida pelos cabelos.

– Deixe-o subir – implorou ele. – Não entende a dificuldade que estou passando. Eu... preciso do dinheiro. E ele mal vai notar a diferença.

– Então é isso – murmurou Archie de novo, assombrado.

Selby não parecia tão glamoroso quando implorava.

Kitty apenas sacudiu a cabeça. Os dois se fitaram por um segundo – e mais outro. No terceiro, Selbourne fez um sinal com a mão, e seus homens recuaram. Interpretando aquilo como sua deixa, Archie recuou em direção a Hinsley e Kitty.

– Er... sinto muitíssimo, Selby, pelo inconveniente e... por tudo – disse ele com admirável educação. – Mas acho que devo acompanhar a Srta. Talbot até sua casa, sabe? Com esse tempo... Tenha uma ótima noite, milorde.

Capítulo 34

A estalagem apareceu na escuridão de repente. Radcliffe avançou a galope, desmontando depressa no pátio e entregando as rédeas do cavalo para um ajudante de estábulo.

– Segure-o! – gritou enquanto entrava.

À sua frente, encostado na mesa do estalajadeiro, lorde Montagu discutia ferozmente.

– Precisa me ouvir... É importante... Nós só precisamos... – Ele interrompeu a frase com um grito quando Radcliffe o pegou pela orelha e o arrastou.

– Como ousa! – exclamou Montagu, indignado, brandindo o punho.

Radcliffe evitou os golpes com facilidade e puxou a orelha do jovem de novo, para chamar sua atenção.

– Onde está a Srta. Cecily? – perguntou ele com severidade. – Ela está machucada?

– Realmente não acho que seja da sua conta, milorde. – Outra torção na orelha. – Ai, pare, me solte! Ela está ali, e está ótima.

Radcliffe o largou na mesma hora.

– Vamos voltar a conversar daqui a pouco – disse ele, sombrio.

O estalajadeiro observava os acontecimentos com um ar de satisfação arrogante.

– Eu disse, garoto – disse ele a Montagu. – Sabia que haveria pessoas atrás de você.

– Mande um de seus homens esperar na estrada – ordenou Radcliffe ao sujeito. – Preste atenção à minha carruagem e faça um sinal. Ela não deve estar muito longe.

Ele lhe deu uma moeda e entrou na antecâmara, onde encontrou uma

Srta. Cecily de nariz vermelho, desolada, sentada perto do fogo. Ela ergueu os olhos, chocada.

– Radcliffe? O que está fazendo aqui? – perguntou ela, surpresa.

– Eu poderia lhe fazer a mesma pergunta. Está machucada? Eu vi a carruagem. – Ele inspecionou-a em busca de ferimentos.

– Estou bem – disse ela, com a voz fraca. – A carruagem já havia perdido a roda antes que a árvore caísse, então ficamos todos bem... até os cavalos.

– Ótimo. Muito bem, levante-se. Vamos voltar para Londres agora – declarou ele com rispidez.

– Não, eu não vou – retrucou ela com teimosia. – Não tenho que fazer o que o senhor diz.

– Eu estou aqui – disse ele, reunindo os últimos vestígios de paciência que possuía – em nome da sua irmã. Já pensou em como isso a preocuparia?

– Como se ela se importasse! – rebateu Cecy, levantando-se, trêmula, com um ar dramático. – Ela só se preocupa com festas, flertes e...

– E resolver os problemas financeiros da sua família para que a senhorita tenha onde morar? – sugeriu ele.

Ela murchou, de repente parecendo a criança perdida que era.

– Eu não conseguia pensar em mais nada para fazer – disse ela, arrasada. – Às vezes pode ser tão difícil conversar com ela... Eu tentei.

– Venha – disse ele com gentileza, amolecendo diante da angústia da jovem. – Acho melhor a senhorita voltar a conversar com ela. Pode retornar para Londres em minha carruagem, com sua criada. Montagu permanecerá aqui, para não vincular nenhum sussurro impróprio ao seu nome. Ninguém precisa saber.

Cecily assentiu, nervosa. Radcliffe saiu para providenciar um chá quente para a jovem enquanto esperavam a carruagem. Ele encontrou Montagu quase no mesmo instante. O jovem estava parado perto da porta e parecia ter recuperado um pouco do ânimo.

– Mas que coisa! – exclamou ele em voz alta. – Não pode simplesmente levá-la... Até onde sei, você pode ser um sequestrador! Um sequestrador! Eu não vou tolerar isso, ouviu?

– Fale baixo – murmurou Radcliffe, num tom incisivo. – Você quase causou um dano irreparável à reputação dessa jovem. Não piore as coisas. Agora, me escute. Ouça! Deve passar esta noite aqui. Arrume um quarto...

e não diga uma palavra sobre a presença da Srta. Talbot. Dirá às pessoas que estava a caminho da casa de um parente quando sua carruagem foi danificada. Não quero nenhum sussurro maldoso associado ao nome dela, está me ouvindo?

Montagu engoliu em seco, replicou alguma coisa e assentiu. Seu topete dramático e alto murchou.

– Eu a amo – disse ele com simplicidade. – Não quero que nada de ruim aconteça com Cecily, nunca.

– Então fique feliz por eu ter chegado a tempo – afirmou Radcliffe. – Agora vá.

Lawrence estava a menos de uma hora de distância, no fim das contas. Deveria ter conduzido como o diabo para conseguir tamanha façanha, mas supervisionou a troca dos cavalos sem nenhum sinal de cansaço. Eles teriam que deixar os cavalos de Radcliffe na estalagem, para descansar, o que Radcliffe sabia que não agradaria Lawrence. De fato, seus olhos e sua língua foram igualmente críticos enquanto ele dava um sermão no ajudante do estábulo sobre os cuidados com os animais.

– Volto amanhã – declarou Lawrence. – Assim que eles tiverem a chance de descansar. Portanto, nem pense em emprestar os nossos... Eles custam mais do que a sua vida. – Era uma ameaça.

– Já chega, Lawrence – disse Radcliffe, com gentileza. – Lembre-se de que são eles que estão nos fazendo um favor.

– *Hunf* – foi tudo que Lawrence disse.

Radcliffe ajudou a Srta. Cecily a subir na carruagem, seguida por Sally.

– Eu também entraria, milorde. Não adianta ambos ficarmos com frio – disse Lawrence alegremente.

Seu baio também ficaria por lá, para descansar com os cavalos da carruagem, e a estalagem não tinha nenhum outro animal para oferecer. Verdade seja dita, Radcliffe ficou bem feliz por ter a oportunidade de se aquecer.

– Estou lhe devendo alguns favores – disse para Lawrence.

– Aceitarei um aumento – retorquiu Lawrence, animado.

Dentro da carruagem, a Srta. Cecily adormeceu num sono agitado enquanto Sally contemplava a escuridão pela janela, completamente desperta.

– Temos sorte por Cecily não ter se machucado – disse ela, rompendo o silêncio. – Vou ficar feliz por levá-la inteira de volta para casa.

– Você se superou hoje, Sally – afirmou Radcliffe, lutando contra a vontade de bocejar. – Tem minha gratidão. E a gratidão da Srta. Talbot também, tenho certeza.

Ela assentiu.

– Por que veio me procurar? – perguntou ele, com curiosidade. – Acho que fez a coisa certa, mas por que fui sua primeira opção?

– Ora, eu não conseguiria chegar até a Srta. Kitty a tempo… embora eu tenha certeza de que ela resolveria tudo num segundo, sabe? – confessou ela.

Radcliffe pensou, com certa amargura, que não sabia muito bem como a Srta. Kitty teria resolvido a situação melhor do que ele, mas controlou o impulso de mencionar isso.

– E ela confia no senhor – concluiu Sally. Ela o observou com atenção. – Acho que ela confia muito no senhor, na verdade.

Assim que saíram da casa, Archie, Hinsley e Kitty começaram a correr, como se tivessem combinado isso com algum sinal. Não houve som de perseguição, mas eles correram mesmo assim, com os pés voando sobre rochas e pedras. Passaram pelo portão, se espremeram lado a lado no cabriolé, e Hinsley saiu com os cavalos imediatamente. Quando dobraram a primeira esquina, estavam cavalgando a quase 16 quilômetros por hora.

– O que foi isso?! – retrucou Hinsley. – Eu disse para você ficar na carruagem!

– E eu fiquei, até parecer que você não ia voltar mais – protestou Kitty.

– Isso é uma mentira descarada!

– Ela ia atirar nele – disse Archie, confuso.

– Não ia – insistiu Kitty.

– Me dê a pistola – instruiu Hinsley com raiva, tentando segurá-la. – Pelo amor de Deus, você tem a mínima ideia de como usá-la?

– Bem, na verdade, não – admitiu Kitty. – Mas, ao que parece, você também não! Ela não estava carregada, seu idiota. Eu verifiquei assim que você saiu. Tem certeza de que é um soldado?

– Meu bom Deus – praguejou Hinsley. – Meu bom *Deus*.

– Íamos acabar presos naquela casa – disse Kitty. Agora que se encontrava na segurança do veículo, ela estava recuperando seu autocontrole de sempre. – Não havia muito mais a ser feito a não ser ameaçá-lo de forma convincente.

Hinsley soltou uma gargalhada selvagem.

– Hinsley... Hinsley, que diabos está acontecendo? – perguntou Archie, com a voz fraca.

– Viemos resgatá-lo – respondeu o outro, alegremente. – Resgatá-lo da ruína certa. Devo dizer que é a primeira vez que faço um resgate com uma mulher ao lado, mas devemos dar crédito a quem merece. Você teve um desempenho excelente, Srta. Talbot.

Ele fez um pequeno floreio cortês em sua direção, e ela retribuiu o gesto com mais pompa ainda.

– Devo dizer que também se saiu muito bem, meu caro senhor.

Archie começou a achar que os dois haviam ficado loucos.

– Talvez eu deva conduzir o veículo – disse ele com cautela enquanto eles começavam a rir de novo.

– Melhor não, meu querido garoto, posso sentir o cheiro da bebida em você... e o cheiro da fumaça – disse Hinsley. – Está se sentindo bem?

– Acho que sim – disse Archie, inseguro. – Mas me sinto um idiota. Não acho que Selby seja meu amigo, afinal.

– Sinto muito, Archie – disse Kitty, com verdadeiro pesar na voz.

Archie olhou para ela.

– Mas por que você veio, Kitty? – perguntou Archie. – Realmente não acho muito apropriado.

– Eu tive que vir – respondeu ela. – Sendo apropriado ou não. Além disso, com seu irmão de volta a Devonshire... quem mais viria atrás de você?

Kitty sorriu calorosamente, e Archie sentiu um mau pressentimento. Droga, a jovem ainda estava apaixonada por ele. Um modo muito esquisito de se comportar se esse fosse o caso, mas os sinais eram claros como o dia. Não havia mais nenhum motivo para Kitty ir atrás dele. Archie percebia isso.

Alguns meses antes, essa revelação teria deixado Archie corado, mas agora ele começava a perceber, com desconforto, que não estava nada satisfeito. Não achava que os dois combinassem, afinal de contas. Ora, ela apontara uma arma para o amigo dele! Sim, era um amigo que ele depois descobriu ser um vilão. Mas mesmo assim…

Não tem *graça*, pensou ele, sombrio. Era o tipo de coisa que ninguém gostaria que a esposa fizesse: atirar nas pessoas com ou sem motivo, ou ameaçá-las, o que não era muito melhor. Mas como rejeitaria tal dama?, pensou ele com horror. Ela provavelmente tentaria atirar *nele*! Archie se recostou na carruagem, bastante exaurido.

Capítulo 35

Depois de se livrar da ansiedade, a viagem de volta pareceu mais curta para Radcliffe, e não demorou muito para que as luzes de Londres começassem a brilhar através da pequena janela da carruagem. Ele bateu no teto, e Cecily acordou num sobressalto.

– Leve-nos primeiro para a Wimpole Street! – exclamou ele para Lawrence.

Menos de dez minutos depois, porém, houve outra batida no teto, vinda de fora, e Lawrence falou:

– Milorde? Acho que deveria sair da carruagem.

Ao abrir a porta e sair, as palavras de Lawrence fizeram todo o sentido, pois o caminho estava bloqueado por um cabriolé enlameado que vinha no sentido contrário. Dentro dele estavam o capitão Hinsley, Archie e a Srta. Talbot, todos parecendo muito fustigados pelo vento.

– Radcliffe! – exclamou Hinsley, aliviado. – Aí está você!

Sally e Cecily saltaram da carruagem atrás de Radcliffe, e Kitty as encarou com espanto.

– O que está acontecendo? – disseram Radcliffe e Kitty ao mesmo tempo, trocando olhares furiosos.

– Talvez seja melhor entrarmos – disse Hinsley, apressado. – Será melhor do que discutimos na rua.

– Discutir sobre *o quê*? – indagou Radcliffe, incisivo.

– Cecily, Sally, o que está acontecendo? – Kitty pegara o braço da irmã e a arrastava para dentro de casa. – Entrem todos vocês!

Entraram na casa, aliviados por sair do vento forte. As duas histórias foram contadas de forma bastante desordenada, uma sobre a outra, interrompidas por exclamações de espanto, bem como por ruidosas demandas de Radcliffe e da Srta. Talbot por explicações que não cabiam no momento. Mas, aos poucos, da mesma forma que se monta um quebra-cabeça, todos os presentes formaram uma imagem bastante clara de como cada um havia passado a noite.

– Cecily! – balbuciou Kitty, muito abalada. – Como pôde fazer isso?

A irmã caiu no choro e saiu correndo do aposento. Nesse meio-tempo, Radcliffe havia se voltado para Hinsley, furioso.

– Por Deus, como pôde permitir que a Srta. Talbot fizesse isso? – Havia uma cólera feroz e real em sua voz. – Ela poderia ter se machucado.

– Permitir? – protestou o amigo, transbordando de indignação. – Meu bom Deus, *você* já tentou alguma vez dizer a ela o que fazer?

– É culpa minha – confessou Archie, infeliz. – Eu acabei envolvido naquilo tudo, e... e Gerry, Ernie e Hinsley tentaram me avisar, mas eu não ouvi. As coisas ficaram terrivelmente fora de controle.

Ele parecia muito jovem e muito triste. Isso tocou o coração de Radcliffe.

– A culpa é minha – disse ele, com a voz rouca, apertando o ombro de Archie. – Eu deveria ter percebido. Deveria ter sido mais presente. E não estou falando apenas deste ano.

Archie abriu um sorriso melancólico, e os dois se abraçaram.

– Sinto muito, Archie – disse Radcliffe, dando-lhe um tapinha nas costas.

– Suponho que devo ir para casa antes que mamãe tenha um ataque – disse ele, sombrio, enquanto recuava.

– Devo deixá-lo em casa? – sugeriu Hinsley, observando-os com um sorriso.

– Não. Eu farei isso – respondeu Radcliffe. Em seguida, apertou o braço do amigo. – Obrigado, Hinsley. Falo com você amanhã.

A amizade deles era muito antiga para precisarem de mais palavras. Hinsley apertou a mão de James.

– Espere por mim na carruagem, está bem? – disse Radcliffe para Archie. – Vou demorar um pouco.

Archie e Hinsley saíram. Hinsley lançou uma piscadela atrevida para Radcliffe, que a ignorou deliberadamente. E então ficaram apenas a Srta. Talbot e Radcliffe – Kitty e James – parados na sala mal iluminada.

– O que você fez esta noite por Archie... Não precisava ter feito isso – disse ele, assim que ficaram sozinhos.

– Nem você precisava ter feito nada por Cecily – respondeu ela com veemência. – Mas agora que nós dois já nos envergonhamos por fazer coisas que não deveríamos, talvez possamos concluir nossas noites.

Ela não sabia muito bem por que estava chateada, ou por quê, dentre todas as pessoas, ela dirigia sua ira a ele. Percebia apenas, mais uma vez, como se sentia desconfortável quando vista por Radcliffe, ciente daquele olhar pesado sobre si. Esse cavalheiro é um observador, lembrou a si mesma. Ele não apenas via, e Kitty não tinha certeza de que conseguiria suportar.

– Você está bem? – perguntou ele.

– Bom... deixe-me pensar – disse ela, exaltada, começando a tirar a capa com movimentos rápidos e deselegantes. – *Não estou*, como tinha planejado estar ao final desta noite, noiva do Sr. Pemberton. *Não sou*, como pensava, uma irmã bondosa o suficiente para não negligenciar Cecily a tal ponto que ela achou que fugir para se casar seria uma forma natural de obter minha atenção. – Ela jogou a capa para o lado, sem se importar com onde ela cairia. – No entanto, ainda estou de posse de uma enorme dívida e... Ah, sim, não estou próxima de resolver o problema. – Ela começou a tentar abrir os botões das luvas, mas suas mãos estavam frias demais para trabalhar sobre a seda. Num ataque de raiva, ela começou a sacudi-las no ar, de forma pouco eficiente. – Então é isso, estou *muito bem*.

Ela continuou a lutar com as luvas até que sua mão esquerda foi pega no ar por outra mão maior que a sua. Gesticulando para que ela ficasse quieta, Radcliffe se curvou e começou a abrir os pequenos botões ao longo de seu braço com toda a calma. Ela o observou, surpresa. Ele fez um trabalho rápido mas cuidadoso na luva esquerda e a puxou com delicadeza pela ponta dos dedos, para soltá-la da mão de Kitty. De repente, tudo pareceu muito íntimo, embora ele não tivesse tocado nenhuma vez em sua pele, e, apesar do frio da sala, ela sentiu uma onda de calor. Quando ele gesticulou pedindo o outro braço, Kitty o estendeu automaticamente e olhou para ele, desconcertada.

Era típico daquele homem atordoá-la desse jeito.

– Espero que você saiba... Estou muito grata por suas ações essa noite. Pelo que você fez por Cecy – disse ela por fim enquanto ele se aproximava de seu pulso.

O último botão estava sendo mais complicado, e ele franziu a testa. Kitty perguntou a si mesma se Radcliffe seria capaz de sentir o pulsar de seu coração através do tecido.

– E eu também estou grato – disse ele, sem levantar os olhos. – Por buscar Archie naquele lugar. Foi muito corajoso de sua parte… mais corajoso do que qualquer pessoa tem o direito de ser.

Ela corou intensamente e se odiou por isso.

– Sim, pois é – disse ela sem jeito. – Ele não merecia aquilo.

James puxou a luva direita com suavidade, e a seda deslizou como um sussurro sobre a pele dela. Em seguida, entregou-lhe o par.

– A vida nem sempre sai conforme o planejado – declarou Radcliffe. – E nós dois cometemos erros no que diz respeito às nossas famílias. Archie corria um perigo real, e eu estava distraído demais para notar os sinais. Fui arrogante demais para aceitar seu alerta. Isso poderia ter causado danos irreversíveis à vida dele, e eu nunca teria me perdoado. Só me resta pedir desculpas a ele e tentar melhorar.

Eles se entreolharam. A sala estava silenciosa, exceto pelo crepitar do fogo, e os dois se observavam, esperando. Esperavam para ver o que aconteceria a seguir, como se – o que quer que fosse – a sequência fosse inevitável e eles precisassem apenas aguardar sua chegada. O silêncio durou um instante, depois outro. Kitty sentia o coração bater forte no peito. Apertou as luvas com força. Respirou fundo, incapaz de aguentar sequer outro segundo, e então eles foram interrompidos por um barulho no andar de cima. Os dois ergueram os olhos, ouvindo os sons de Cecily, que caminhava de um lado para outro.

Radcliffe pegou seu chapéu.

– Vou deixar que descanse um pouco – disse ele. – Eu a verei na segunda à noite.

Archie estava conversando amigavelmente com Lawrence perto da carruagem quando Radcliffe desceu. Seu humor parecia estar bem melhor.

– Para casa? – perguntou ele a Radcliffe, com uma mistura de alívio e pavor no rosto.

– Para casa – confirmou Radcliffe. – Vamos praticar o que vamos dizer à mamãe.

Archie gemeu.

– Vai ser horrível, não é?

– Pior do que imagina – concordou Radcliffe. – Peça amplas desculpas, não dê justificativas… e tente abraçá-la o mais rápido que puder. Ela ama você, só não quer vê-lo ferido.

– Talvez ela nem tenha percebido que saí – disse Archie, embora sem muita esperança. – Eu me sinto um idiota.

– Devemos nos permitir ser idiotas de vez em quando… especialmente quando somos jovens – disse Radcliffe. – Eu nem posso usar a desculpa da juventude. Deveria ter ajudado mais você, Archie, deveria ter visto que você precisava de alguém para conversar. Mas eu também gostaria que você tivesse me procurado.

– Eu fui procurar você – disse Archie, baixinho. – Cheguei até a porta da sua casa… então vi a Srta. Talbot saindo. Pensei que talvez… não sei. Com a dança, você dizendo que eu não deveria me casar com ela, e depois vendo-a sair de lá… Por um segundo pensei que você pudesse ter feito tudo de propósito.

Radcliffe suspirou. Dentre todas as coincidências possíveis…

– Naquela primeira noite, dancei com a Srta. Talbot porque ela havia me pedido – explicou ele lentamente. – Ela pensou que seria mais fácil serem aceitas na aristocracia se fossem vistas como sendo próximas de nossa família. E, naquela manhã, a Srta. Talbot me visitou para perguntar se eu sabia alguma coisa sobre… hã… o caráter de seus pretendentes. E eu disse que você não deveria se casar com ela, Archie, porque, honestamente, acho que vocês não combinam.

– Ah – disse Archie. – Muito bem, quando você coloca dessa forma, tudo faz sentido. De fato, foi uma grande bobagem supor que sua afeição se fixara de verdade em alguém. Não seria o nosso James, não é?

Ele cutucou Radcliffe nas costelas, com bom humor. Mas talvez com muita força, pensou ele, preocupado, a julgar pela dor que viu no rosto do irmão.

Não parecia valer a pena dizer a Radcliffe que ele tinha uma terrível desconfiança de que a Srta. Talbot ainda pretendia se tornar a Sra. Archibald De Lacey, afinal. Não adiantaria complicar as coisas naquela noite – já tinha sido um dia tão agitado –, e, de qualquer maneira, ele também não tinha noção do que faria em relação a isso. Não suportava a ideia de decepcionar a pobre criatura, não quando ela havia se esforçado tanto para ajudá-lo.

Mas... ele não conseguia deixar de pensar que talvez Radcliffe estivesse certo, e os dois não combinassem mesmo, no fim das contas.

– Devemos contar à mamãe o que a Srta. Talbot fez? – perguntou Archie depois de pensar um pouco. – Não tenho certeza de que ela aprovaria. Não acho que tenha sido apropriado Hinsley levá-la.

Radcliffe deu de ombros.

– Ela pode surpreendê-lo.

A cena na Grosvenor Square não foi agradável. Pattson havia relatado a lady Radcliffe os detalhes da visita do capitão Hinsley assim que ela chegara naquela noite. Então, quando seus filhos adentraram na sala de estar, ela parecia a ponto de mobilizar a polícia inteira para fazer uma busca pelo Tâmisa.

A narração da noite de Archie só piorou a situação a partir daí. A princípio, lady Radcliffe ficou quase histérica simplesmente por ouvir que Archie tinha ido a casas de apostas no Soho. Isso irritou Archie, que julgou ser uma reação exagerada.

– Se a senhora vai ficar assim com *tudo* que eu contar – disse ele, irritado –, vamos levar horas, e eu prefiro ir para a cama antes do amanhecer.

Radcliffe estremeceu quando Archie levou uma ruidosa reprimenda por ser tão insensível com a mãe, a quem quase havia matado com seu comportamento.

– Eu não sou uma mulher saudável! – exclamou ela.

O sermão que se seguiu terminou com a mãe proibindo-o de sair de casa pelo resto da vida, sozinho ou sob supervisão. Depois que Archie apontou que todos eram esperados no baile de lady Cholmondeley na noite de segunda-feira, sua mãe lhe deu dispensa especial *somente* para bailes e recepções. No entanto, Radcliffe tinha acertado ao prever que lady Radcliffe era feita de um material mais resistente do que parecia. Uma vez que a história começou para valer, ela ficou quieta, ouvindo cada palavra de Archie sem interromper. No final, ela se virou para Radcliffe, e eles trocaram um olhar horrorizado. Archie estivera perto de ficar completamente arruinado!

– Temos uma grande dívida com a Srta. Talbot – disse ela, séria, dirigindo-se aos dois. – E devemos fazer o que for possível para retribuir.

Estranhamente, isso deixou Archie mais nervoso do que antes.

– Devemos? – perguntou ele, hesitante. – O que for possível?

– Archie, a garota arriscou a vida por você – repreendeu a mãe.

Archie suspirou, parecendo taciturno outra vez. Lady Radcliffe o mandou para a cama logo em seguida, e ele saiu, agradecido, parecendo morto de cansaço.

– Minha nossa – disse lady Radcliffe. – *Minha nossa*, que noite!

– Devo desculpas à senhora – disse Radcliffe, abruptamente. – Tinha motivos para estar preocupada... Eu devia ter ouvido.

– Nenhum de nós poderia imaginar como isso tinha ido longe – disse lady Radcliffe, gesticulando em sinal de perdão. – E eu entendo por que você estava relutante em se envolver. Interferir... nem sempre foi a decisão certa em nossa família.

Radcliffe assentiu, olhando para o teto ornamentado. Lady Radcliffe passou as mãos no cabelo, ainda abalada.

– E pensar... – disse ela, dando uma risada nervosa. – E pensar que eu estava considerando deixar Amelia comparecer a seu primeiro baile. Em vez disso, preferia trancar todos vocês *pelos próximos anos*.

– Acho... que seria uma boa ideia – disse Radcliffe depois de uma pausa. Ele ainda não olhava na direção da mãe. – Deixar Amelia experimentar um baile nesta temporada. A decisão... é sua, claro, mas é o que eu penso.

Lady Radcliffe deu um sorriso trêmulo.

– Obrigada, James – disse ela.

Ele deu boa-noite e caminhou até o saguão. Mas, em vez de sair e ir para casa, subiu a escada. Sem saber exatamente como chegou até lá, ele abriu a terceira porta no segundo andar – onde ficava o escritório do pai. Nada havia sido tocado desde a morte dele, embora parecesse bem arrumado. Com toda a certeza alguém havia entrado para tirar o pó. Radcliffe passou os dedos sobre a madeira da grande escrivaninha, lembrando-se das inúmeras discussões que tiveram naquele aposento. Palavras de raiva lançadas mutuamente como golpes, uma competição de quem poderia machucar mais o outro, em que ambos terminaram perdendo. James se sentou na cadeira atrás da mesa, contemplando o cômodo.

– Milorde?

Radcliffe ergueu os olhos e encontrou Pattson parado na porta, observando-o com um leve sorriso. Ele abriu os braços.

– Como estou, Pattson?

– Muito bem, milorde.

– Suponho que, se devo me sentar deste lado da mesa e você do outro, eu provavelmente deveria começar lhe dizendo quanto me decepcionou.

Os lábios de Pattson se contraíram de maneira muito discreta.

– Seria a tradição.

– As piores horas da minha vida. – Radcliffe estava relembrando. – Mas sabe o que é mais esquisito? Assim que o velho morreu, eu teria dado qualquer coisa para ouvir de novo um daqueles malditos sermões. Ele pensava tanto no que dizia, sabe? Diga o que quiser sobre o homem, mas ele vociferava broncas impressionantes. Eu gostaria de ouvir o que ele preparara para o meu retorno de Waterloo. Tenho certeza de que teria sido muito forte.

Pattson olhou para ele com um ar sério.

– Se me permite a ousadia, milorde, eu o conheço ao longo de sua vida inteira. E conheci seu pai durante a maior parte da vida dele. Acho que agora entendo bem do caráter dos dois. Peço-lhe que confie em mim, então, quando digo o seguinte: ele estava orgulhoso. Sabia que o senhor seria um grande homem. Mas não pode viver na sombra dele para sempre… O senhor é lorde Radcliffe agora. E isso pode significar muito ou pouco, depende do que escolher.

Radcliffe olhou para Pattson com olhos brilhantes. Ele pigarreou.

– Obrigado, Pattson.

– De nada, milorde.

Capítulo 36

Kitty não se demorou muito na sala, sabendo que tinha que subir a escada e enfrentar a irmã.

Sentada na cama de frente para a parede, Cecily não se virou; manteve as mãos tensas cruzadas sobre o colo. As recriminações estavam na ponta da língua de Kitty, mas ela sabia que deveria ir por outro caminho.

– Sinto muito – disse ela por fim. – Sinto muito, Cecily.

– Sente? – perguntou Cecily, virando-se, surpresa.

– Você estava certa em relação a tudo. Eu deveria tê-la ouvido mais, e não o fiz, e peço desculpas. Tenho estado tão empenhada em garantir o futuro de nossa família que não pensei o suficiente em nossa felicidade. Quero que você seja feliz, Cecily, mas esse não é o jeito de fazer as coisas.

– Você já pensou que talvez eu quisesse ajudar? – disse Cecily, chorando. – Pensei que o objetivo era se casar com um homem rico. Rupert é rico.

– Não desse jeito. O escândalo não traz conforto. Mamãe e papai nos ensinaram isso. – Ela fez uma pausa. – Você está realmente apaixonada por ele?

– Acredito que sim – disse Cecily, tímida. – Penso nele com frequência e desejo conversar com ele sempre. Nós… nós falamos sobre várias coisas. Livros, arte e ideias, sabe? Não há muitas pessoas que queiram falar comigo sobre esses assuntos.

Kitty sentiu um aperto no coração.

– Sim, suponho que não. Eu também lamento por isso. Acho que… acho que não quero conversar sobre essas coisas porque sempre me sinto um pouco boba quando você fala.

– Você? – exclamou Cecy, incrédula.

– É. Na verdade, sempre a invejei muito por ter ido para a escola.

– É mesmo?

– É, de verdade. Você voltou com todas essas grandes ideias e um amor pelos livros, e parecia tão... altiva, de repente. Enquanto eu tive que ficar, para tentar encontrar um marido e cuidar de todos. Comparada com você, me senti terrivelmente limitada.

– Eu nunca enxerguei você como limitada – disse Cecily, com intensidade. – Você está sempre tão segura de tudo, sempre sabe o que fazer e dizer. Enquanto eu sempre digo a coisa errada, nos metendo em todo tipo de confusão.

– E quem nos levou a conhecer os De Lacys em primeiro lugar, hein? E quanto ao Almack's? Você fez essas coisas, Cecily, não eu. Eu não teria sido capaz de fazer nada disso sem você.

Cecily enrubesceu, e a confissão de Kitty lhe deu coragem para perguntar o que estivera morrendo de vontade de saber a noite inteira.

– Você pretende manter Rupert e a mim separados de agora em diante? – sussurrou ela.

Kitty soltou o ar lentamente.

– Não – disse ela, com relutância. – Mas isso não vai ser tão fácil. Se ele sussurrar *uma única* palavra sobre a sua fuga para alguém...

– Ele não vai! – protestou Cecily, com veemência.

– Seja como for. Você precisa entender as dificuldades desse vínculo. Se pretende mirar no nível mais alto, Cecily, é muito importante pensar em todo o plano. Para agir com inteligência.

A irmã assentiu outra vez, mais ávida.

– Então farei o possível para ajudá-la – disse Kitty. – Felizmente, se o Sr. Pemberton fizer o pedido... o que pode não acontecer mais, depois dessa noite... estaremos numa posição melhor no cenário social. Pode não se tornar tão impossível.

– Você quer que ele faça isso? – perguntou Cecily, com timidez.

– Quero o que de quem? – retrucou Kitty.

– Quer que o Sr. Pemberton a peça em casamento?

– Claro! – disse Kitty, muito animada.

– Depois dessa noite, pensei que seus sentimentos pudessem estar em outro lugar – comentou Cecily.

Kitty balançou a cabeça.

– Eles não podem estar – disse ela com um nó na garganta. – É totalmente impossível.

– Será? Mesmo depois dessa noite...

Kitty voltou a balançar a cabeça.

– Não consigo falar sobre isso. Vamos para a cama, Cecy. Foi um dia muito, muito longo.

Apesar disso, mesmo depois de terem apagado as velas, Cecily e Kitty ficaram cochichando noite adentro. Conversaram sobre sua casa, sobre suas outras irmãs e trocaram ideias sonolentas para garantir a aprovação de lady Montagu para Cecily, até que – o que era mais estranho – Kitty adormeceu primeiro, quase no meio da frase.

Cecily fechou os olhos também. Seu coração se compadecia de sua irmã mais velha. Havia uma ironia trágica em tudo aquilo, pensou Cecily, algo quase digno de uma tragédia grega, na verdade. Era irônico que Kitty só descobrisse agora que estava apaixonada por Archie De Lacy.

Ao amanhecer, a tempestade ainda não havia passado. As irmãs acordaram tarde e, depois que Kitty deu a Sally o dia de folga e a maioria de suas moedas restantes, como um pequeno agradecimento pelo grande serviço que prestou à família, as irmãs passaram o dia isoladas na sala de estar, se aquecendo perto do fogo e observando a chuva.

– Existe alguma coisa que você gostaria de... ver amanhã? – perguntou Kitty enquanto tomavam um gole de chocolate quente. – Os Mármores de novo? Sei que nossa última visita foi breve. Ou os museus?

Cecily sorriu, reconhecendo que isso era uma espécie de bandeira branca. No dia seguinte, o céu estava seco, e elas viram muitas coisas que estavam na lista das atrações que Cecily mais queria visitar. Começaram pelos Mármores mais uma vez, e então caminharam por quase todo o Museu Britânico, admirando seus artefatos. Passaram algum tempo olhando as prateleiras da biblioteca e o resto da tarde no anfiteatro Astley. Cecily ficara um pouco desapontada ao descobrir que o Jardim Botânico estava fechado naquele dia, mas ficou satisfeita quando Kitty prometeu que voltariam no dia seguinte.

– Sério? – perguntou ela.

– Ainda temos tempo – afirmou Kitty. Ela respirou fundo o ar quente do verão. – Londres não está linda hoje?

– "A Terra não tem nada mais belo para exibir" – disse Cecily, citando Wordsworth de novo.

– Exatamente – concordou Kitty.

Elas voltaram à Wimpole Street apenas quando começava a escurecer, para se prepararem para a noite. Lá encontraram tia Dorothy bebericando chá com tranquilidade na sala de estar.

– Muito bem – disse ela, olhando-as com um ar crítico. – Sally me disse que vocês tiveram um fim de semana emocionante... embora tudo tenha sido resolvido, suponho eu, de forma satisfatória, certo?

Kitty ficou feliz por Sally não ter conseguido guardar as notícias para si, pois isso a poupou de contar a história toda, embora tia Dorothy não parecesse desaprovar o ocorrido tanto quanto Kitty esperava. Pelo contrário, um pequeno sorriso pairava em sua boca e um rubor de satisfação era visível em suas bochechas.

– Sim, tivemos sorte no final – concordou Kitty, observando tia Dorothy com atenção. – Como foi em Kent?

– Também teve suas agitações – disse tia Dorothy. Ela pousou a xícara com um tinido. – Na verdade, minhas meninas, tenho novidades. Eu me casei.

Ela estendeu a mão, mostrando uma aliança de casamento que agora brilhava em seu dedo. Cecily ofegou, e as sobrancelhas de Kitty se ergueram.

– Casada? – perguntou Kitty, incrédula. – Quando? Quem?

– Com quem, minha querida – corrigiu tia Dorothy, com afetação. – Ontem, com o Sr. Fletcher.

– Está querendo nos dizer que fugiu para se casar? – perguntou Kitty, perplexa.

Teria sido ela a única entre as três a não tentar um casamento clandestino naquela noite?

Tia Dorothy estalou a língua em protesto.

– Criança tola, não foi nada disso. Fugir para se casar é um jogo para uma jovem, e é totalmente desnecessário neste caso. O Sr. Fletcher conseguiu uma licença especial, e nos casamos na igreja de sua mãe, no sábado à tarde… Tudo muito legítimo.

Houve uma pausa enquanto suas sobrinhas a encaravam, totalmente surpresas com o anúncio.

– Eu gostaria que as duas tivessem comparecido, é claro – disse tia Dorothy, se desculpando. – Mas não queria que Kitty se distraísse de Pemberton. E nem eu nem o Sr. Fletcher queríamos esperar mais.

– Mais? – repetiu Kitty, sentindo-se um papagaio. – Tia, há quanto tempo isso está acontecendo?

– Anos, eu acho. – Tia Dorothy tinha voltado a sorrir. – Nós nos conhecemos há muito tempo. Eu estava falando do Sr. Fletcher naquele dia no parque, não sei se você lembra. Ele é viúvo agora, e me reconheceu assim que conversamos no baile dos Montagu. Eu lhe disse que isso poderia acontecer, minha querida, embora não tenha me aborrecido, pois estamos namorando desde então.

Kitty digeriu isso com considerável esforço, sem saber ao certo como se sentia. Uma tola, certamente. Sua irmã e sua tia estiveram ocupadas com os próprios casos amorosos por semanas – sem que Kitty percebesse ou suspeitasse de nada –, mas isso foi facilmente superado. Ela havia se acostumado tanto com tia Dorothy sendo *delas* nos últimos meses que a ideia do Sr. Fletcher levando-a para longe fez com que se sentisse um pouco estranha.

– Parabéns, tia – disse Cecily, indo até Dorothy para beijá-la na bochecha.

– Kitty? – chamou tia Dorothy.

Kitty se refez. Não era o momento para ciúmes. Depois de tudo que sua tia havia feito por elas – por duas jovens que, na verdade, não eram suas parentes –, ela merecia toda a alegria que o mundo poderia lhe oferecer. Kitty a abraçou, com um forte nó na garganta.

– Estou muito feliz por você – disse ela com a voz rouca.

Tia Dorothy enxugou uma lágrima perdida do olho.

– Minhas queridas – disse ela, segurando as mãos das duas e apertando-as. Depois, com uma afirmação determinada, ela se levantou. – Precisamos nos aprontar para essa noite – disse, batendo palmas. Então, com uma piscadela maliciosa, acrescentou: – Afinal de contas, não vai adiantar nada se o meu for o único casamento da temporada.

Capítulo 37

Havia um ar de determinação no silêncio em que viajaram por Londres naquela noite – sem falar, as três sabiam que esse seria provavelmente o último baile na cidade. Independentemente do que acontecesse naquela noite, Kitty e Cecily estariam voltando para casa, para junto das irmãs, muito em breve. A carruagem parou na entrada. Kitty se lembrou, com angústia, de como tudo lhe parecera maravilhoso e estranho naquela primeira noite. As lembranças atravessaram sua mente como fogos de artifício – as velas acesas, o mar de vestidos coloridos e joias brilhantes, o sabor do champanhe, o calor da mão de Radcliffe na dela.

– Foi uma temporada e tanto a que tivemos, não foi? – perguntou ela a Cecily.

– A melhor – concordou a irmã.

Mais uma vez, se misturaram à multidão.

Kitty não viu o Sr. Pemberton lá dentro, e ficou grata. Assim que o encontrasse outra vez, teria que dedicar a noite a se desculpar, a acalmar seu ego, a manipulá-lo até que fizesse o pedido que ela esperara duas noites antes. E, embora naquela noite fosse tão essencial quanto em qualquer outra que ela saísse dali – daquele salão, daquela cidade – com tal compromisso garantido, ela queria apenas mais um momento para si mesma.

Tia Dorothy saiu de seu lado quase imediatamente, em busca do marido – seu *marido*, Kitty repetia para si mesma, ainda chocada –, e Cecily também pediu licença para deixá-la.

– Preciso encontrar Montagu – disse Cecily.

– Pode ir, então – respondeu Kitty, com delicadeza. – Mas fique onde possamos vê-la.

Cecily lançou um olhar mal-humorado enquanto se afastava, como se a irmã tivesse dito uma coisa muito ridícula, como se ela não tivesse tentado fugir havia pouco tempo, e então apertou o passo. Cruzou com o Sr. De Lacy enquanto caminhava pela sala de jantar, e ambos sorriram em reconhecimento à lembrança da noite muito estranha que compartilharam. Cecily o parou, com a mão em seu braço. Ela sabia que Kitty não queria sua ajuda, mas tinha que pelo menos tentar.

– O senhor deveria falar com minha irmã – disse Cecily, com urgência.

– Deveria? – perguntou o Sr. De Lacy, com relutância.

– Sim. Espero que possa perdoá-la – comentou Cecily, com fervor. – Sei que tudo parece estranho e que ela se comportou de uma maneira muito esquisita... mas ela o ama, Sr. De Lacy.

– Ela me ama? – indagou ele, num falsete repentino. – Ah, Deus!

Cecily viu a silhueta de Montagu na sala ao lado.

– Pense no que eu disse – declarou ela ao Sr. De Lacy, solene, antes de deixá-lo.

– Minha nossa, vou pensar... Não se preocupe com isso – murmurou Archie.

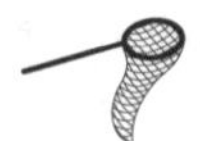

Kitty não tinha certeza de seu propósito enquanto atravessava o salão de baile. Supôs que poderia dizer a si mesma que estava em busca de Pemberton, embora, na verdade, não fosse por ele que seus olhos procuravam. Avistou lady Radcliffe do outro lado do salão, e a condessa viúva acenou para ela. Kitty retribuiu o gesto, reparando no Sr. De Lacy ao lado dela, embora o jovem tivesse empalidecido ao encontrar seus olhos. Que estranho. Lady Amelia também estava lá, com os cabelos presos e a saia solta. Lady Radcliffe devia ter achado que era um bom momento para a filha ter um gostinho da temporada, antes de ser apresentada à sociedade no ano seguinte. Lady Amelia parecia ótima ao lado da mãe, embora o brilho intenso em seus olhos fosse um sinal de encrenca.

A música começou a tocar, sinalizando o início iminente da próxima dança. Casais que se amontoavam de repente começaram a se rodear: damas erguendo as saias, cavalheiros estendendo as mãos. Então ela o viu, a apenas três metros de distância. Radcliffe devia estar esperando que o olhar de Kitty pousasse sobre ele, pois, quando isso aconteceu, ergueu as sobrancelhas de forma zombeteira, como se dissesse: "Você está atrasada."

Kitty estreitou os olhos numa pergunta. Ele estendeu a mão, convidando-a, e ela avançou sem pensar duas vezes.

– Eu achava que suas regras para a dança não permitiriam isso – disse Kitty, assim que se colocou na frente dele.

– Decidi abrir uma exceção – brincou Radcliffe. – Dançaria comigo, Srta. Talbot?

Era a última chance deles. Depois daquela noite, ela nunca poderia se permitir viver de novo um momento como aquele, mas pelo menos poderia guardá-lo na memória. Ela segurou a mão dele em resposta. Os dois deslizaram silenciosamente para o meio do salão. A música começou. Ao que parecia, era uma valsa. Sua primeira.

A mão dele foi para a cintura dela, e a mão dela para o ombro dele. Era diferente de quando haviam dançado pela primeira vez… muito diferente. Naquela ocasião, havia um verdadeiro oceano de distância entre eles, e agora os dois estavam muito próximos. Estavam muito mais próximos do que ela jamais poderia ter imaginado. Kitty sentia o calor do corpo de Radcliffe, a fricção do tecido liso do fraque contra seu vestido, a pressão da mão nas costas dela e até o som da respiração dele em seu ouvido, embora a música devesse ter tornado isso impossível.

Ela não olhou – não podia olhar – para ele quando começaram a se mover em um longo círculo ao redor do salão, girando a cada dúzia de passos na formação. Isso não era o que ela havia esperado e, pela primeira vez na vida, não tinha planejado o que dizer ou uma maneira de tirar vantagem da situação. Isso também devia ter parecido incomum para ele, pois, depois de um tempo, ele murmurou, com um ar divertido e um sorriso:

– Não é típico de você ficar em silêncio.

Kitty pousou os olhos nos dele por um momento antes de desviar o olhar, com medo do que poderia ver neles. Fazia semanas que ela não se sentia tão nervosa na presença de Radcliffe.

– Não sei o que dizer – admitiu ela, baixinho. – Acredite, isso é tão estranho para mim quanto para você.

Ele a fez rodopiar, e a sala girou em torno de Kitty enquanto seu braço a guiava suavemente. E então eles estavam de volta naquele abraço mais uma vez, entrelaçando as mãos com firmeza.

– Talvez eu devesse falar, então – disse Radcliffe. Ele respirou fundo. – Eu aprendi muito, nesses últimos meses, falando com você... discutindo com você, devo dizer. Você me fez encarar todas as minhas hipocrisias, desafiou meus pontos de vista e me ajudou a perceber como ainda estou... brigando com meu pai depois de todos esses anos.

Se alguns momentos antes Kitty não conseguia olhar para ele, agora não conseguia desviar o olhar. As palavras dele pareciam saídas de um sonho, mas ela quase não suportava ouvi-las – era muito, muito perto de tudo que ela sempre quisera, mas nunca se permitira contemplar. Voltaram a girar. Kitty não prestava a mínima atenção aos seus passos, completamente concentrada nele, mas, de alguma forma, os pés dos dois se moviam em rápida sincronia.

– Acho que sou uma pessoa bem diferente agora – continuou ele, sem que seus olhos deixassem os dela sequer por um segundo –, por ter conhecido você, e... eu gosto de quem eu sou, de quem me tornei, perto de você.

Os dedos de Kitty apertaram os dele. Cada palavra que ele dizia era como um raio que caía direto em seu peito: feroz e implacável. Ela não tinha certeza de que poderia suportar isso, de que poderia suportar ouvi-lo dizer tais coisas, se isso não mudasse nada.

– Você me perguntou uma vez – continuou Radcliffe, com o olhar fixo nela e a voz rouca – se a sua classe social importaria caso seus sentimentos fossem verdadeiros. Eu não respondi a você na hora, mas, Srta. Talbot... Kitty... você precisa saber que isso não importa mais para mim.

Ela respirou fundo, mas pareceu mais um soluço.

– Não importa? – perguntou ela.

A música crescia ao redor deles, e a dança estava quase no fim. Eles giraram uma última vez, perdendo-se de vista por um momento agoniante antes que ele a puxasse de volta para seus braços.

– Não – disse ele.

A música parou. Os dançarinos fizeram suas mesuras, curvando-se para seus pares. Kitty deu um passo para trás, perplexa. As mãos de Radcliffe permaneceram sobre ela, como se não quisessem soltar, e a sala ficou mais fria depois que ele enfim se afastou. Ela bateu palmas, ainda se sentindo atordoada. Então avistou a figura indesejável do Sr. Pemberton atrás de Radcliffe aproximando-se rapidamente, com o rosto sombrio.

– Rápido – disse ela a Radcliffe. – Vamos dar uma volta no jardim antes...

– Antes de quê? – perguntou ele, oferecendo o braço mesmo assim.

– Nada – disse ela, não conseguindo resistir a outro olhar para Pemberton por cima do ombro, e Radcliffe percebeu.

Eles se apressaram em direção às portas do jardim e tiveram a sorte de encontrá-lo vazio, iluminado apenas pelas estrelas e pela luz de velas que vinha das janelas. Assim que foram envoltos pelo ar fresco, Radcliffe deu um passo para trás.

– Você não está... Você ainda está esperando uma proposta do Sr. Pemberton? – perguntou a ela, não sendo capaz de esconder a profunda mágoa em sua voz.

Kitty sentiu uma dor no coração ao perceber isso. Por que Pemberton escolhera aquele instante para aparecer, *por quê*? Ela poderia mentir, mas descobriu que não queria.

– Sim – disse ela. – Estou.

Ele se virou para o jardim, como se quisesse se recompor.

– Certo. Eu confesso que pensei que você poderia ter desistido de tudo desde aquela noite. Mas vejo que foi tolice da minha parte. – Seus olhos estavam mais frios quando ele se virou para encará-la. – Posso perguntar se está planejando aceitar o pedido de casamento dele?

– Milorde – começou ela, com a voz trêmula –, nada mudou na minha situação. Ainda preciso deixar Londres com um noivo rico, senão terei que vender o único lar que minhas irmãs conhecem e encontrar alguma outra maneira de sustentá-las sozinha. Eu pensei... Eu pensei que isso não importava mais para você. – Ela fez um gesto na direção do salão de baile, como se para abarcar tudo o que ele havia confessado lá dentro.

– É verdade... não importa – disse ele, passando a mão pelo rosto. – Mas descobrir que você está prestes a aceitar o pedido de casamento de outro homem... Eu não gosto disso.

– Não sei o que você quer de mim, então! – exclamou ela, erguendo os braços. – Eu não posso mudar minha situação. Preciso me casar. E, até agora, não recebi nenhuma proposta.

James não a olhou.

– Então me pergunte… – disse ela, com a voz rouca – … me pergunte se eu gostaria, se desejaria me casar com Pemberton, se a escolha fosse apenas minha.

Ele ergueu os olhos.

– Você gostaria?

– Não – disse ela, e sua voz falhou. – Agora me pergunte se eu amaria você, se a escolha fosse só minha.

Ele deu um passo à frente.

– Você me amaria? – repetiu ele.

– Sim – confessou ela. – Eu sempre vou escolher minhas irmãs. Vou colocar as necessidades delas acima do meu desejo todos os dias. Mas eu quero você tanto quanto preciso de dinheiro. Você me vê por inteiro… o pior e o melhor de mim… como ninguém jamais viu.

Ela o encarou sem artifícios ou pretensões, com o rosto sincero e cheio de emoção. Ele estava mais próximo. Próximo o suficiente para estender a mão e tocar em sua face com dedos leves e cuidadosos.

– Você… você gostaria de se casar comigo, Kitty? – perguntou lorde Radcliffe, ou melhor, James, com a voz áspera.

Ela deu uma risadinha indefesa diante do absurdo da pergunta… como se ele não soubesse.

– Eu gostaria. Mas, primeiro, sinto que devo lhe informar que venho com quatro irmãs, um telhado com goteiras e um verdadeiro mar de dívidas.

Ele tinha começado a sorrir, e, assim que começou, o sorriso parecia não parar mais, tomando todo o seu rosto.

– Agradeço sua sinceridade – disse ele, cordial, e Kitty riu. – Posso lhe assegurar que estou ansioso para conhecer suas outras irmãs, o telhado parece encantadoramente rústico e a dívida não me incomoda. – Ele fez uma pausa. – Claro, eu entendo que será necessário mostrar-lhe minha contabilidade antes de assumir um compromisso – declarou ele, e ela riu de novo, em alto e bom som.

– Tenho certeza de que não será necessário. Contanto que você possa me prometer que é absurdamente rico e que vai pagar todas as dívidas da minha família.

– Eu sou absurdamente rico – repetiu ele – e vou pagar todas as dívidas da sua família.

– Então, se é assim – disse ela, sorrindo para ele –, eu realmente gostaria de me casar com você.

Ele segurou o queixo de Kitty. Não houve qualquer hesitação naquele beijo, nada incerto. Era como se ambos tivessem lido o roteiro de antemão, simplesmente esperando por aquela deixa durante esse tempo todo. Os dois se entregaram à cena de todo o coração, e levou algum tempo para que a conversa fosse retomada.

– James! James! – Eles ergueram os olhos, separando-se apressadamente, enquanto Archie irrompia pelo pátio. – Aí está você! Mamãe está à sua procura... Ela perdeu Amelia de vista... Ora, está tudo bem? – Ele olhou para os dois com desconfiança.

– Sim, Archie. Mais do que bem, na verdade! A Srta. Talbot acabou de concordar em se casar comigo – disse Radcliffe, segurando a mão de Kitty.

– Puxa vida! – Archie estava pasmo. – Por Deus!

Com um sobressalto, Kitty se deu conta de que ele podia não receber a notícia muito bem, afinal de contas, não fazia muito tempo desde que se julgava apaixonado por ela. Pelo olhar hesitante no rosto de James, ele tinha a mesma preocupação.

– Archie? – indagou Kitty.

Archie levou um susto e saiu de seu devaneio. Deu um pulo e foi apertar a mão do irmão.

– Que notícia esplêndida, parabéns! – disse ele, entusiasmado. – Fiquei apenas um pouco confuso, mas estou bem agora. Uma grande bobagem da minha parte... Muito desligado, na verdade. É que pensei que você pretendia se casar *comigo*, Kitty. Mas devo dizer que é um alívio saber que isso é bobagem. Não tenho certeza de que nós dois combinamos, então talvez tenha sido a coisa certa a se fazer. Você entende, não é?

O tom de Archie era gentil e sua expressão era suave, como se estivesse dando uma notícia indesejável que ela deveria receber com resignação.

Kitty se irritou.

– Archie – disse ela, bastante irada –, *você* está *me* rejeitando?

James começou a rir.

Capítulo 38

– Você não deve esperar nada grandioso – afirmou Kitty. – Netley é uma casa bem mais modesta do que Radcliffe Hall.

– Vou me esforçar para não ter expectativas – disse James, sorrindo.

Kitty franziu a testa.

– Embora eu não me surpreenda se você achar que é, de fato, muito mais cheia de personalidade do que Radcliffe Hall – corrigiu ela.

– É claro – disse ele, se desculpando. – Não tenho dúvida de que também a acharei muito superior a Radcliffe Hall, em todos os sentidos.

A temporada havia acabado. O casamento fora planejado. E as irmãs Talbots finalmente viajavam de volta para casa. Instaladas na carruagem de Radcliffe – de proporções perfeitas e estofamentos confortáveis –, a jornada de volta foi infinitamente mais agradável do que a de ida, com as árvores, os campos e as sebes passando suavemente diante da janela. Durante a maior parte da viagem, Radcliffe tinha cavalgado ao lado da carruagem, mas optara por fazer companhia às mulheres naquela tarde, ao perceber que os nervos de Kitty ficavam cada vez mais à flor da pele à medida que se aproximavam de casa. Ela passara a viagem imaginando se suas irmãs estariam diferentes quando chegassem, ou o que ela poderia ter perdido nos meses em que ficaram separadas. Também imaginava como elas se sentiriam em relação às mudanças que ela mesma sofrera, pois Kitty estava voltando bem diferente. Estava finalmente livre do peso esmagador da dívida familiar.

Para Kitty, a rapidez com que tudo fora resolvido no final parecia quase incompreensível. Na manhã seguinte ao noivado, Radcliffe aparecera sem avisar na porta da casa delas na Wimpole Street, segurando uma nota promissória com uma ordem de pagamento de seu banco. Sentaram-se juntos na sala, e ela escreveu uma carta para o Sr. Anstey e o Sr. Ainsley, para informá-los de que estava pagando a totalidade da dívida. Ele adicionou a nota sem pestanejar, com a quantia estarrecedora que ela havia mencionado. Em instantes, estava feito. Um envelope tão fino, pensou ela, mas que suportava tanto peso. Com esforço, Kitty resistiu à vontade de abri-lo para ler tudo de novo – só para ter certeza, *certeza absoluta*, de que estava mesmo tudo resolvido. Ela olhou para James com a intenção de confessar sua descrença e subitamente percebeu que os dois estavam sozinhos de novo, pela primeira vez desde que se encontraram naquele terraço iluminado por velas. Pelo olhar dele, ela não tinha sido a única a perceber isso.

– Sua tia está visitando o Sr. Fletcher? – perguntou ele com suavidade.

– Está.

O espaço entre eles nunca parecera tão pequeno.

– Cecily ainda está dormindo?

– Está.

Ele abriu um sorriso bem lentamente.

– Eu deveria ir embora – disse ele, sem se levantar. – As notícias estão correndo. Teremos que começar a ser cuidadosos.

– Que chatice – disse Kitty com desenvoltura, inclinando-se para ele. – Não tenho *certeza* de que gosto muito disso.

Ele ainda estava rindo um pouco quando suas mãos se encontraram e ele a puxou para junto de si, da cadeira dela para a dele. Quando suas bocas se encontraram, o ar entre os dois era leve e conspiratório. E, apesar da advertência sobre a inadequação, ele demorara algum tempo a partir naquela manhã.

Um ronco suave tirou Kitty dessa lembrança agradável, e ela viu que Cecily havia adormecido, com a cabeça pendendo para a frente. Em sua mão estava uma carta de lorde Montagu – escrita inteiramente em um pentâmetro iâmbico muito questionável –, e Kitty franziu a testa, pensativa. Devia pensar com mais seriedade em como abordar esse romance.

– Você parece estar planejando algo – afirmou James. – O que é?

– *Não* estou – disse Kitty, com grande dignidade – com cara de quem está planejando algo.

James a observou, sem se convencer. Ela procurou mudar de expressão e assumir uma razoável imitação de inocência.

– Você me acha mesmo tão calculista? – perguntou ela, de forma angelical.

– Acho – respondeu James na mesma hora, embora não sem afeto. – Há muito tempo sei que você é uma vilã da pior espécie.

Podia ser um pouco incomum ser chamada de vilã com tanta frequência pelo próprio noivo, mas Kitty tinha que admitir que havia alguma consistência na acusação. E, no entanto, quem poderia contestar seus resultados? Claro que não era apropriado se elogiar demais, mas Kitty não podia deixar de sentir que havia lidado com os últimos meses maravilhosamente. Voltaria para casa não apenas com a dívida quitada, mas também com um noivo, a quem ela poderia dizer, com toda a sinceridade, que amava. Pois bem, isso só poderia ser considerado um Resultado Muito Bom.

A carruagem começou a ranger um pouco ao passar por terrenos mais acidentados. Pela janela, Kitty contemplou a paisagem cada vez mais familiar.

– Estamos quase lá – disse ela sem fôlego. – Cecily, acorde!

A carruagem diminuiu a velocidade antes de fazer uma curva à direita em uma trilha desgastada, que Kitty conhecia como a palma da sua mão. O Chalé Netley apareceu com uma lentidão torturante, e ela dirigiu os olhos ávidos para a hera despencando sobre a alvenaria, para a nuvem de fumaça subindo pela chaminé da cozinha e para a magnólia que obscurecia um pouco a janela da frente. Havia perdido as flores, pensou, ao ver as pétalas no chão. Kitty e Cecily mal esperaram que a carruagem parasse antes de saírem correndo de maneira vergonhosa e imprópria para duas damas. Kitty já conseguia ouvir os gritos de alegria vindos de dentro do chalé e o bater de pés correndo quando a carruagem foi avistada. Ficou parada por um momento, sorvendo grandes baforadas de ar, que ela jurava ter um gosto diferente na língua.

Ainda havia muito a fazer, Kitty sabia – muito a resolver, a discutir, a decidir –, mas, depois de meses passados na incerteza, duvidando constantemente de que o risco valia a pena, de que as escolhas eram as corretas, de que esse plano era mais inteligente do que aquele outro, ela se permitiu a indulgência de desfrutar do profundo alívio que a tomava. Enfim estavam de volta. Tinham conseguido. E, quando a porta da frente se abriu com um estrondo e as irmãs saíram correndo na direção delas, Kitty teve certeza de que, naquele instante, ela se encontrava exatamente onde deveria estar.

Agradecimentos

Talvez fosse mais rápido nomear as pessoas que não me ajudaram a escrever este livro em vez de agradecer a todas as que ajudaram. Mas se você tiver paciência comigo, vou tentar mesmo assim.

Primeiro, agradeço a Maddy Milburn e a todo o seu time por me aceitarem. Sua gentileza, paixão e – não posso deixar de mencionar – incansável ambição continuam a me deixar chocada. Obrigada a Maddy, Rachel Yeoh e Georgina McVeigh, por seu trabalho nas primeiras versões – desde o começo vocês entenderam o que eu estava tentando dizer melhor do que eu mesma –, e a Liv Maidment, Rachel (mais uma vez), Giles Milburn e Emma Dawson, por responderem às minhas intermináveis perguntas. Muitos agradecimentos também a Liane-Louise Smith, Valentina Paulmichl e Georgina Simmonds, por levarem meu livro mundo afora com tanta energia, por encontrarem um time internacional magnífico e por sempre escreverem e-mails adoráveis.

Na tarefa hercúlea da publicação de um livro, meu trabalho é, com absoluta certeza, o mais fácil. Tenho uma sorte imensa por trabalhar com pessoas tão extraordinárias ao redor do mundo. Muito, muito obrigado às minhas gloriosas editoras Martha Ashby e Pam Dorman pelo carinho, pela sagacidade e pela sabedoria. Por acaso vocês duas saíram direto da cabeça de Zeus? Talvez! De qualquer maneira, não há mais ninguém com quem eu prefira discutir os méritos de um belo chapéu daquela época. Também gostaria de agradecer de coração às fantásticas Sara Orofino, Rachel Rimas, Tereza da Rocha, Natali Nabekura, Ana Paula Daudt, Taís Monteiro, Ana Sarah Maciel e a toda a brilhante equipe da Sextante, que publicou esta linda edição brasileira com tanto amor e dedicação. Sinto-

-me grata por todo o seu esforço. Agradeço também à minha maravilhosa tradutora, Livia de Almeida, cuja habilidade me surpreendeu totalmente. Obrigada por tudo que você fez para tornar este livro o melhor possível. Tiro o meu chapéu para você.

Em seguida, agradeço a Fran Fabriczki, pois nada disso teria acontecido sem nossas sessões de escrita aos domingos. Obrigada às minhas almas gêmeas Freya Tomley e Juliet Eames, por sempre me fazerem rir e por levarem minha escrita tão a sério ou de maneira tão frívola quanto eu precisava em cada momento. Obrigada também a Fay Watson, Holly Winfield, Lottie Hayes-Clemens, Martha Burn e Tash Somi, por serem as melhores, as mais barulhentas e as mais engraçadas mulheres do mercado – sou realmente grata por termos nos conhecido.

A Lucy Stewart – que tem o privilégio questionável de ouvir cada pensamento que passa pela minha cabeça –, obrigada pelo pingue-pongue, pelo prosecco e Deus sabe pelo que mais. A Ore Agbaje-Williams, Catriona Beamish, Becca Bryant, Charlotte Cross, Andrew Davis, Dushi Horti, Jack Renninson, El Slater e Molly Walker-Sharp, obrigada pelo seu – às vezes excessivo – apoio e por agirem como meu dicionário de sinônimos pessoal.

Obrigada à minha família, aos dois grandes lados da minha árvore genealógica. Tenho certeza de que vocês manifestaram esse acordo de publicação através de sua forte presença de espírito. Tenho muito orgulho de ser uma de vocês.

Mais uma vez, e sempre, muito obrigada a minha mãe, meu pai, Will, vovó e Amy, por me abastecerem de cafeína, por sua paciência durante discussões sobre tramas incoerentes, por responderem a perguntas como "Vocês acham isso engraçado?" com uma desonestidade inabalável e por acreditarem que eu poderia fazer isso, mesmo quando eu definitivamente não acreditava. E, claro, obrigada a Joey e Myla, os melhores cachorros possíveis, por serem as mais exigentes e distrativas companhias de escrita que o mundo já conheceu. Era apenas um esquilo, pessoal – todas as vezes era apenas um esquilo.

E, finalmente, obrigada a vocês, leitores e leitoras! É uma esquisitice extraordinária compartilhar isso com as pessoas, e eu sou muito grata por vocês terem escolhido dedicar um pouco do seu precioso tempo a este livro. Eu gostaria muito de saber o que acharam, então entrem em contato comigo (a menos que tenham odiado; nesse caso, eu preferiria que não me dissessem nada).

Para saber mais sobre os títulos e autores da Editora Arqueiro,
visite o nosso site e siga as nossas redes sociais.
Além de informações sobre os próximos lançamentos,
você terá acesso a conteúdos exclusivos
e poderá participar de promoções e sorteios.

editoraarqueiro.com.br